大食财宝宗

《格萨尔》藏译汉项目领导小组办公室

白玛扎西　　翻译
索朗扎西　　译校
方晓玲　　编校

西藏藏文古籍出版社

图书在版编目（CIP）数据

大食财宝宗 / 白玛扎西编译 . -- 拉萨：西藏藏文古籍出版社，2021.7

ISBN 978-7-5700-0557-4

Ⅰ．①大… Ⅱ．①白… Ⅲ．①藏族－英雄史诗－中国 Ⅳ．① I222.74

中国版本图书馆 CIP 数据核字（2021）第 114605 号

大食财宝宗

译　　者	白玛扎西
责任编辑	曾　恒
装帧设计	刘　炜
策　　划	天利文化
出　　版	西藏藏文古籍出版社　邮政编码：850000
	打击盗版：0891-6930339
印　　刷	大厂回族自治县德诚印务有限公司
经　　销	全国新华书店
开　　本	16 开（710×1 000）
印　　张	41.5
印　　数	01—2,000 册
版　　次	2021 年 9 月第 1 版第 1 次印刷
标准书号	ISBN 978-7-5700-0557-4
定　　价	98.00 元

版权所有　翻印必究

《格萨尔》藏译汉项目领导小组

总顾问：洛桑江村
顾　问：白玛朗杰
组　长：陈　凡
副组长：索　林　　车明怀　　卢明秀　　降边嘉措
　　　　杨恩洪
成　员：诺布旺丹　次仁平措　许德存　　宁　梅
　　　　达　瓦　　黄　智　　蓝国华　　王彦杰
　　　　白玛扎西　阴海燕
办公室：次仁平措（主　任）　蓝国华（副主任）
　　　　王彦杰（副主任）　　裴洪霞　　尼玛仓决
　　　　白玛扎西　阴海燕　　索朗扎西
专家组：巴桑旺堆　格桑益西　曼秀·仁青道吉
　　　　仁　增　　索朗格列

《〈格萨尔〉艺人桑珠说唱本》
汉译丛书编委会

总　编：索　　林
主　编：次仁平措
副主编：白玛扎西　阴海燕
编　委：龙仁青　平　措　李连荣
　　　　蓝国华　王彦杰　刘红娟
　　　　方晓玲　索朗扎西　达　琼
　　　　宋博瀚　阿旺曲吉

目　录

总　序	1
内容梗概	1
一	1
二	71
三	119
四	296
五	351
六	470
七	561
八	613
整理者说明	627
译后记	628

总　序

白玛朗杰[1]

传承民族优秀传统文化是推动文化大发展大繁荣、建设社会主义文化强国、传承民族血脉、建设人民精神家园的必然要求。党的十八大提出，"建设社会主义文化强国，关键是增强全民族文化创造活力""建设优秀传统文化传承体系，弘扬中华民族优秀传统文化"。2015年，习近平总书记在中央第六次西藏工作座谈会上指出："加强民族团结，不断增进各族群众对伟大祖国、中华民族、中华文化、中国共产党、中国特色社会主义的认同。"为了把西藏建设成为中华民族特色文化保护地，我们亟需将藏民族史诗《格萨尔》推向全国乃至世界，以进一步丰富中华民族文化宝库。2013年6月，西藏自治区社会科学院向西藏自治区人民政府呈报了《关于启动自治区重大文化工程〈格萨尔〉史诗藏译汉项目的请示》。在洛桑江村主席的亲自关心下，2013年12月自治区重大文化工程《格萨尔》藏译汉项目得以立项。如今，30卷本的《〈格萨尔〉艺人桑珠说唱本》汉译丛书即将陆续与广大读者见面。这是党和政府大力关怀和支持的结果，是课题组的同志们辛勤努力的结果，也是中国《格萨尔》学界众多同仁通力协作的共同成果。

---

[1] 白玛朗杰：西藏自治区重大文化工程《格萨尔》藏译汉项目领导小组顾问，第十届政协西藏自治区党组副书记、副主席，西藏自治区社会科学院原院长。

一

人类的思想和文化是智慧的结晶、进步的阶梯、文明的象征。德谟克利特说:"智慧生出三种果实,即善于思想、善于说话、善于行动。"为了实现中华民族伟大复兴的中国梦,一方面,我们要立足时代,放眼全球,锐意进取,吸取现当代人类社会的一切优秀文明成果,创造无愧于时代、无愧于人民、无愧于历史的文化成果;另一方面,我们还要向历史和祖先学习,发扬中华民族优良传统,保护和传承优秀民族传统文化,从中挖掘有益成分,汲取营养和精华以丰润己身。

藏族是中华民族的重要成员,是一个有思想、善说唱、富有智慧的伟大民族。英雄史诗《格萨尔》是被公认为"藏族文学之冠"的名著,在千百年来的流传演变过程中,它以高度的人民性和强大的艺术生命力在藏族民间不断得以充实和发展。直到今天,《格萨尔》说唱艺人仍以他们非凡的聪明才智和辛勤的劳动创作活跃在民间,为史诗增光添彩。从全世界史诗的情况看,首先,《格萨尔》与《伊利亚特》《奥德赛》《罗摩衍那》《摩诃婆罗多》等相比,其最大的不同是仍以活的形态流传于世。早在 1776 年,俄国学者帕拉斯在《俄罗斯帝国各省旅行记》中就对《格萨尔王传》给予了极高的评价。众所周知,无论是《伊利亚特》《奥德赛》,还是《罗摩衍那》《摩诃婆罗多》等著名史诗,都早有定本传世,但早已没有创作性说唱艺人可寻。《格萨尔》史诗不仅至今尚未有最后之定本,而且各种抄本、刻本、说唱整理本仍在不断增加,《格萨尔》民间艺人的说唱活动从未停止,至今仍有百余位《格萨尔》说唱艺人活跃在民间。从根本上讲,众多活跃在民间的《格萨尔》说唱艺人的存在,是《格萨尔》史诗仍然以活的形态传唱的现实基础。其次,《格萨尔》是一部结构宏伟、内容丰富、卷帙浩繁的史诗巨制。据研究人员不完全统计,《格萨尔》全传至少有 226 部,累计 100 多万诗行,这要比之前常说的世界最长史诗《摩诃婆罗多》的20多万诗行还要长。较早研究《格萨尔》的王沂暖（1907—1998）教授，曾经填写《凤凰台上忆吹箫·格萨尔颂》[1]一词，把千年史诗《格萨尔》的神采风华歌颂得淋漓尽致。

中华文化是中华各民族成员在长期的生产、生活中积累形成的，是一笔宝贵的精神财富。《格萨尔》是中华文化中闪烁着熠熠光彩的魅力瑰宝，它集中代表了古代藏族文学的最高成就，是一部涉及古代藏族社会生活、民族历史、经济文化、阶级关系、民族交往、意识形态、道德观念、风俗习惯、宗教信仰的百科全书。自20世纪30年代始，任乃强、李安宅、谢国安、刘立千、马长寿、何剑薰、谭英华、陈宗祥、彭公侯等一批学者就对其作了详细述介和研究。中华人民共和国成立后，在马克思主义理论指导下，中国民族民间文化的发展迎来了新的春天，《格萨尔》也受到了前所未有的重视。著名文学家茅盾、周扬和老舍等人较早对《格萨尔》给予了关注。1956年在北京召开的中国作协第二次理事会上，老舍做了关于少数民族文学创作和发展的报告，其中提及《格萨尔》并首次将其定性为"史诗"。1958年，中央政府有史以来第一次在青海、西藏、甘肃、四川、云南等广大藏族同胞聚居地有计划、有组织地搜集、整理、抢救《格萨尔》，并取得了显著成绩。十一届三中全会后，随着国家对文学发掘和研究的深入，《格萨尔》的搜集、整理与研究在国内出现了无比繁荣的局面。1980—1981年，全国七省区召开"格萨尔工作会议"，之后有关省区相继建立了"格萨尔"工作组及专门机构[2]积极从事《格萨尔》的抢救、搜集、整理、翻译、研究和出版工作。随着国内相关科研院所、高等学校格萨尔研究机构的纷纷成立，尤其是中国社科院《格萨尔》研究中心的成立，国内集中出现了一大批主

---

[1] 这首词的全部内容为：世界绝无，人间仅有，说来话粲莲花。似空中虹彩，天外奇霞。难尽无边才艺，何须借铁板红牙，只面对云山雪岭，传唱千家。堪夸，英雄儿女，有梵王神子，度母仙娃。任东西南北，雨露风沙。战罢天魔五百，让玉宇无限清嘉。舒放眼，泱泱万里，诗国中华。

[2] 参阅《记〈格萨尔〉工作座谈会》（载《民间文学》1980年第8期）、《藏族英雄史诗〈格萨尔〉第二次工作会议纪要》（载《民族文学研究》1981年第1-2期）、《西藏成立抢救、整理〈格萨尔王传〉领导小组》（载《西藏日报》1980年6月25日）等。

要从事《格萨尔》研究的学者,成就斐然[1]。20世纪90年代,中国学术界已经鲜明地提出建立"《格萨尔》学"[2],这是中国现代藏学繁荣发展的重要表现。2001年10月,在法国巴黎召开的联合国教科文组织第31届大会上,参会人员一致通过将我国"《格萨(斯)尔》千年纪念活动"列入该组织参与的周年纪念活动之中,这是迄今我国政府向该组织唯一申报成功的一项周年纪念活动。2009年9月,在阿联酋首都阿布扎比召开的联合国教科文组织保护非物质文化遗产政府间委员会第四次会议上,我国的《格萨(斯)尔》被批准列入《人类非物质文化遗产代表作名录》。

二

人民群众是历史的创造者,是一切文艺创作的源头活水。《格萨尔》史诗是一部以抑强扶弱、除暴安民为主线的宏伟史诗,反映了人民群众与社会丑恶势力作斗争,消除青藏高原一切不平等和灾难,用自己的劳动和汗水缔造幸福生活的美好愿望。也正是因为如此,在"政教合一"的封建农奴制度下,统治阶级最害怕听到说唱《格萨尔》,最害怕听到这一歌颂人民的力量以及呼唤自由、平等和幸福的乐章。旧西藏地方政府利用统治农奴的各种手段,禁止《格萨尔》史诗的说唱和传播,把它当作"下等人"

---

1 从1989年开始,中国政府主导开展了七次《格萨尔》国际学术研讨会,时间分别为1989年11月(成都)、1991年8月(拉萨)、1993年(锡林浩特)、1996年7月(兰州)、2002年7月(西宁)、2006年7月(玛曲)、2015年7月(成都)。
2 王兴先:《关于建立"格萨尔学"科学体系的初步构想》,载《西北民族学院学报》1993年第2期;王兴先:《〈格萨尔〉与"格萨尔学"》,载《甘肃科技》2003年第12期;扎西东珠:《"格萨尔学"学科之我见》,载《中国藏学》2002年第4期。王兴先在《〈格萨尔〉与"格萨尔学"的发展历史》中提到:"《格萨尔》研究之所以能够逐渐形成为一门独立的学科,就是因为既有《格萨尔》史诗本体提供的形成一门学科的基本要素和它所富有的历史文化之魅力,又有它的研究者们的创新思维和开拓性研究之功以及二者的有机结合。"

的"俗言俚语",称其为"乞丐的喧嚣",称民间艺人为"下贱的乞丐"。广大民间说唱艺人过着以乞讨为生的流浪生活。

西藏和平解放后,党和政府投入大量人力、物力和财力到西藏《格萨尔》的抢救、整理、出版、翻译等工作中,在党和政府的领导、关心、支持下,该项工作有了快速的发展。1980年4月,国家批准成立西藏自治区《格萨尔》领导小组及抢救办公室,指定自治区党委宣传部、自治区社会科学院、自治区文联、自治区出版局的负责同志分别担任抢救领导小组正副组长,自治区文联代管抢救办公室。财政下拨抢救专项经费,建立了西藏有史以来第一个《格萨尔》抢救领导小组和抢救办事机构——西藏自治区《格萨尔》抢救办公室,核定编制为15人。同时,在西藏师范学院(西藏大学前身)成立了《格萨尔》民间说唱艺人扎巴抢救小组,当时受到中央有关部委的表扬,并成为七省(区)的榜样。1984年,西藏自治区《格萨尔》抢救办公室正式划归西藏社会科学院管理,成为社科院下设县级部门,编制10人,专项经费每年10万元。1987年机构改革时,《格萨尔》办公室降级合并到西藏社科院原语言文学研究所,并取消了专项经费。1997年机构改革时,随着原语言文学研究所和民族研究所的合并,《格萨尔》办公室划归民族研究所管理,成为民族研究所的一个内设室,对外亦称自治区《格萨尔》研究中心。

西藏《格萨尔》抢救办公室成立之初,国家投入大量人力、财力和物力,为史诗的抢救、保护、整理、出版和研究工作奠定了良好的基础。30多年来,《格萨尔》抢救办公室做了大量工作:

一是20世纪80年代开展大面积的艺人普查工作,对西藏范围内的重点说唱艺人及其唱本进行了录音、整理和出版。了解和掌握艺人的现状,记录艺人口头说唱本是《格萨尔》抢救工作的重中之重,在当时是一项非常急迫的工作。20世纪80年代初,自治区人民政府投入大量资金,先后20余次派人到《格萨尔》史诗流传比较广泛的地区，进行了大规模的民间艺人普查，《格萨尔》史诗旧版本搜集以及有关传说、实物等抢救工作。经过这一阶段的工作，工作组先后共寻访到能说唱10部以上《格萨尔》史诗的民间艺人57名。根据"择优择缺"原则，按照"优先为老艺人录音"的指导思想，《格萨尔》抢救办公室进行了深入细致的录音整理工作。目前，西藏社会科学院已完成录制100多部《格萨尔》艺人说唱本，整理磁带5000多盘，笔录成文90部，《格萨尔》抢救工作的进度和质量均走在了全国各省（区）前列。

二是《格萨尔》旧版本及实物的登记和抢救取得历史性突破。过去，与《格萨尔》史诗相关的实物及旧版本零散地保存在民间，这些资料不仅从来无人问津，还极易损坏和丢失。在普查寻访艺人的同时，抢救办公室对这些有关《格萨尔》史诗的实物进行全面普查和鉴定，对其中具有一定历史价值和艺术价值的珍贵文物进行抢救和保护。这是《格萨尔》抢救工作的重要组成部分，对于史诗的全面研究具有不可替代的重要作用。随着工作的深入开展，西藏全区先后搜集和发现50多种与《格萨尔》史诗有关的民间人物传说和10件实物，搜集到74部55种《格萨尔》史诗旧版本和旧手抄本，整理出版《格萨尔》旧版本32部。

三是2000年之后启动了抢救、整理、编辑和出版《〈格萨尔〉艺人桑珠说唱本》的文化工程。桑珠（1922—2011）是杰出的《格萨尔》说唱艺人，也是一位被人津津乐道的奇人，他目不识丁，却能说唱50万诗行。这是藏民族独有的一个文化现象，"桑珠现象"可以说在全世界都绝无仅有。桑珠是西藏丁青县人，他在旧西藏和其他很多说唱艺人一样云游四方，以说唱《格萨尔》史诗为生，过着牛马般的乞丐生活。西藏和平解放后，他和百万农奴一起翻身获得新生，在拉萨市墨竹工卡县尼玛江热乡定居落户，建立了自己的家庭。1984年，桑珠和其他十余名民间艺人一起受聘于西藏社会科学院，并与他们合作抢救说唱故事。桑珠艺人极富说唱天赋，说唱从不人云亦云，对《格萨尔》史诗有着自己透彻的认识和独特的见解。1991年，他被国家民委、文化部、中国文联、中国社会科学院四部委联合授予"《格萨尔》说唱家"称号。而后，他又被授予"国家级非物质文化遗产项目代表性传承人"，并被学术界誉为"语言大师"和"国宝级人才"。目前，藏文本的《〈格萨尔〉艺人桑珠说唱本》丛书45部（48本）经整理、编校人员的艰辛劳动，现已基本整理和出版完毕。这套丛书的问世，不仅创造了世界史诗领域个体艺人说唱史诗最长的记录，而且填补了迄今还没有整理和出版过单个艺人全套《格萨尔》说唱本的历史空白。若按平均每部（本）10000多诗行计算，这套丛书的诗行总数将超过520000，大大超过了《摩诃婆罗多》的207000诗行，创造了世界史诗文本新的吉尼斯纪录。2011年2月16日，桑珠老人不幸去世，这是《格萨尔》抢救保护工作的重大损失。我们只有加倍地努力，继续做好这项工作，才不辜负老人的期望，不辜负人民的期望。

三

　　翻译是语际交流和沟通的桥梁，是传播民族文化、促进文化交流的重要途径。历史上，西藏地方通过翻译佛教、医药、天文历算等书籍[1]与祖国

---

[1] 松赞干布时，从古印度翻译《十二缘起》《六日轮转》等占卜理算书籍；又如《松赞干布遗教》说，"法王松赞干布在位之时，从印度迎请鸠摩罗大师，由吞弥·桑布扎为他担任翻译，译出《阿毗达摩藏》的广、中、略三种写本；又迎请尼泊尔的锡拉曼殊大师，由尼泊尔妃赤尊公主担任翻译，译出《经藏》《华严经》《观世音菩萨经咒》等；又迎请印度的婆罗门夏迦罗，由阿札雅达摩郭夏担任翻译，译出《律藏》《迦陵迦光明律》《止雅经咒》等；又从汉地迎请和尚摩诃衍那大师，由汉妃公主和拉隆多吉贝担任翻译，译出众多汉地历算及医药之书籍"。赤德祖赞时，汉族人格谢哇翻译了《金光明经》《业缘智慧经》，比吉赞巴锡拉翻译了许多医药书籍。赤松德赞时，有所谓"译师六试人"出现，他们是努布·南喀宁布、孜·嘉哇洛追、如贡·比雅热扎、突厥吾比夏、朗·贝吉僧格、杰·古古热扎，他们翻译了许多密咒部的经续。达仓宗巴·班觉桑布著，陈庆英译：《汉藏史集》，西藏人民出版社，1986年，第87、89、95、99页。

内地及周边国家和地区保持了密切的文化联系[1]，丰富了西藏地方文化的结构体系和内容，也为藏文化的翻译积累了历史经验。《格萨尔》史诗是当今世界第一长诗，尽快完成从口头文学到文字文学的转化，尽快完成藏文本到汉译本及其他文字译本的转化，是一件功在当代、利在千秋的大好事，是中华民族对世界文化宝库所作出的重要贡献之一，推动了中华文化走向世界，同时也是我们有力回击和反驳达赖分裂主义集团和西方敌对势力长期恶毒攻击"西藏传统文化毁灭论"的现实需要。因此，实施《格萨尔》史诗系列丛书的翻译工程任务十分紧迫，做好这项工作具有重大的现实意义和深远的历史意义。

第一，形成丰硕的《格萨尔》翻译成果，有利于用事实说话，有力驳斥达赖集团的"西藏传统文化毁灭论"。西藏和平解放后，西藏虽然摆脱了帝国主义势力的羁绊，但1959年达赖集团叛逃以后，在西方敌对势力的支持下，长期在国内外从事针对西藏的分裂破坏活动。从国际大形势看，西方反华势力和达赖集团在西藏历史问题上一直歪曲事实，制造谎言，尤其是在文化上鼓吹"西藏传统文化毁灭论"，蒙蔽世界舆论，欺骗了不少不明真相的人士。在文化工作上，我们需要与其展开针锋相对的斗争，开展重大文化工程，以文化保护与创造成果的事实揭示谎言，廓清迷雾，以正本清源。从这种意义上讲，我们开展《格萨尔》藏译汉工程的任务就显得刻不容缓。《〈格萨尔〉艺人桑珠说唱本》汉译丛书的出版，不仅有助于鼓舞西藏人民推动文化大发展大繁荣的巨大热情，而且还将进一步促进

---

[1] 元代中央政府集合官员及西藏、北庭、汉地和印度僧人对汉藏佛教经典进行勘同、分类、纠误和拾遗，最后编写出了一部藏汉对勘的佛教大藏经目录——《至元法宝勘同总录》。（苏晋仁：《藏汉佛教学者团结合作的盛举——纪念佛经对勘七百周年》，载《西藏研究》1985年第4期，第37—47页。）自元以来，《大藏经》曾被译成蒙文、汉文、满文等多种文字，促进了佛教文化的传播和交流。如，元大德（1297—1307）年间，在萨迦派喇嘛法光的主持下，由西藏、蒙古、回鹘和汉地僧众将梵文《大藏经》译为蒙文，在西藏地区雕造刷印。又如，金代民间劝募的《赵城金藏》，1959年9月在西藏萨迦寺北寺图书馆发现31种、559卷卷轴式装帧木刻印本佛经，其编次和《赵城金藏》完全一致，从版式、字体和刻工等方面判断，基本上可以肯定是《赵城金藏》输版入燕京后的补雕印本。

民族文化的传播与交流，有力地粉碎达赖集团和西方反华势力鼓吹"西藏传统文化毁灭论"的无耻谎言，在国际视听中匡正言论，维护西藏地方之于中国的无可争辩的主权，维护西藏社会稳定和民族团结，是一项具有重要政治意义的文化工程。

第二，开展《格萨尔》汉译工程，有利于弘扬西藏优秀传统文化的传承体系，建设好中华民族特色文化保护地，促进西藏的文化认同。2014年9月，习近平总书记在中央民族工作会议上特别强调："繁荣发展各民族文化，要在增强对中华文化认同的基础上来做，对本民族历史坚持正确的观点，不能本末倒置。"这对于我们开展《格萨尔》藏译汉项目、繁荣和发展西藏优秀传统文化，提供了正确的工作方向和有力的理论指导。习近平总书记还讲到："加强中华民族大团结，长远和根本的是增强文化认同，建设各民族共有精神家园，积极培育中华民族共同体意识。文化认同是最深层次的认同，是民族团结之根、民族和睦之魂。文化认同解决了，对伟大祖国、对中华民族、对中国特色社会主义道路的认同才能巩固。"[1]2015年8月，习近平总书记在中央第六次西藏工作座谈会上指出："必须全面正确贯彻党的民族政策和宗教政策，加强民族团结，不断增进各族群众对伟大祖国、中华民族、中华文化、中国共产党、中国特色社会主义的认同。"要想把《格萨尔》变成中华民族共同的精神财富，进而成为全人类的共同财富，就需要通过翻译，而做好汉译本的翻译，是至关重要的。可以说，开展《格萨尔》藏译汉项目，有利于将藏民族千百年来世代传唱的英雄史诗翻译成国家通用语言文字，使之传播于全国乃至全世界，有助于增强西藏各族人民对于中华民族的文化认同，进而增强各族群众对伟大祖国、中华民族、中华文化、中国共产党、中国特色社会主义的认同。

第三，开展《格萨尔》汉译工程，有利于推动西藏文化大发展大繁荣，

---

[1] 习近平：《在中央民族工作会议上的讲话》，2014年9月28日。

促进西藏哲学社会科学和藏学研究事业。作为民间文学,特别是具有世界级重要成果的《格萨尔》是藏学研究的重要领域之一,对其进行系统整理和翻译,对于繁荣发展我国哲学社会科学和藏学研究事业将发挥积极作用。藏学的故乡在中国,西藏是藏学研究的发祥地,藏学的旗帜理应由我们高高举起。然而,长期以来在藏学研究上"西强我弱"的被动局面始终没有被根本扭转,给我们的涉藏外事外宣工作带来了诸多麻烦。西方反华势力和达赖分裂主义集团企图长期把国际藏学研究当成阻止中国前进步伐的工具,现行的国际藏学学术研讨会,时常由国外研究机构操作,反华势力幕后插手,明确设置我国参会人员的资格、论文评定等学术"门槛",企图把持我国涉藏外宣在国际舆论舞台上的话语权。积极主动改变这种不利的被动局面,已成为当前藏学工作迫在眉睫、势在必行的大事。我们开展《格萨尔》翻译工作,即是瞄准这一方向的有益文化工程。有一次,时任中央外宣办副主任的崔玉英同志曾与我交流涉藏外宣问题,她鼓励我们将来把藏族英雄史诗《格萨尔》翻译成外文,将其拿到国际藏学研讨会上和涉藏外宣活动中,这是对我们继续开展好《格萨尔》传承工作的莫大鼓励和鞭策。

  第四,我们有能力、有信心、也有勇气做好《格萨尔》翻译工程。中华人民共和国成立后,党和政府高度重视《格萨尔》史诗的抢救、整理、保护、出版和翻译等工作,经过30多年的艰苦努力,该项工作取得了令人振奋的丰硕成果。然而,整理出版的《格萨尔》文本绝大多数是藏文书籍,能够阅读原文的人很少,更不必说概知其全貌。与此同时,现实中的《格萨尔》译本屈指可数,根本不能反映全传的完整面貌,让这部世界级的民族史诗埋没于世实在可惜。这种严酷的现实告诉我们,必须下大决心攻坚克难,及时启动《格萨尔》史诗的翻译工程。经过几年的努力翻译,我们这套《〈格萨尔〉艺人桑珠说唱本》汉译丛书即将与世人见面,可以使全国各族群众都有机会了解《格萨尔》史诗,实现了我国政府向联合国教科文组织申报世界遗产时许下的"要在几年内让《格萨尔》工作取得显著成效"的承诺，又能以此丰富中华民族的文化宝库，为实现中华民族伟大复兴的中国梦提供文化智力支持。

四

翻译工程必须遵循翻译标准，实施精品战略。中国的翻译理论和实践在世界上有显著的地位。《格萨尔》藏译汉项目是西藏自治区重大文化工程，为了保证翻译工程的质量，项目领导小组办公室专门制定了《翻译要则》，统一了名词术语。在项目开展中，要求项目参与人员树立精品意识，实施精品战略，将"科学本"与"文学本"相统一，力求达到艺术翻译的高度，使《格萨尔》汉译本成为经得起时间和实践的检验、经得起人民群众的检验、经得起国内外专家学者的检验的典范之作。在质量上，译文总体上遵守"信、达、雅"相统一的原则，以信为本，遵实崇本，雅不背信，辞尚体要。同时，忠实于原作的内容、形式和风格，保持译文的真实性、文学性和文化性，充分展现《格萨尔》史诗所蕴含的文化内容和民族地域特色。在技术上，译文总体上遵守原则性和灵活性相统一的原则，韵散结合，直译与意译相结合，坚持真实性，把握文学性，体现时代性和文化性及民族、地域特色。

当然，《格萨尔》史诗是一门内容丰富的学科，它包罗万象，错综复杂，涉及政治、军事、历史、地理、民俗、宗教、语言（方言、词汇）、文化等各个方面，在研究和翻译过程中也会遇到各种各样的困难。可以说，系统地翻译一整套《格萨尔》史诗丛书，我们没有可供借鉴的有用经验，只能摸着石头过河，慢慢地去研究和探索。对于我们自身而言，整部地翻译《格萨尔》史诗故事，要求译者既要专精，又要博通，而事实上对于每部史诗故事的翻译，又必须经历一个初译、译校、编校、再校的反复过程，一个人很难独立完成全部的工作内容。尽管如此，我们并不回避这些困难，有些时候还将课题组的参与人员集中起来进行统稿和研讨，尽量达成基本统一的意见，诸如《〈格萨尔〉藏译汉项目规范术语》（样本）就是这样反复琢磨出来的。我们付出了艰辛的努力，这项工程基本已经完成了，然而我们却越来越感到翻译工作的艰难，项目开展中有许多问题还值得深入研究和完善解决。即使丛书得以出版，其中依然会存在这样或那样的不足甚至错误，希望广大读者和专家批评指正，以便我们以后有机会进一步修改、补充、完善和提高。

在《〈格萨尔〉艺人桑珠说唱本》汉译丛书即将出版之际，我们衷心感谢自治区党委政府对这项重大文化工程的高度重视以及在财力、物力等方面给予的大力支持和关心。同时，还要感谢自治区社科院几届领导，长期从事《格萨尔》抢救、录音、整理的科研人员的大力支持和辛勤劳动，感谢中国社会科学院民族文学研究所及全国《格萨尔》工作领导小组办公室、西藏大学、自治区档案馆、自治区电视台、布达拉宫管理处、西北民族大学《格萨尔》研究院、青海省文联等相关部门专家学者的鼎力帮助。正是在多部门的专家学者的通力合作下，才如期圆满地完成了这项文化工程。

2015 年 12 月

于拉萨

内容梗概

　　《大食财宝宗》讲述的是雄狮大王格萨尔降伏南方辛赤大王三年后发生的故事。姑母南曼杰姆托梦预言格萨尔王将降伏西方大食财宝宗，于是，格萨尔王幻化成红色马头明王[1]的神鸟向达戎首领超同王设局，超同王为了纳妾和讨好神子扎拉等私欲，施展法术，派遣三位盗马贼将大食的青鹏飞马等三匹神驹偷回达戎部落。西方大食国王经占卜打卦得知青鹏飞马在东方大地，便派大臣协噶丹巴和马倌顿驰拉鲁二人前去寻踪。二人苦苦寻觅，得知神驹被岭国达戎部落超同王所盗。大食国王便举兵攻打达戎部落，并生擒达戎首领超同王。超同王通过签订伪盟约等奸诈手段逃回岭国后，请求格萨尔王为之做主，有先见之明的格萨尔大王知晓降伏大食国时机还未成熟，派超同土等人先带兵去讨回公道。超同王与大食发生多次战役，双方死伤惨重，仍未分胜负。超同王等人派使者迎请雄狮大王格萨尔亲自率兵督战，格萨尔大王率兵一举攻破大食国，打开大食财宝库，分发财宝，造福了大食和岭国的黎民百姓。

---

[1] 马头明王：佛教密宗中观音菩萨的六种形象之一，即马头观音。马头明王是观音菩萨的怒相身，多为红色。六观音分别是：圣观音、十一面观音、千手千眼观音、如意轮观音、准提观音、马头观音。

一

  雄狮大王格萨尔征服南方恶魔辛赤大王后，时迁三载。

  在这三年休整的时光里，人中豪杰雄狮大王格萨尔在狮虎龙戏宫中放空一切，证修无上慈悲之果位，证修刚刚结束那天，恰逢水猪年夏季十五日。是日傍晚，苍穹布满云霞，雷声滚滚，遂甘霖抚地，滋润万物，而后，空中高高挂起一弯七色彩虹。姑母南曼杰姆骑着白狮，发髻高悬，身披绫罗，右手摆法鼓，左手摇金铃，从彩虹中央径直来到雄狮大王座帐上空，吩咐道："神子毋睡快起来，将有大事要嘱咐。"接着唱道：

  唵嘛呢呗咪吽！

  阿拉[1]拉姆唱阿拉，

  塔拉实乃韵之调。

  请你慷慨赐先知，

  天界仙女请明鉴，

  此番授记极清晰，

  空中年神请明鉴，

  引导我来唱此歌，

  下界龙女请明鉴。

---

[1] 阿拉（塔拉）：在《格萨尔》史诗中，艺人演唱时常常以"鲁塔拉"或"鲁阿拉"等作起音，是开始吟唱史诗时有音无意的衬词，作为唱腔的起音曲已成定格。

东方岭国得威力，
享用不尽无比拟，
黑头藏人需帮扶，
释迦佛教需兴盛，
比丘僧尼需长寿，
佛法道场显生机，
世间众生得平安，
铲除一切黑暗魔，
如此祈示愿成真，
上师护法和本尊，
所有智慧空行母，
前来助佑岭国众。

如若不识此地方，
空中彩云之宫殿，
甘露及时来降临，
大地万物皆滋润。

如若不识我是谁，
我乃印度大地畔，
泥婆罗之边界地，

亭域部落之地方，
专司预言之主人，
难辨道途指路人，
难辨是非解惑人，
雄狮大王之姑母，
上部天界已指派。

岭国格萨尔大王，
勿要贪睡请起床，
贪睡之徒难平安。
上师贪睡佛法废，
皈依加持谁来做？
首领贪睡误政理，
谁来主持庶民事？
父辈贪睡丧胆识，
出谋划策谁来理？
英雄贪睡敌来袭，
强敌侵犯谁来抵？
主妇贪睡无饭吃，
谁来操持家务事？
少女贪睡难出嫁，

终身难觅好郎君。
磐石不动会粘地，
如此比喻到处是，
哪有工夫睡懒觉？

群山环绕之草地，
若是水草不丰美，
家禽六畜无依靠。
身披袈裟之上师，
如若不勤佛与法，
黑白曲直谁来辨？
如是比喻大王鉴。
人生有命须有为，
分辨谏言之是非，
当下不能再松懈，
为了众生之幸福，
大地五谷六畜旺，
福运亨通势力强。

举例说明是如此，
晴空之上无密云，

根本无望雨水至。
如果大地不沐浴，
万物生长靠谁护？
平民百姓皆失望。
如此譬喻请斟酌，
藏地宝藏数作一，
世界福运算作二，
身上装束为第三，
就算上师也需要。

首领也需权杖柄，
黎民生计已经营，
没有财富变乞讨，
食物匮乏饥民繁，
语辞贫乏变哑巴，
无勇犹如狐狸群，
福运之士聚财运，
上进就如摇钱树，
要有高明之大德，
加持自然就会来，
想去征讨需良驹，
山高水远能跋涉，

此理通否大王鉴!

西方大食之财富,
正是岭国所需物,
宝物色泽各不同,
高原部落皆所需,
宝库岭国若要取,
西方大食要征讨,
当务之急首先要,
敬献善方之神灵,
托付神灵来护佑,
排除一切不利因,
还有岭国之贤臣,
叔父当中之贤能,
首屈一指为戎擦。
率将统兵之先锋,
四母超同当莫属,
这次超同先起兵。

西方大食之地方,
诞有一匹飞鹏驹,

神驹青鹏飞马矣，

世界再大当日返，

此马岭国必须取，

为何要取我来说。

达岭之战结束时，

大食赞杰多杰王，

骑着飞奔枣骝马，

奔向何处难寻觅，

如若无法取法驹，

如果岭国无此马，

难以追获大食王，

天神指路超同行。

此歌大王铭记心，

如果不清不赘述。

唱毕，南曼杰姆在彩虹间向着奈莱亭方向飞去，瞬间消失得无影无踪。雄狮大王格萨尔随即召集上部天神、空中年神、下部鲁神[1]、战神[2]、威玛[3]以及护法和保护神等，前来佑助自己出谋划策。大王盘腿坐在日月自显的金座上，用金质金刚杵轻轻敲击了三下几案，侍从米琼卡德[4]飞一般来到

---

1 鲁神：在通常情况下，"鲁"在藏语文中习惯译作"龙"。
2 战神：意为御敌之神，原指专门保护藏地男人的一类神灵。据说，每个男人都有自己的战神与阳神，战神居于男人的右肩，阳神居于男人的右腋。《格萨尔》史诗中特指岭国骑士的个人保护神。
3 威玛：古象雄语，藏地古老苯教神灵系列中的一类重要神灵，在《格萨尔》史诗中通常与战神一词并列使用，意义相同或相近。
4 米琼卡德：意为巧嘴矮人。

座前听命，大王吩咐米琼卡德召集各部首领于大帐议事。

翌日清晨，岭国上部赛巴八大部、中部文部六部落、下部穆江四部的首领和各路英雄齐聚狮虎龙戏帐内。雄狮大王格萨尔坐在正中金座上向大家唱起了部署之歌：

唵嘛呢呗咪吽！

阿拉歌声传天际，

法音传遍无阻碍，

塔拉之歌扬大地，

保佑六道轮回歌，

歌唱天界六变曲，

天神年神鲁神鉴，

各路神明降此地，

来此保佑和加持。

若如不识此地方，

玛域岭国之上部，

岭地幼系之属地，

狮虎龙戏之宫殿，

宫殿顶部神驻守；

上部天神之领地，

中间年神来驻守；

年军长势之领地，

底部鲁神来驻守。
享用无尽似大海，
此顶神帐之主人，
是封天神之派遣，
心系六道之众生，
惩治四方恶魔群，
一心修佛利苍生。

我乃神子推巴嘎，
浑身上下无阴影，
姑母授记已至此，
恶魔敌军要征服，
财富福运要引取。
我乃岭王格萨尔，
姑母授记要出征，
冲锋陷阵之头马，
没有马鞍主人愁，
出征急需千里驹，
结伴同行之伴侣。
不聚财富男人过，
不识大体夫人过，

拯救地狱之佛陀,
不具加持上师过,
放弃誓言非佛子,
我做如此之比喻。

黑头藏人之公事,
为了东方岭国事,
西方大食之宝地,
今年就要去征讨。
西方大食之地界,
青色鹏翅之神驹,
如若我等不驯服,
难以取胜得凯旋。
追根究底道原由,
大食赞杰多杰之,
红色枣骝追风驹,
听说难胜飞鹏驹,
如此宝驹要得手,
除了超同无谁人。
达岭之战由此起,
此乃天神之安排,

诸位叔父请铭记，

不听只当耳边风。

雄狮大王格萨尔做了如此安排后，位于排首的总管王戎擦查根披着满头银丝，好似洁白的羔羊皮，眼睛眯成一道缝，皱眉环顾了一番诸位英雄，从容地从自己的座位上站起来恭敬地向格萨尔大王献上一条绸帛后，便用绵长悠扬调唱道：

唵嘛呢呗咪吽！

阿拉拉姆唱阿拉，

上师本尊及三宝，

三大怙主来帮腔，

不要大意护佑我，

三宝明鉴做护佑，

护佑岭国各英雄。

若如不识此地方，

高原藏人之地方，

富饶岭国之故乡，

岭地神谷三岔口，

神帐狮虎龙戏宫，

雄狮大王之驻地，

修行空性之圣地，

各路英雄聚集地，

商议要事之重地。

若如不识我是谁,
上古大地形成时,
开天辟地之同时,
经历丰富老人我,
人称智慧通天下。

岭国大食在当下,
必有大战无须言,
天神预言不容疑。
听着达戎超同王,
战争打响之日起,
敢于担当负起责,
全由自己做主张,
若与强敌交上手,
英雄豪杰显身手,
进退全由己做主。
施展各种幻术时,
斗智斗勇之时机,
你虽不及格萨尔,

叔叔阿克超同王，

马头明王之化身，

使出绝技将敌震。

除此上中下之部，

各路部队之首领，

北方阿达拉姆女，

霍尔辛巴梅乳孜，

姜域玉拉妥居王，

达拉赤嘎四英雄，

各个大部之首领，

秘密派使传战报，

派遣信使我安排。

岭军何时进大食，

出征时间我来定，

兵马粮草和器械，

全由我来做安排。

雄狮大王铭记心，

不听不再做重复，

王臣一心请切记。

总管王戎擦查根做了如此的战略部署后，雄狮大王格萨尔心想：他是叔辈中德高望重的第一人，我等哪有不遵命的道理？岭国各路英雄也都觉得总管王言之有理，各个满面笑容，表示赞同。议事结束后，大家在此帐中欢聚歌舞，觥筹交错，足足两日。之后，格萨尔思谋着得试探试探叔叔超同，便通过幻术变成马头明王本尊前往超同驻地普若宁宗。那时叔叔超同王做了各种荟供后，正休息观想己之护法神马头明王，格萨尔幻化成的马头明王之神鸟，白尾黑翅、回头白颈、长嘴细腿的模样，降落在超同帐顶，翩翩起舞，并用悠扬六变调唱道：

唵嘛呢呗咪吽！

阿拉阿拉唱阿拉，

马头明王神在上，

其次敬献护法神，

其三敬于雍仲苯，

达戎苯教护法神，

在此各个做敬献。

若如不识此地方，

悬崖峭壁之地方，

地势险要之城堡，

普若宁宗似金汤，

四母超同在此居，

请问贵体可安康？

若如不识我是谁，
来自遥远的地方，
恰若妥宗红色宗，
周游山川做护卫，
马头明王之近侍，
誓死奉行主人命。
四母超同请细听，
我奉马头明王命，
适时前来做预言，
前途不明来引路。

如若不知我来意，
今年年关之以前，
打个比方是如此：
日月旋转之苍穹，
如果没有聚云雾，
不聚云雾便无雨；
大山之中草木密，
若是雨水不滋润，
花草树木难生长；
若是草木不繁茂，

何以放牧牛羊群?
长辈叔父聚集处,
若是没有子侄辈,
父子血缘将断代。
深海当中有宝藏,
没有财运也无妨。
精通教法之上师,
若是不得真传承,
宛如天空现七彩。
如此富饶岭国地,
父辈犹如须弥山,
若无勇士难服敌。

达戎首领超同王,
权势如日中天状,
然而其名不符实,
超同之名传四方,
当下时机已来临,
放过时机乃憾事。
当下岭国之沟口,
美女好似彩云飞,

丹玛[1]千金玉珍女，

你若要想纳为妾，

首先得用计与谋。

大食国王之坐骑，

青色鹏马善飞驹，

若是叔父您得手，

所向披靡无敌手，

献与丹玛来说媒，

丹玛之女方可得，

是否如此请思量。

西方大食珍宝库，

占为己有也可以，

雄狮大王做靠山，

英雄挥师去征讨，

非你莫属无谁争，

所说话语铭记心。

不听不会做重复，

叔父心中定有数。

听完如此授记之歌后，四母超同王前思后想，反复揣酌，思忖半晌，

---

1 丹玛：格萨尔手下不可或缺的人物中最为忠心不二、智勇双全的人物之一。他的光荣业绩伴随格萨尔一生，对其称谓也随着《格萨尔》故事的进展与其本人特征的显现而有所变化。这些不同的称谓有擦香•丹玛强查、丹玛强查托桂、丹玛赤杰桑珠等。

尔后唱了这首如何夺取大食王国宝马的歌：
　　　　唵嘛呢呗咪吽！
　　　　阿拉拉姆唱阿拉，
　　　　塔拉实乃韵之调。

　　　　天神前来做护佑，
　　　　上部苍穹虚空中，
　　　　红色马头明王鉴，
　　　　战神威玛请明鉴，
　　　　雍仲上师请明鉴，
　　　　前来助佑超同我。

　　　　如若不识此地方，
　　　　此地好似瓶颈口，
　　　　普若宁宗天险处。
　　　　如若不识我是谁，
　　　　岭国长中幼三系，
　　　　我乃三系之首领，
　　　　曲潘那波之子嗣，
　　　　上界神明之化身，
　　　　达戎红色之部落，

九十万军之大帅，
达戎超同是我名。
叔父达戎超同我，
上天派遣至人间，
马头明王之转世，
幻术魔咒之行家，
天下无人与我敌。
犹如青龙之超同，
降伏敌人之时候，
好似长空青龙吼，
绝无一人敢挑战。

大鹿头顶之犄角，
虽然多人欲摘取，
除了绝技猎人外，
再无他人能获取。
无数珍奇财宝库，
世间众人欲占有，
除了聚福贤人外，
难能轻易拿到手，
比喻正合达戎兵。

马头明王来预言，

西方大食财富国，

珍奇无比福运聚，

然乃藏人运势至，

大食青色飞鹏驹，

要做岭国之神物，

除了超同无人驭，

神驹到手之时日，

达戎心愿皆完成。

勇士听着勿大意，

嘉赖贝布算一个，

穆贵杰美数第二，

玉纳托斗是第三，

你等仨人显身手，

眼下要赴大食国，

青色飞鹏大神驹，

非同寻常不一般，

头顶乃有一簇毛，

前肩长有旋风窝，

鬃毛犹如鸟羽般，

不能弄错牵回来。

仨人前去之奖赏，

黄金如意一百柄，

马蹄银坨一百块，

上乘绸缎十余匹。

若是不能得凯旋，

力拔山兮之三人，

空手欲踏故乡门，

宝贵生命犹难存。

若是成功奖赏重，

无功而归似丧犬，

半生去做放马倌。

若是英雄拿厚赏，

若是快马博头彩，

听懂请往心间记。

听毕，玉纳托斗、穆贵杰美和嘉赖贝布三人不分先后从座位上站了起来，说道："呀！尊贵的超同大王！虽然雷石难回、覆水难收、王命难抗，但我们仍存疑虑。一乃两国相隔千山万水，路途遥远；二则路况生疏，辎重难保。我等前去若是得手，奖赏的确诱人，主仆各取所需，皆大欢喜，然而一旦失手则小命不保，所以请求另派他人。"达戎超同一听非常生气，说道："呀！如若违抗王者之命，除了囹圄无去处；如若不尊上师之言，除了地狱无处去；如若违抗父母之命，除了他乡无处去。派你三人出征建功立业，无须有后顾之忧，本王已施法术为你等排除所有困难，还备有隐形风轮，带上此物，天上飞禽、地上走兽皆不会发现你等仨人，神不知鬼不觉。虽说路途遥远，此物能在三日之内将你等送往目的地，而且路上的盘缠、衣物已样样备齐。"三人听后，无可奈何，只能奉命前去。

三人收拾了简单的行囊，踏着超同大王赐予的隐形风轮连续赶了十八个昼夜后，终于来到流着红蓝绿三色水的河边，看到一座红蓝绿相间的城郭，夕阳西下，在天地相接之处隐约看到大食国属民赛马的场面。那日，正是大食国王的臣属们组织神驹青鹏飞马、善奔棕色驹和黑翅水青驹等祭祀达拉查布、茹达查赖索嘎和宗拉嘎琼等寄魂山之时。大食国王大臣等祭完山神下山后，在平地上休憩片刻，三位岭国盗马贼藏在隐蔽的地方观察。是夜，三位盗马贼乘着超同的风轮，念着隐术咒语，前去钻营盗马，大食国的所有马倌中了催眠之术，均如死猪般睡去。三位盗马贼每人牵了一匹事先确定好的良驹逃了出来，骑着盗来的神马经通往汉地的道路返回岭国。

由于马倌们中了催眠术，各个都睡到天亮，大食马倌顿驰拉鲁醒来后看到国王的三匹爱马不知去向，踪影全无，急忙告诉了二位伙伴兰卡珠杰和玉珠诺布，三人带着哈达急忙前去向大臣协噶禀报。顿驰拉鲁跪在大臣协噶丹巴面前泪流满面，捶胸顿足，颤抖着嘴皮唱道：

    唵嘛呢呗咪吽！

    阿拉拉姆唱阿拉，

    歌由阿青塘说起，

    塔拉实乃韵之调。

    上界天神请明鉴，

    宗拉山神请明鉴，

中部达拉噶布鉴，

天界青色龙神鉴，

上天明鉴请佐证。

如若不识此地方，

财富聚集之圣地，

森林茂密覆盖地，

神明上师驻足处，

首领执法之地方，

英雄男儿拴马处，

父辈齐聚议事处，

狮虎王臣聚首地。

我为何人不必讲，

大食国王之属地，

大食国王之马倌，

顿驰拉鲁便是名。

尊贵主人协噶臣，

坏事降临难启齿，

然而不得不开口。

大食国王之爱马，

青色大鹏驹其一，

善奔棕色驹其二，

黑翅水青驹其三，

昨夜消失似梦幻。

苦命马倌拉鲁我，

前世造孽积恶业，

坠入地狱不为过，

取下头颅无怨言，

如何是好请裁处。

马倌顿驰拉鲁如此唱完后，大臣协噶顿时变得紧张无比，长叹一口气，不知所措。青色大鹏飞驹与众不同，诞生于神鸟大鹏蛋中，双耳有大鹏花斑，四蹄长有顺风蹄毛，可以瞬间绕转世间一周，眼下神驹失踪，不知如何向国王禀报。然而世间谚语讲得好：父子之间无秘密，母女之间不藏食。此事非同小可，不得不向大王汇报。协噶如此想着便径直去了大王神帐，他一反常态不敢坐在虎皮坐垫上，默默坐在最边上，长叹三口气后说："无上尊者大食财富王，您的恩情似父母，哪有有事情不汇报之理？眼下就有坏事得禀报。"说完顺势向大王敬献了一条上好的哈达，然后立马跪在地上。多杰大王道："不管好事坏事，爱臣不必下跪，不管好坏，请你直言相告便是。"于是协噶急忙起身，向大王唱道：

唵嘛呢呗咪吽！

阿拉拉姆唱阿拉，

塔拉塔拉唱塔拉。

唱词必定有头绪，
苯教大神珠拉鉴，
宗拉嘎琼请明鉴，
山神赤赖索嘎鉴。

如若不识此地方，
白玛亚举之天宗，
奇珍宝库之门户，
堆积珍奇之宝地，
棕色峭壁之内部。

如若不识我是谁，
前辈谚语如此云：
驰骋千里的骏马，
相守终身之伴侣，
心心相印的大臣，
得到此仨便平安。
大食财宝王之臣，
忠贞不渝之内臣，
协噶丹巴是吾名，
终身为王做侍奉。

振振有词言有理，

王臣犹如日月明，

绕行四洲是本性。

王臣好似夏之水，

雨手上涨乃自然。

王臣宛如鱼水情，

遨游水中是本能。

时至今日之以前，

备受大王之恩宠，

扶持大王理国政，

大王王后皆恩人，

还有王子查古仨，

护佑我之父母官。

大力赞拉多杰臣，

东赤南拉嘎琼臣，

黑面英雄朵丹仨，

为人耿直之贤臣。

还有在座各英雄，

人生好似涟漪泛，

福祸相间躲不过。

人生光彩不夸口，

不顺之事要言明，

今年祸事从天降，

为所未闻蹊跷事，

非得上报不敢瞒。

大食玉如拉塘滩，

各种骏马千万匹，

青色大鹏会飞驹，

不翼而飞似梦境。

马倌顿驰拉鲁一，

兰卡珠杰为其二，

玉珠诺布等三人，

天黑睡到天再明。

青鹏飞马等三驹，

天上不留痕与迹，

地上没有踪与影，

真是不知去何方。

尊贵之大食财王，

遇到如此蹊跷事，

胡思乱想无主张，

群计群策出主意，

如何定夺不知晓，

不知外贼来盗取，

还是内鬼做出卖，

再者天上使幻术，

打卦问卜做决断。

如此之事大王鉴。

歌词不对请见谅，

曲调有误请海涵。

听完大臣协噶如此禀报后，大食国王像野牛般长嚎一声，摩拳擦掌，心想：此马的丢失比失去一座城堡还要严重，表面虽无外敌侵入，但城墙虽固，内火难防。爱驹青鹏飞马是大鹏鸟蛋所孵，如此神驹落入敌人之手必后祸无穷。大食国王思虑片刻，继而提醒自己，还要冷静处事，大食各个关隘均由重兵把守，神驹失踪无疑是里应外合的杰作，尤其在这赛马的关键时刻出现这等怪事。多杰王想着想着满脸阴云密布。王后心想：协噶是大王最宠信之臣，爱物既已失去，再不能怪罪和中伤信任之臣。如此想着便说道："人死不能复活，物失难以找回，眼下当务之急是召集群臣商量对策。"王子附和说道："父王和叔父协噶是心神合一的君臣，千万不能因此而产生内讧。"王后觉得王子言之有理，说道："三天前我做了一个不祥之兆的噩梦，只是一直没有敢向大王说起，现在看来得赶紧召集大食各部首领前来商榷寻马和御敌之对策，也许大祸将要临头。"于是大食王向协噶吩咐道："由你召集远近大小各部首领前来议事。"协噶按照大王之命通知各部首领在十五日之内聚会议事。各部首领纷纷如期而至，在大王神帐中获酒肉相待，觥筹交错。大食财宝之王坐在高高的金座上，说道："眼下由于业愿孽障之因，有一件丑事要向大家宣布。"便向各位臣子属民和马倌们唱道：

　　唵嘛呢呗咪吽！

　　阿拉拉姆唱阿拉，

　　塔拉实乃韵之调。

　　天界珠拉托杰鉴，

　　山神宗拉嘎琼鉴，

　　查赖索嘎请明鉴，

　　赞玛拉嘉夏森鉴，

　　茹毛饮血之神族，

　　财神噶年请明鉴。

　　如若不识此地方，

　　西方大食莲花滩，

　　查茹顿欣之内部。

　　如若不识我是谁，

　　上部苍穹云极间，

　　遨游四洲之青龙，

　　呼风唤雨之汉子，

　　兰卡赤赞便是我。

　　南瞻部洲之地方，

　　首屈一指无第二，

神驹也数一两个，
善言谋政是其一，
国富民强数其二，
带兵讨敌算第三，
具备此三真英雄。

在此各首领听着，
今年遇上蹊跷事，
神鹏鸟蛋被风刮，
飞禽痕迹难觅见。
雄狮鬃毛被雷击，
之后怎能领狮群？
汪洋大海干涸时，
鱼虾水族难藏身。
妖妇迷惑上师时，
地狱苦众谁来救？
勇士坐骑被贼偷，
心神怎能得安宁？
大王心神被臣搅，
下属黎民谁来爱？

大食各部首领众，
此事真乃难置信，
青色大鹏会飞驹，
昨夜消失似做梦，
无影无踪如虹尽，
打个比方是如此。
王者心腹之大臣，
国库财宝与敌易，
王臣怎能得平安？
父母积攒之财富，
临终之时予子女，
不孝子女皆散尽，
家族兴旺无指望，
如此比喻难启齿。

现在聚集众大臣，
偷窃神驹之贼子，
想上天堂无翅膀，
想钻地下无爪子，
蛛丝马迹定会有。
还有各位马倌众，

终身守财为大王,

关键时候睡大觉,

青色神驹无影踪,

或是苟且里外合,

大王神驹予敌方,

或是下人贪财富,

拿着神驹换茶盐,

除此以外无他因。

你们无耻放马倌,

事情原委细道来,

不招小命难保全。

无耻马倌请听好,

不听狗耳剑来削。

　　大食多杰王唱了这首责备歌后,用拳头重重地敲击三下几案。内臣赞拉多杰贝巴起身向大王敬献一条哈达后说道:"呀!尊贵的大王!话语不能如此言,神驹不管是外贼盗窃,还是里应外合被内贼出卖,都要有证人作证,或是有人亲眼见到才能定论,不然犹如黑夜寻路不能公正定夺。"说着唱起了这首歌:

唵嘛呢叭咪吽!

阿拉拉姆唱阿拉,

平心而论唱此歌,

上部天界苍穹中,

珠拉年布请明鉴，

宗拉嘎琼请明鉴，

三座主神请明鉴。

如若不识此地方，

大食阿青莲花滩，

大食国王之神帐，

王臣聚集议事处，

好事坏事定夺处，

解决囧事之地方。

如若不识我是谁，

亚龙晁宗之城堡，

五大部落之首领，

赞拉多杰是吾名，

我乃虽然是肉身，

实为赞神之子嗣，

天神赞神之结合。

在座王臣请聆听，

今天所言非大话，

吉祥哈达颈上戴，
大臣协噶别迟疑，
敬献尊者用哈达，
约定俗成有规矩，
得道上师敬哈达，
才能得到真传承。
如此比喻我唱歌，
古人谚语说得好：
父亲之位比山高，
母亲胸怀似草原，
大王权势无比广，
大臣胸怀要宽广，
王臣不顾百姓苦，
犹如山里之禽兽，
上师要为众生事，
僧侣要守清戒规，
如果不度世间众，
不如街头之狼狗。

眼下事情已至此，
今年正逢关键时，

西方大食之地方，
响彻世界之赛马，
马赛将至失神驹。
世间古人之谚语：
富人之子财富丰，
经营有道不会穷，
过分招摇遭窃贼，
年轻少女美如花，
矜持则是父母宝，
放荡便成流浪女，
大食青鹏如此例，
善于驯养是珍宝，
不善管理被贼偷。

我的想法是如此，
失马绝非内部贼，
策划偷马之贼徒，
绝对不是等闲辈，
驯养良驹已不易，
青鹏已落贼人手，
王臣内讧有何益？

从今往后之时日，
须弥山般大王您，
无须由此再烦心，
王臣上下一条心，
群策群力寻马归。
大臣协噶丹巴和，
赞拉多杰我俩人，
上部印度之以下，
下部汉地之以上，
金色霍尔吐谷浑，
拉达克和阿扎地，
其日大地与姜域，
四面八方各处寻，
全力搜寻其下落，
当下决定便行动。

良驹已落贼人手，
责任推在马倌身，
此等做法不明智。
国王大臣和百姓，
上下一心如一人，

万事顺利做了解，
才能保证国富强。
我之想法是如此，
不能拖延立刻办，
为了寻回此良驹，
本部上师要占卜，
卦师也要来打卦，
打卦问卜和掐算，
不知东方和西方，
指明该去何方寻，
是否得当王臣议。

上古藏人之谚语：
未知未闻未知晓，
不易妄判下结论；
不懂装懂之行为，
容易导致吃官司。
尊贵大王大臣们，
是否在理请斟酌，
畅所欲言皆表态。
协噶心胸比天宽，

芥蒂之心绝不会，

肺腑之言表我意，

各位王臣放心间，

不听不再做重复。

赞拉多杰唱完后，上至国王，下至百姓都觉得言之有理，顿时一片寂静。此时，大臣尼玛威奔从右侧座首站了起来，从自己胸前的小佛龛里取出两条哈达，一条恭敬地献与大食国王，一条献给大臣协噶后说道："呀！我也有几句肺腑之言要讲讲。"便唱起了这首分工部署之歌：

唵嘛呢呗咪吽！

阿拉拉姆唱阿拉，

塔拉实乃韵之调。

保佑我来唱此歌！

上部天界龙神鉴，

宗拉嘎琼请明鉴，

查赖索嘎神明鉴。

如若不识此地方，

大食财宝之国土。

如若不识我是谁，

猛虎出入之地方，

莲花湖泊之右畔，

城堡宛如鸟翼展，

尼玛威奔便是我,

胸怀大志谋略光,

才思敏捷如鹞鹰,

财富富足似龙宫,

应有尽有样样余,

雪狮围转之雪山,

蓄势待发之城邦,

青龙飞腾之穹庐,

施展身手之地方,

秋穗成熟之田地,

乃属五谷之粮仓,

部落百姓首领我,

出谋划策之能手。

时至今年之当下,

青鹏神驹遭盗窃,

是否内鬼或外贼?

以我老臣之看法,

神鬼所做非人为,

变幻莫测之神鬼,

或是印度之地方,

身怀绝技之术士,

咒术幻术皆精通,

掩饰蹄印之去向,

会使飞天之幻术,

深谙游泳之绝技。

或是中原之汉地,

障眼法师之所为,

两种可能皆存在。

还有岭国之大地,

达戎部落超同王,

马头明王之化身,

咒术幻术无人敌,

南瞻部洲之地方,

所有咒术都精通,

隐形藏踪样样通,

神鬼智商皆具备,

所作所为猛似火,

挑拨离间如旋风,

此人所为也可能。

在此聚集王臣众,

内部伸进外敌手，

　　王臣内讧是大忌，

　　坚决不能从内乱，

　　当务之急该如此。

　　如何寻找失神驹，

　　老臣我有此见解，

　　上部印度和汉地，

　　还有岭国等地方，

　　如何寻找上师断。

　　穆达顿巴绕色他，

　　先知先觉无人比，

　　问卜打卦方成事。

　　王臣理解谨记心，

　　不解歌词不重复。

听毕，大食王臣都觉得尼玛威奔所言极是，纷纷表示赞同，并商定由宗杰南亚、珠杰诺桑和多嘉诺布等三人带着重酬前去穆达顿巴绕色大师处打卦问卜。上师穆达顿巴绕色先知先觉，知道三位使者前来问卜，便在修行洞外一块大如野牛般的磐石上打坐等候。珠杰诺桑认出大师后，三人将礼金恭敬地献与穆达顿巴绕色，并向大师细说明来意。大师穆达顿巴绕色观想片刻后，将三颗白色卦螺掷向空中，接着将卦象详细地唱道：

　　唵嘛呢呗咪吽！

　　阿拉拉姆唱阿拉，

塔拉实乃韵之调。
天神明鉴保佑我！

天界珠拉赞布鉴，
白色宗拉嘎琼鉴，
查赖索嘎请明鉴，
保佑卦象切实际。
教法兴隆之山沟，
上师顿巴东云鉴。
中间神山查宗地，
诸位天神请明鉴。
下部查卡雍仲地，
苯教光明神明鉴，
出手护佑卦师我。

如若不识此地方，
上部扎隆之沟头，
黑色石山琼宗处，
重要卦象之算法，
白色天泰之女神，
花色中泰之女神，

黑色地泰之女神，

三位女神要助佑；

卦象不向上方漏，

天泰女神来助佑；

卦象不在中间漏，

中泰女神要保佑；

卦象不往下方漏，

地泰女神要护佑。

萨霍战神居右手，

空性神女居左手，

内部福运不能失。

卦象代表天之色，

头卦比那山要高，

象征王臣之贤德；

卦腰坚固似山岩，

象征王臣寿命长；

卦尾好似水长流，

象征人生似流水。

王臣共聚朝堂内，

犹如猛虎般威武，

王臣猛如雪山狮,

森林茂密树木盛,

祈祷不能生火灾。

今天奇怪之卦象,

全力以赴做祈祷,

十六股子来打卦,

看此显示之卦象,

大山好似火焰喷,

英雄披甲在守护。

火红山岩之巅峰,

虎豹王臣居该处,

英雄周围鬼神护,

有些狼族鹞鹰眼,

有些无形难辨认,

有些行走不留踪,

三人来过我大食,

盗马之后朝东去,

青色鹏马会飞驹,

东方汉地之交界,

悉卜野之藏地间,

现在前去做追讨,

白费力气而徒劳,

挑起战争之祸端。

上师卦象不重复,

要想大王保平安,

属民无灾物产丰,

我愿做法来禳解,

王臣一定铭记心。

穆达顿巴绕色唱完解释卦象的歌后,将卦象结果抄写在纸上交给来使。三位问卜使者回去将卦象结果交予大食国王,大食国王和各位大臣不解其意,面面相觑。此时,大臣尼玛绕色道:"呀!看卦象显示,蕃汉两地交界处高高耸立的城堡像叠垒的茶箱,城堡上面天神保护,中间赞神庇佑,下部鲁神围绕。其主人非神非人,虽未目睹,但有耳闻,东方朵康之大地,恶母生恶子,母亲名叫果萨拉姆,儿子便是杀鼠之觉如[1],身边有三十位大英雄,魔国鲁赞大王首级被他取,霍尔白帐王的脖颈被他断,萨丹大王被毒死,南方辛赤大王被割喉等等。此人之前已经征服不少城邦,夺城敛财无数,实力雄厚,征服欲极强,看来眼下已经盯上我富饶的大食国了。上师卦象所说的无形之体,行走无痕、奸诈如鹞的人肯定是达戎部落首领超同,盗马之人肯定是他。"大食国王听完后火冒三丈,雷霆大发,怒吼道:"呀!天上打雷乃下雨之兆,半夜鸟叫乃不祥之兆,眼下恶贼觉如不请自来。"说着便用猛虎怒吼调唱道:

唵嘛呢呗咪吽!

阿拉拉姆唱阿拉,

---

[1] 觉如:格萨尔王幼年时期使用的名字。关于此名的含义有多种说法,有的说是康区方言中对双耳竖立者的称号,有的说是圆球,也有的说是丑陋者,凡此种种。

塔拉实乃韵之调。

天界珠拉请明鉴,
山神宗拉嘎琼鉴,
查赖索嘎请明鉴,
保佑我来唱此歌!
怙主战神和本神,
至高无上之神灵,
关键时刻来祈祷。

在座大食之王臣,
无所适从各自居,
没有谁来献计策,
流言蜚语却不少,
打个比方是如此:
大山顶上之公鹿,
犄角虽长任自豪。
此等事情不光彩,
全副武装之英雄,
敌人豪气飞上天,
实乃我等气不盛。

英雄男儿之姿态，
再苦再难不落泪，
虽败犹荣不低头。
前世修行之福报，
权势福运算其一，
身怀绝技数其二，
财产丰裕是其三，
国富民强之三因。

各位王臣请聆听，
时至今年之当下，
遇上此等糟糕事，
大食国王之爱马，
青色大鹏会飞驹，
一天能绕地球转，
如此神驹莫名失，
窃贼无疑是觉如。
已与我王结芥蒂，
边地乞丐觉如儿，
挑起纠纷之祸端，
利剑指向大食国。

富饶大食之上下,

举国强兵皆向东,

捣碎东方岭国众。

各部兵团之首领,

全力备战迎敌人。

听懂各位铭记心,

不懂不再做重复。

大王唱毕,马佶顿驰拉鲁突然跪地,满腔热血地唱起勇赴疆场之歌:

唵嘛呢呗咪吽!

阿拉拉姆唱阿拉,

塔拉实乃韵之调。

战神男神和主神,

形影相随来护佑。

如若不识此地方,

西方大食之中心,

珍宝聚集之王宫,

王臣聚集之宝地。

如若不识我是谁,

无人做主上半生,

碌碌无为去放牛。

由于勤劳能吃苦，

有幸侍奉我大王。

马倌顿驰拉鲁我，

智慧无穷似大海，

鱼虾汇集无质疑。

大王圣明不必言，

时至今年之眼下，

大地万物黑夜遮，

黎明来临之以前，

人生便出大转折，

今日王臣皆聚此，

心中苦水讲几句。

大食国王尊贵身，

贱命仆人心中想，

青色大鹏会飞驹，

寻找之事我去办，

或是牵马凯旋归，

或是小命做赌注，

除此两样无他求，

空手不归以命保。

我乃马倌之管家，

大食国王之马倌，

神驹丢失罪难逃，

死无足惜我认命，

鞠躬尽瘁乃我愿。

贱命仆人之请求，

虽然王臣皆厌烦，

伤心能使人憔悴，

内讧能让国倾覆，

因此寻马我自理，

即便搭上我贱命，

也要寻追其去向，

找到神驹在何处。

是否如此请圣断。

听了便是悦耳音，

不听请当耳边风。

听毕，各位大臣心想：马倌拉鲁以命担保，虽然他身份卑贱，衣食不丰，却义无反顾，赴汤蹈火，表明他对大王的忠贞不渝之心。此时，大臣协噶丹巴也从怀里掏出两条哈达，一条恭敬地献给了大食国王，一条献给大臣赞拉多杰贝巴后说道："我也难逃其责，愿意与马倌顿驰拉鲁一并前去寻马。"而后便唱道：

唵嘛呢呗咪吽！

阿拉拉姆唱阿拉，

塔拉实乃韵之调。

天神保佑唱此歌！

上部三方龙神鉴，

宗拉嘎琼请明鉴，

神山宗拉嘎琼鉴，

查赖索嘎请明鉴，

上师米达顿巴鉴，

前来保佑指迷津，

赞神山神地方神。

如若不识此地方，

大食尼姆玉塘滩，

无敌英雄之乐园，

人杰地灵福运地，

大王金座设此处。

我是谁人皆认识，

千根发辫在头顶，

金质头饰来装饰。

大食国王之管辖,

物产丰足地富饶,

贤臣良将似云集。

然而大臣协噶我,

打个比方是如此,

一日千里之神驹,

博得头彩是祥兆。

严冬寒风随时来,

铁链束缚之恶狗,

来了盗贼不顶用。

大王手下众多臣,

为国造福是良臣,

不守财富是庸臣,

老臣不想留愧意,

协噶前去要追讨,

中原汉地之以上,

拉达克之以下地,

青色大鹏会飞驹,

不探下落我不回。

守护家园之王臣，

　　不必多虑请放心。

　　王臣内部皆团结，

　　我在外面也安心。

　　若有神驹之下落，

　　率领大军来征讨，

　　请将此意记心间，

　　不听不会再解释。

　　听毕，赞拉多杰贝巴说道："无论大地如何广阔，也不能与天界相提并论，要想大山抖动就得靠地主年神之力，翻江倒海要靠水族首领。大食协噶之名响彻世界，之前我和协噶二人是有难同当、有福同享之兄弟，此次外出寻马也要跟他共同完成使命。"然而，大食大王考虑到人多目标大，不方便行动，就决定只让协噶和马倌顿驰拉鲁二人前去。他二人准备了三天的盘缠上了路，第四天二人脱下身上的衣服，换上旧鞋旧衣服，背上讨饭的小褡裢，手中捧着一个木碗，边讨边走，走过了很多村庄、城池。走了十八天之后，在路上遇见了从中原前往上部拉达克的嘎玛扎巴商队，二人便上前到其帐篷内打听消息。商队带队嘎玛扎西出帐后问道："你二位为何来此？"二人连忙跪地，说道："我俩只是食不果腹的乞丐而已，路遇您的商队，前来讨口饭吃，并祝你们生意亨通，一路平安。"嘎玛扎西将二人上下打量了一番后，心想：二人身强力壮，不像真的乞讨之徒，可能为羌塘强盗之细作。于是带二人到首领嘎玛扎巴的面前。商队首领嘎玛扎巴问道："此地的地形地势、人员组成，还有生意买卖等情况如何？"协噶答道："呀！尊贵的商队首领，我俩只是一介离饿死不远的乞讨之徒而已，根本就不知道此地的具体情况。"便唱道：

唵嘛呢呗咪吽！

阿拉拉姆唱阿拉，

塔拉实乃韵之调。

珠拉托杰山神鉴，

查赖索嘎神明鉴，

上师穆达顿巴鉴，

助我乞丐来唱歌，

祈祷一切皆如愿，

何去何从请指路。

此地何方我不知，

我等乞丐流浪汉，

流浪下部之汉地。

要说流浪之原因，

想吃未曾尝之食，

想穿柔软之衣裳。

他乡流浪之乞丐，

流浪街头丧家狗，

乞杖好似狗尾巴，

遇到城池留月余，

碰到村庄待一天。

如若不识我是谁，
我是无主之野兽，
所谓故乡我没有。
天下广阔之地域，
是我生存之故土。
今年去年和前年，
富饶大食之地方，
东方汉地扎西城，
两城之间讨衣食。
城市繁华又热闹，
天下各地我走遍，
没有村庄便无靠，
好似无水鱼难活。
乞丐双手到处伸，
要到一顿算一顿，
未得长夜难熬煎，
乞丐生活是如此。
流浪四方二乞丐，
不管衣物和食物，

施舍我俩便满足。

有时乞讨无数地，

不获一物实难熬。

慈悲之人善施舍，

尊贵商队之首领，

给我两位可怜人，

施舍一年之食物，

还有终生之衣物。

不然眼下之时日，

风吹日晒天气热，

虱子会把我俩噬。

此歌请往心里去，

不听不再做重复。

协噶唱毕，商队首领嘎玛扎巴心想：看此人面色红润，眼神明亮，头发黝黑，身强体壮的样子，绝对不是等闲之辈，还在这里装疯卖傻。便说道："你俩想要的我可以满足，然而如果不实言相告，不要说施舍衣物，我还要将你俩绑起来扣押三日。然后，无论我们去哪里，就用皮鞭抽打着你们到哪里。"说着便用讥骂的口吻唱道：

唵嘛呢呗咪吽！

阿拉拉姆唱阿拉，

塔拉实乃韵之调。

东方汉地五台山，

本尊观世音菩萨，

保佑解除皆磨难，

生意兴隆万事顺，

金银绸缎各种宝，

商路通畅物资顺，

一本万利盈润丰，

无形山神请明鉴，

祈祷地方神保佑。

如若不识此地方，

高原藏地中原汉，

北方高原六谷[1]地，

人尸马尸和鸟尸，

尸横遍野险恶地。

如若不识我是谁，

来自中原富饶地，

汉地神山是故乡，

嘎玛扎巴便是名。

---

1 六谷：藏族民间认为人类种植六种谷物，即：青稞、小麦、豆类、芝麻、荞麦和油菜。另一种说法是：青稞、小麦、豆类、荞麦、白芥子和铃铛麦。

生意伙伴还有俩，

达瓦顿珠扎巴君，

嘎玛扎西尼玛俩。

我等三人之商队，

帮手多达五十七，

马和骡子整五十，

金银物资有无数。

前来讨饭之乞丐，

肥头肥脑眼睛红，

头发黝黑体形壮，

家境殷实无质疑，

为何装作贱骨头，

为何如此丢自尊，

或是三界[1]之主人，

或是英雄男子汉，

或是贵族之后代，

实话实说双方悦。

无事为何来此地？

有事之人装无事，

---

1 三界：指欲界、色界和无色界。在佛教宇宙观中，三界是一切众生六道轮回的处所。

阻拦商旅之道路，

不是拦路打劫者，

物资可以做交易，

合作愉快喝酒庆，

贸易不成各自散。

世人谚语说得好：

英雄好汉相遇时，

善恶自有命运定，

话语能够辨是非。

听着装蒜乞丐俩，

你等所说言语中，

真假参半能断定，

你俩绝非讨饭者，

身负重任和使命。

商人嘎玛扎巴我，

绝非等闲之凡人，

周游世界之商贾，

无价之宝能识别，

何等事情之黑白，

一眼就能看清楚，

占卜打卦和幻术，

障眼幻觉和魔术，

真相瞬间能识破。

听懂二位记心间，

不懂不再做重复。

听毕，协噶心想此人精通占卜，应该向他请上一卦，便唱道：

唵嘛呢呗咪吽！

阿拉拉姆唱阿拉，

塔拉实乃韵之调。

祈祷先知之神族，

法神报身和化身，

用身语意做祈祷。

男神战神地方神，

各位神族做护佑。

先知龙神三兄鉴，

宗拉嘎琼请明鉴，

先知护法神明鉴，

赞神地方神明鉴。

如若不识此地方，

北方空旷无人区，

唐古拉山之以内，

白色六谷之大滩。

如若不识我是谁，

前世历史没多少，

当下经历可不少，

四方毛毡无变化，

西方大食之地方，

不是什么大人物，

若在关键之时刻，

格斗便有虎豹胆，

运筹帷幄计谋广。

高超上师之徒弟，

见识超群是自然。

深邃大海之珍宝，

价值无穷是自然。

大食大王有百臣，

身怀六艺是自然。

如实说来是如此，

前天昨天和今天，

之前三天之以内，

豪商您所路过处，

遇到何等过路人？

打个比方是如此：

您所经过之路途，

雄鹰展翅见过吗？

细雨绵绵之路途，

布谷吟唱听过吗？

摇曳柳树之枝头，

百灵歌唱听过吗？

您所经过之路途，

遇见盗马之贼否？

不再隐瞒说实话，

我乃西方大食人，

协噶丹巴是吾名。

男儿要分上中下：

两位好汉相遇时，

以诚相待吐肺腑，

男儿经历实相告，

好人善言互相敬，

妇道之言抛脑后，

强者相助弱小者；

中等男儿相遇时，

故乡故土皆相告，

何去何从不隐瞒，

生意买卖谈价钱，

取得双赢皆欢喜，

永结友谊常往来；

下等之徒相遇时，

空话连篇行欺诈，

三句不对刀兵见，

纠纷不断似流水，

无须结下如此孽。

请听尊贵商人主，

我们二人扮乞丐，

一路隐瞒真身份，

西方大食之地方，

三匹良马通人性，

步伐快捷似飞鸟，

大食国王神坐骑，

世间难得之神驹，

或是内鬼已出卖，

或是外贼已盗窃，

不知去向难寻觅，

犹如梦境般蹊跷。

我和马倌两个人，

奉命前来寻神驹。

东方中原之汉地，

阿里三围和印度，

克什米尔拉达克，

还有泥婆罗等地，

人生短暂难走遍。

肺腑之言如实说，

行遍万里之豪商，

不知内鬼与外贼，

神灵不知鬼不觉，

慈悲为怀发善心，

帮助二位寻马人，

占卜打卦请断定，

卦资金银来伺候。

世间古人之谚语：
国王坐在宝座上，
眼观百姓之苦乐；
富人掌管宝库门，
施舍济贫救苦难。
打卦问卜您精通，
卦象如何请直言，
大恩大德日后报，
如实相告毋欺骗。
您去上部之时候，
路过大食款待您，
后路皆由自己选，
是否有理请思量。
古人谚语说得好：
金色黄金和铁锡，
打磨之后显本色，
白唇野驴和毛驴，
赛跑方能分胜负。
两位马倌和商人，

天地在上来盟誓，

是否长久知人品。

听懂便是悦耳言，

不懂不再做重复，

请您铭记在心间。

协噶在唱歌时，商人首领嘎玛扎巴也在细细思量，想到自己的商队今后还要经过大食国，要想在其国行走通畅、吃住方便，就不可得罪此二人。等协噶唱完后，嘎玛扎巴便说道："你二人要是寻马而来，我可帮你打上一卦。"说着便将水晶镜子摆放在白色毛毡上扎卦，接着唱起了解释卦象的歌：

唵嘛呢呗咪吽！

阿拉拉姆唱阿拉，

塔拉拉姆唱塔拉。

天神护佑我占卜，

汉地扎西之宫殿，

观音菩萨请指引，

加持保佑万事顺，

我带商队皆坦途，

强盗土匪和恶棍，

各种灾难皆避免。

如若不识此地方,

羌塘险途之路口,

六谷沼泽之大滩。

如若不识我是谁,

地方汉地丝绸路,

丝绸布帛之商人,

嘎玛扎巴是吾名,

还有两位合伙人,

见识没有他俩广,

生意不如他俩强。

如今遇上你二位,

提出尖锐的问题,

为找神驹去汉地,

能否帮忙不确定,

马在何处我卜算。

我要前去大食地,

途中路过或常驻,

我等性命安全等,

还有财物之保证,

协噶你要打包票,

过路文印赐予我，
不变手印来佐证，
永结友好来盟誓，
占卜费用请奉上，
切勿空口付实施，
我便给你做占卜。

汉地卦师已在此，
观音菩萨请加持，
手持智慧之宝剑，
今天前来助佑我。
天神保佑占卜首，
战神保佑卦之尾，
保佑卦象不出错，
失去财物归原主，
无耻盗窃之匪徒，
卦象之中皆尽显。

各种彩绸向天抛，
洁白丝绸敬天神，
丝绸飘扬运势高。

中间彩绸献上师，

丝绸绵长法脉远。

白绸向天敬三遍，

丝绸向东便在东，

三匹善跑之神驹，

无论何地或何方，

绸缎头部指方向。

祈祷护法来护佑，

祈祷战神来护佑，

祈祷财神来护佑，

光明大道鲜花簇，

引向神驹之地方。

污秽抛向东方地，

东南方向交界处，

红色城堡之中间，

从我神镜做观察。

黑色土地红石崖，

固若金汤之城堡，

英雄好汉似猛虎，

我之卦象绝无误，

大食财宝宗

青鹏神驹在东方，

能否追回难确定。

协噶请你仔细听，

我要前去西方地，

面见大食之国王，

通行路牌要取回。

听懂歌词铭记心，

不听不再做重复。

嘎玛扎巴唱完卦象的歌后，将东方汉地的边界线、玛卿雪山的杂拉超拉峰、黄河长江和澜沧江流域的地形，岭国北城拉卡城堡、狮虎龙戏宫、普若宁宗宫等等的方位，均绘制成详细的地图，交给了协噶丹巴。协噶拿出十锭金元宝作为卦资献与商人嘎玛扎巴，嘎玛坚决拒收，表示不缺金银财富，比金银更重要的是通行路牌。于是，协噶丹巴给大食国王和内臣赞拉多杰、米纳多庆、绒子赤贵达瓦、托赞勒赤噶庆、东赤南拉噶琼、奔杰拉嘉扎巴等人写了一封信，讲述了他和马倌顿驰拉鲁在羌塘路遇嘎玛扎巴商队的经历和嘎玛扎巴打卦相助的过程，请示今后商队路过大食领地时给予方便和帮助，派人护送商队，并助商队在大食完成贸易。写完后协噶将书信交给嘎玛扎巴，嘎玛扎巴喜出望外地接受了书信，并拿出金银丝绸等贵重物品酬谢协噶，协噶表示他俩还要一路跋涉，这些财物会给他俩带来不便，就婉言谢绝。

二

　　第二天一早，嘎玛扎巴的商队收拾好行装，浩浩荡荡地向着拉达克的方向去了。

　　协噶和顿驰一如既往地装扮成乞丐上了路。二人连续走了十五天后，来到了岭国境内黄河上游一个叫白玛仁青之地。二人走街串巷，村庄不分大小、一个不留地进行探访，而后，穿过岭国中部的文布六部和下部的米姜四部之地，经过一个脖颈似的山口后，来到了吉祥富饶的达戎部落领地。此地有很大的村庄，牛羊遍野，不远处有一老一少两位牧人在草地上享用着丰盛的牛羊肉和奶制品。二人慢慢靠近，装出一副可怜巴巴的模样，伸手乞讨，牧人给他俩施舍了些牛羊肉和酥油后问道："从何而来？哪里人氏？姓甚名谁？"协噶故作可怜地唱道：

　　　　唵嘛呢呗咪吽！

　　　　阿拉拉姆唱阿拉，

　　　　塔拉拉姆唱塔拉。

　　　　三十三层天界间，

　　　　虔诚祈祷三宝尊，

　　　　三界神及地方神，

　　　　睁开眼睛护佑我，

　　　　上部天界众神鉴，

中部年神请明鉴,

下部龙域众神鉴。

若如不识此地方,

虽然没有经历过,

之前早就耳闻过,

人杰地灵产良驹,

物华天宝好地方,

上师弘法之圣地,

富饶美丽的宝地,

各路英雄集聚地,

乐善好施之地方,

盛产美女之地界,

山川秀丽之大地,

丰衣足食物产盛,

如此宝地夸不完。

地广物博之大地,

好似无边大海洋,

幅员辽阔难寻边。

天神圣子之地域,

权势无边难计量,

雄狮大王格萨尔。

若如不识我是谁,
事情原委是如此,
印度东方之谷地,
阿孜热氏是父系,
珠巴桑青是母系,
然而命运多作怪,
流浪四方游异乡,
今年来到岭国北,
还好遇上善法师。
次为寻处落脚点,
马倌羊倌皆可以,
伙夫挑水都愿干,
樵夫伙夫任意担,
有事能干皆如意。

羊倌阿公您请听,
岭国上部之地方,
哪位大臣心胸广?
哪位遇事计谋多?

哪位富足且慷慨？

哪个部落地域广？

笃信善法人多否？

首领法度严格否？

父辈言辞委婉否？

母系情谊宽厚否？

男儿具备六艺否？

少女样貌出众否？

乞丐我等多废话，

不是无用想法多，

而是我等为果腹，

尔等善发慈悲心，

尔等识广计谋多，

定能满足我之愿。

请你留意听我言，

不听我也难解释。

听协噶唱毕，二位羊倌相互对视了一番后说道："你俩在此说如此多废话，还不如到如通去，今天是达戎家迎娶丹萨玉珍的大喜日子，正在赛马射箭欢庆喜宴呢，肯定会讨到无数衣裳和美食。"继而，羊倌阿公眨了一下眼说道："呀！听着，尔等的确与乞丐有别，若是乞丐，大城市衣食富足，为何跋山涉水地来到牧羊之处乞讨呢？真是百思不得其解。"便唱道：

唵嘛呢呗咪吽！

阿拉拉姆唱阿拉，

塔拉拉姆唱塔拉。

歌声清澈似晴空，

歌词宛如撒种子。

废话只能空度日，

此地实乃福运谷，

我乃羊倌阿公也。

听着二位乞讨汉，

五官端正面相善，

身材魁梧直腰板，

瞅着不像行乞者。

古人谚语说得好：

乞丐身上背皮袋，

到处奔跑为财富；

奸商之言不可信，

信口雌黄无实言；

不能招惹丧家犬，

恩将仇报会咬人；

乞丐之言不能信，

无所事事度日头。

秘密蕃人分三种：
懒惰之女穿破袄，
制造是非闲言多；
无德头人吃他食，
虚情假意诉苦衷；
口无遮拦之乞丐，
内心狡诈弄是非。
两山之间有沟壑，
要防走路会崴脚；
两河交汇会起浪，
小舟翻船须当心；
两寨之间有奸人，
挑起事端之祸首；
两寨之间乞丐窜，
一寨闲言一寨传，
寨子不和之祸首。

你不走该走的路，
岭国水路和山路，

四方路口有守卫，

难以任意进与出，

断定你等是假扮，

手持乞杖到处窜，

花言巧语套实情，

狡诈之徒逃不掉，

此地不能任意走。

听懂良言记心间，

不懂不会再重复。

马倌顿驰拉鲁听完赶紧说道："呀！大哥不要如此讲，我等难以果腹才四海为家，行乞吃着百家饭，不让乞丐随处行乞着实没有听说过。"说着便唱道：

唵嘛呢呗咪吽！

阿拉拉姆唱阿拉，

塔拉拉姆唱塔拉。

祈祷赞神地方神，

守护神等请明鉴。

若如不识此地方，

东方岭国之地域，

白色神谷善法地，

向天敬神之圣地，

向下施舍老百姓，
有罪必罚执法处，
奖惩分明之地方，
百姓丰衣又足食，
众生慈善具信仰。
富饶岭国之疆域，
虽未来过有耳闻，
地域开阔物产丰，
百姓富足国泰安，
富裕之人善施舍，
平民皆有首领养。

举个例子是如此：
雄鹰腾飞击长空，
恶狗只能卧门口，
乞丐来到岭国地，
请求二位大羊倌，
我俩饥饱难保证，
不赐食物难果腹，
不能强夺他人物，
不让我走怎么办？
岭国美名扬四海，

不给我等做施舍，
欺负乞丐遭骂名，
拦挡乞丐之去路，
此举实属失国威。
我等乞丐游四方，
挨家挨户来行乞，
一碗饭食一拇指，
能得食物便吃饱，
不得食物就挨饿。

尊贵羊倌请聆听，
我等乞丐天命苦，
计穷方在四处窜，
背井离乡实被逼，
我等饭碗被你夺，
你也不会变富裕。
岭国王臣皆英雄，
欺负乞丐失脸面，
引人耻笑岭部落，
四处流浪乞丐我，
岭国丑事四处扬，

羊倌虽然不受损，
岭国名声会受损。
我把背包送给你，
我俩不走留此地，
要杀要剐你自便，
包中金银和绸缎，
羊倌你俩去瓜分。

我虽低贱怀慈心，
印度东方之佛地，
为了谒见格萨尔，
不远万里来此地，
虽然没能拜上师，
命归此地无遗憾。
乞丐手中之乞杖，
强盗难以敌过它，
恶狗就由它对付，
被逼无奈会豁命。
乞丐贱命就一条，
生病死亡和安葬，
阎王随意可处置。

乞丐喜乐是无常，

无欲无求无牵挂，

利欲熏天绝不会。

今天经过之路途，

今晚藏身之地方，

乞讨一天茶饭足，

就唱欢歌度人生，

是否有理羊倌听。

听懂便是肺腑言，

不懂不会再重复。

顿驰拉鲁软硬兼施地试探着唱了这首歌后，羊倌阿公在乌尔朵（抛石器）里装上羊肝大小之石头，讥骂道："无耻乞丐你听着，老夫马上送你上路。"大臣协噶和马倌顿驰拉鲁面面相觑。协噶轻声说道："小羊倌看着温和好说话，我俩应该给他一点银两探探口风。"于是二人躲开羊倌阿公来到羊倌平措附近，在一个小土崖下边向羊倌平措挥手示意，让他有话好好说。协噶偷偷地将二十金币塞到羊倌平措的手里后唱道：

唵嘛呢呗咪吽！

阿拉拉姆唱阿拉，

塔拉拉姆唱塔拉。

印度善法之神众，

指明前途请明鉴。

如若不识此地方，

岭国通巴耿蒙地，

世界大地之中心，

上师弘法之地方，

法度公正之地方，

言论自由之地方。

尊贵羊倌请你听，

若如不识我是谁，

一颗红心吐肺腑，

献上财物我愿意，

是非争端我不善，

国王之名不可违。

我等所到之地方，

抬头只见苍穹天，

只识日月无他物，

脚下大地一片空，

熟悉不过风与寒。

尊贵羊倌请你听，

黄色金质之元宝，

纯色银质之元宝,
按你喜好奉与您。
我乃来自北方地,
要说至此之原由,
与众不同之神驹,
青色会飞之神马,
嘶声好似布谷鸟,
宛如百灵六变调,
毛尖泛黑毛根青,
边缘泛白根部厚,
耳尖之毛特别长,
唇鼻之间吹气圈,
马群之中仅一匹,
如今落入贼人手。
饲养马倌命真苦,
王令之下命难保,
我之家眷爱妻她,
还要搭上心爱子,
还要株连亲属众,
所有财物都抵押,
为寻神驹做赌注,
寻马成功皆保全,

若是不得全完蛋。

善良尊贵之羊倌，

听说神驹至岭地，

不知是买还是卖，

若是买得卖主谁？

收买得主是何人？

请你直言相告知，

实言相告再献财，

苦命马倌我和他，

上有年迈之父母，

赐予人生之恩人，

还有亲生之子女，

当下扣押在囹圄。

若是耽误命难保，

请发慈悲可怜我，

今天恳求你帮助。

唱毕，协噶满眼充满泪水，双手捧着二十个金币和十个马蹄银锭献与羊倌平措。羊倌平措思忖着：狡诈之人是不是为了使诈拿金钱诱惑我呢？然而，看这两个马倌的可怜模样，命运不济和我一样沦落到放马放羊的地步了，加之丢马后主人必将严惩。如此想着，平措不由心生怜悯，更是难以抵挡金银的诱惑，左顾右盼后不见他人，便不由自主地唱道：

唵嘛呢呗咪吽！

阿拉拉姆唱阿拉，

塔拉拉姆唱塔拉。

至尊三宝请明鉴，

格萨尔王请明鉴，

普度众生之上师，

狮王战神请明鉴，

脖颈鬃毛自然生。

如若不识此地方，

黎明悬崖之内部，

外部窃贼难逾越，

内部之人难逃脱。

如若不识我是谁，

苦命奴仆之末尾，

地位和你无分别。

你等二人主与仆，

前来此地不应该，

身上背着金和银，

逢人便说大实话，

久了会犯岭国法。

我用实言来相告，

今年年初时日里，

叔父四母超同王，

神驹不知从何来，

毛尖黝黑毛根白，

鬃毛修长且丰满，

耳尖毛丝特别长，

不知窃贼盗与偷，

或是金银交易得，

不知从何降临此，

我一羊倌难知晓。

所谓达戎之部落，

岭国之中大部落，

人口众多难计数，

英雄辈出无人敌，

叔父四母超同王，

幻术咒术之高手，

天下无人能敌他。

今年年关之以后,

神驹不知从何来,

献与神子当坐骑,

而后转予丹玛君,

丹玛千金玉珍女,

嫁给超同做小妾。

本月十三之时日,

迎娶玉珍之喜日,

山头桑烟滚滚升,

各种经幡烈烈飘,

阿华碧玉青色驹,

格萨尔王枣骝驹,

青色飞马神驹仨,

一并赛跑比高低,

上午枣骝驹获胜,

下午青鹏驹博彩。

丹玛欧珠丹巴驹,

贝鲁顿乳达噶驹,

色巴热噶风翅驹,

嘎德赛玛能跑驹,

文布白色孔雀驹，

达戎魔驹古古等，

各路神马良驹群，

一起出动来比赛。

青鹏飞马长毛驹，

奔跑好似在腾飞，

最终博得头等彩。

眼下金银已给我，

我亦实言全说明，

只要你俩不死前，

千万不能对外扬，

现在对天来起誓，

此事只有你知道，

秘密藏在心里边。

听懂便是悦耳言，

不懂不会再解释。

羊佾平措唱了这首掏心窝子的歌后，大臣协噶无比开心，又添了五块金币和三个马蹄银锭一起送给了羊佾平措后，说道："呀！今日你所言我向天界之天泰发誓，直至生命到尽头不会说出半句。我是大食大臣为找马而来的事情，也一样不会给外人透露半点的风声。我的誓言，犹如心中的秘密，水中的石头永不变，始终不会变质。"于是，羊佾平措带上金银，赶着山尖上的羊群慢慢地向羊倌阿公的方向靠拢。时至太阳落山，山影罩住大地时，二人收羊回圈。羊倌阿公对平措说道："今天的两个人不知去向，看那二人的模样好似他部之探子，明天一定要将此事告知首领尼奔为好。"平措在一旁沉默不语悄悄地睡了。翌日一早，二人径直来到首领尼奔的城堡，向首领献上一条哈达后，羊倌阿公将昨日发生的事儿一五一十地唱道：

唵嘛呢呗咪吽！

阿拉拉姆唱阿拉，

塔拉拉姆唱塔拉。

上部天神请明鉴，

心想事成一切顺，

善方山神地方神，

佑助羊倌唱好歌。

如若不识此地方，

德庆诺布大宫殿，

首领尼奔宝座前。

如若不识我是谁，

赛巴部落大殿中，

随聚金银各种宝，

然而珍宝数羊群，

人生使命是羊倌，

羊倌阿公是吾名。

首领尼奔您请听,
下人在此有话说,
严冬三月冰雪封,
举个例子是如此,
虽然鲜闻布谷声,
乌鸦偶尔也会叫,
就在昨天之日子,
我部山谷之上部,
虽然像是大商人,
然是贼眉鼠眼辈,
山沟沟口上下窜,
见到路人使眼色,
不放众人去搭话,
说是上部地方来,
无名无姓讨饭吃,
来到羊倌我跟前,
废话连篇似倾盆,
好似要套要紧事。
乞丐身相和打扮,

还有言语和口才，
打探问题皆重要，
虽扮乞丐而不像，
游历四方见识广。

按照羊倌我拙见，
今年年初时日里，
叔父超同很忙活，
组织赛马又纳妃，
未见马匹降岭地，
怀疑来者为寻马，
只是自己来猜测，
于是恶言相试探：
你等乞丐之包袱，
外面一层空荡荡，
里面一层装财宝，
生疏之地不能去，
无关言语不必问，
赶快返回己故土，
岭国之地会处罚。
严厉之辞来斥责，

乞丐反而来问责，

说我贪心又好财，

强势拦挡乞丐路，

如此之举臭名扬，

所到之处皆传扬，

之后乞丐回谷底。

方才所说之言语，

来龙去脉是如此，

是否曲直请判断，

此番话语献与您，

不听不再做重复。

羊倌阿公唱完后，首领尼奔说道："呀！二位苦命的羊倌啊，此事非同寻常，及时汇报，做得非常好。"并高兴地分别赐予二人五块金币，以各种美食款待了二人一番。随后，赛巴首领尼奔向岭国上部赛巴八部、中部文布六部、下部穆江四部的长中幼系的叔父及各路英雄传达了近期严守各路口和关隘的号令。与此同时，达戎部落首领超同迎娶了丹玛之女玉珍后，邀请岭国上下各部的首领英雄以及各部的眷属，接连十五天大摆宴席，大家都沉浸在欢乐婚庆之中。借此时机，大食国寻马的主仆二人乔装混进宾客中，神不知鬼不觉地待了三天，在宾客中上探下问，将青鹏飞马神驹被达戎部落首领超同为迎娶丹玛之女玉珍作为嫁妆送给了丹玛的事情打探个一清二楚。十六日即婚庆的结束之日，达戎部落在自家的主宫普若宁宗宫中设了二十八个座席，座首安排了拉贵奔鲁和王子玛尼嘎拉，其次是岭国奔巴部、贡巴部、赛巴部和文布部等的首领和眷属依次就坐。达戎首领四母超同王发髻上戴着佛陀和金刚杵的首饰，还挂满各种珠宝奇珍的装饰物，腋下挂满各种金银首饰，一副春风得意、无比显摆的姿态斜坐在高高在上的宝座上，自以为是地唱道：

唵嘛呢呗咪吽！

阿拉拉姆唱阿拉，

塔拉拉姆唱塔拉。

马头明王请明鉴，

全力以赴护佑我。

如若不识此地方，

达戎首领之宫殿，

永恒普若宁宗殿。

如若不识我是谁，

岭国部落一长者，

开国元勋之元老，

岭国叔辈之首领，

比拟天宇金太阳。

群山诸峰之中间，

最高巅峰便是我；

百川汇聚之大海，

水族龙王便是我。
玛域岭国之大地，
不是一母来养大，
四母奶水养成人，
取名四母超同王，
四母超同便是我。

雄狮大王之叔父，
神子扎拉泽杰将，
大臣丹玛强查将，
嘎德曲江贝纳将，
贝拉穆江噶布等，
统帅三军之战神，
我似须弥山一般。
神子扎拉泽杰他，
实乃岭国主心骨。
大臣丹玛强查他，
对付强敌之铁锤。
叔父达戎超同王，
法术咒术之主宰。

今年年关之时节，
派出达戎英雄汉，
不要金银等资本，
天下无双三匹马，
加入达戎之马群，
群马之中头等马，
献给扎拉泽杰将。
达戎叔父超同王，
泽拉献礼又敬重，
赞美有加称英雄，
大臣千金玉珍女，
得来容易纳为妃。

岭国长系达戎部，
宝贝无数用不尽。
今天叔父心满意，
岭国长系达戎部，
各种名茶和美酒，
三白三甜和鲜肉，
享用不尽似龙宫。
各路英雄唱首歌，

各位美女来帮腔，

犹如绿色树梢上，

布谷鸣春般歌唱。

无边无际苍穹中，

好似鹏鸟展翅飞，

歌唱吉祥与福康，

增添叔父之福运。

歌曲记在心里边，

不听不会再解释。

四母超同王唱完这首幸福难以言表的歌后，坐在右排座位最末尾的米琼卡德站起来，将一条代表吉祥的哈达献给叔父超同王，又将一条哈达献给了新娘丹萨玉珍，随后用他那三寸不烂之舌挖苦唱道：

唵嘛呢呗咪吽！

阿拉拉姆唱阿拉，

塔拉拉姆唱塔拉。

佛陀佛法和僧侣，

虔诚祈祷请加持，

护佑我来唱此歌。

如若不识此地方，

天险普若宁宗宫，

财富能与龙宫比，

施展权势之地方，

佣人奴仆难翻身，

举办达戎婚庆处，

管理森严难逃脱，

炫耀财富之地方，

逼死穷汉之地方，

显示排场之地方，

没有排场遭歧视。

如若不识我是谁，

雪山顶上之雪狮，

鬃毛雄美人皆知，

短命狐狸来挑衅，

必出利爪不得已；

天空洁白之云朵，

众人皆知会降雨，

雷声不断在怒吼，

必降甘霖不得已；

诸如此例幼系我，

格萨尔王熟悉我。

超同所为太潦草，
引来外敌不必说，
此言不吐为不快，
众人听着是如此：
富人财富都一样，
为何价格不公平？
父母子女都一样，
人品优劣有分别。
岭国叔父都一样，
想法不一是为何？
幼系矮人小头目，
不是上方盗马贼，
不是下方窃羊贼，
不把家丑往外扬，
不把官司引进来，
不会忽视国之法，
不会小看内部人，
不会里应又外合。

你乃穆布董前辈，
遇到好事穆布董，

遇到坏事也如此，

废话好似雷声般。

叔父四母超同王，

话无根据别乱讲，

食物无别皆来吃，

自以为是之妄言，

世人不会去信服。

苍穹之间日与月，

光芒若是不普照，

空中绕转不顶事。

富人之子财与金，

饥荒之时不施舍，

变为恶鬼之征兆。

达官贵人怀慈悲，

不为百姓谋福利，

敬献神佛是无用。

达戎四母超同王，

之前事情有几件，

不属自己却染指，

引来外敌扰岭国。

岭国王臣做盾牌，

里应外合已有过，

千军万马命归西，

黑白花色三泰神，

犹如三宝一样供。

霍尔屠夫刽子手，

夺取二位兄弟命，

其兄嘉擦协噶将，

还有十三小猛将，

八大珍宝归霍尔，

青色茶宗夷平地。

时至今年之时日，

不学无术之咒师，

说是要报一箭仇，

时至临头皆未果。

无耻荡妇抛媚眼，

修道上师破戒律，

祸端好比大山高，

祸尾难收似流水，

尸体遍野血成河，

无端祸水超同引，
还要装模又作样，
尸首之上做法事，
说是早死早超度。

人老迎娶少女妻，
死到临头之噩兆。
听着超同老猴子：
男人多事祸端多，
女人多事是非多，
不学无术老和尚，
如何超脱成空谈，
更难超度亡者灵，
如此之事是耻辱。
超同所为多奸诈，
恶魔鬼魅多作怪，
祸事暗流都隐藏，
引火上身不必问，
应该如何你思量。
听懂超同记心间，
不懂不会做重复，

在座各位铭记心。

超同听完这首污蔑和贬低自己的歌后，浑身怒血沸腾，怒火焚烧，怒发冲冠，脸红脖子粗，咬牙切齿，气得半晌说不出一句话来。右排座位座末的乃琼鲁古擦亚连忙站起来，向四母超同王和米琼卡德分别献上了一条哈达，右手端着一盏斟满酒的羊脂玉杯，以调解的口吻引着百灵六变调唱道：

唵嘛呢呗咪吽！

阿拉百灵六变调，

唱出男儿气度歌。

塔拉蒙蒙细雨调，

唱出妇女柔情歌，

唱出须弥之气势，

唱得叔父心舒畅。

白色度母请明鉴，

日以继夜做守护。

五部空行请明鉴，

加持之力赐予我。

下部三尊龙女鉴，

丰衣足食福运通。

如若不识此地方，

岭国上部瓶颈地，

普若宁宗大宫殿，
四母超同之主殿，
青龙游弋之地方，
风调雨顺之地方，
是非分明善法地，
岭国父辈崛起处，
金鱼遨游之江河，
岭国英雄诞生地，
布谷报春之森林，
鸟语花香之地方。

如若不识我是谁，
嘉洛俄洛和色洛，
珠姆乃琼和白嘎，
虽然地位有分别，
董氏家族三姊妹，
俄洛之女乃琼女，
肤色虽然不算白，
内心善良如天神。
虽然双眼不妩媚，
能让众人皆动心。

命运安排为仆人，
掌管叔父之财富，
三十美女之末尾，
出谋划策皆由我，
调解是非皆由我，
反目之人我调和，
不和之法我做主，
首领不睦我出面，
妇女是非我来解。

举个例子是如此：
苍穹之间繁星闪，
未辨星辰明暗前，
所有星宿皆一样；
草原之上牛和羊，
不明牛羊膘肥前，
吃的水草皆一样；
大鹿头上之犄角，
不明长短粗细前，
皆是药材都一样。
岭国叔父似须弥，

事情黑白不明前,
所有事情皆一样。
岭国貌美妇女众,
正直贤惠不明前,
身材各个似天仙。
岭国三十大英雄,
诸位长处都各异,
各个犹如神子般。

各位王臣去留意,
岭国长中幼三系,
不是地位分高低,
开拓疆域分先后。
英雄叔父兄弟们,
强敌面前并肩战,
美食一起来分享。
兄弟之间不团结,
貌合神离遭耻笑。
犹如此例超同王,
人虽老去谋不老,
骏马虽老步不乱,

高山之巅冰雪盖，
雪山狮子仍在此，
大海之中水汪洋，
各种水族共嬉玩。

超同起家在北方，
家眷子女聚此处，
过去之事不再提，
之后岭国起战事，
骑墙之人不能信，
妇女不忠不能娶，
神驹不会博头彩，
比如此例请思量。
不要当真是戏言，
我开玩笑属常事，
话不幽默不热闹。
草原之上百花盛，
百鸟为之来嬉戏；
大山之中野兽多，
猎手为之来巡山。
英雄聚处乃琼在，

英雄首领如望月,

乃琼好似北斗星,

夜晚陪着明月转。

布谷吟唱六变调,

乌鸦怎能来模仿?

会飞神驹做显摆,

讨好神子去溜须。

你是大王之重臣,

若是说话无分寸,

王臣之间生芥蒂。

你如太阳般温暖,

达戎神殿你做主,

各种享受你拥有,

长期如此非好事,

无垠草原之羊群,

炎热难耐回羊圈,

遇上饿狼无去路。

美酒王臣皆分享,

动听歌曲我来唱,

青稞酿造之美酒，

首先要向三宝敬，

如果不敬神和佛，

岭国运势不昌盛。

其次要敬年神众，

不敬格佐大年神，

岭国王臣难团结。

最后敬献水族神，

如果不敬龙王尊，

岭国眷属不幸福。

赞歌献给天界神，

王臣团结互献礼，

志同道合齐唱歌，

达戎婚庆祝福歌，

优美歌曲我来唱。

各位舒心请就座，

敬请各位铭记心，

歌曲有误请谅解，

跑了调子望海涵，

各位王臣请见谅。

乃琼鲁古擦亚唱完后，岭国父辈兄弟、各路英雄和眷属们都开怀大笑，大家开心地享用着各种美食,沉浸在欢乐的歌舞海洋中。时至傍晚,参加婚庆的人们都准备回家,达戎公子拉贵奔鲁给客人们一一献上祝福的哈达,并唱起了宣布婚庆结束的吉祥之歌:

唵嘛呢呗咪吽!

阿拉拉姆唱阿拉,

塔拉拉姆唱塔拉。

法身报身和化身,

得此加持皆平安,

天神护持来辅佐,

天界梵天请明鉴,

中界年神格佐鉴,

岭国三神请明鉴,

无上莲花生大师,

格萨尔王上师鉴,

释迦牟尼请明鉴,

岭国上师皆明鉴,

岭国众神皆明鉴,

火焰虎神请明鉴,

助佑达戎势运顺。

如若不识此地方,

天险之地瓶颈处,
普若宁宗主宫殿,
戎子拉贵出生地,
物产丰富聚宝盆。

如若不识我是谁,
雪山狮子之后裔,
六艺俱全无人比,
天界大鹏之子嗣,
横击长空无对手,
格萨尔王之近臣,
凶猛勇敢无敌手。
达戎十二大部落,
全部皆由我统领。
父亲近身之侍卫,
预防强敌之统帅,
拉贵奔鲁是吾名。
林中猛虎般超同,
实乃拉贵我父亲。
兄弟犹如青龙般,
阿奴贝桑是吾弟。

今天黄道之吉日，
大食地方之神驹，
我父施计才取得，
献给神子当坐骑，
丹玛千金遂娶得。
然而各种流言起，
谁也不想挑战事，
不起战事无纷争。
世间谚语如此讲：
不吃南方之酸果，
难以尝得蜜之甜；
不越一座陡峭山，
难以到达大平川；
少壮不积金银财，
老来饥饿直相伴。

今年达戎外派人，
大食国王之神驹，
轻而易举归岭国，
丹玛千金玉珍女，
献给父王做妃子，

满足老人之心愿，
部落族人皆欢喜，
心想事成皆如意。
岭国父辈请聆听：
今天吉祥之时日，
祈祷未来好光景，
富饶岭国各部落，
没有纠纷和战争；
岭国父辈似须弥，
岭国各部大英雄，
如虎添翼气势猛；
岭国各部女眷众，
幸福美满皆顺心；
岭国王臣似日月，
光明无暇绕四洲，
夜以继日来守护；
大地一切皆安详，
天空充满吉祥云。

叔父眷属请聆听：
各位今天来捧场，

希望日后常相聚，

祝福大家贵体安。

此歌王臣铭记心，

不听不会做解释。

若是有误请谅解，

调子不对请海涵，

各位王臣记心间。

拉贵奔鲁唱了这首祝福吉祥的歌后，大家兴高采烈地回了家。

婚宴期间大食协噶和马倌顿驰拉鲁两人自始至终都没有被人认出来，他俩坐在下人的中间吃着鲜美的牛羊肉，喝着浓香的奶茶和纯正的青稞酒，并将青鹏飞马的下落和飞马被盗的来龙去脉了解得一清二楚。十八日，二人背着皮袋，身穿丐服，手持丐杖回到了大食家里。次日，大食大王、王妃、王子以及大臣们聚集在尼姆玉塘滩，大臣协噶将一条哈达献给大食国王后，把此次寻马的经过以及所掌握的岭国情况一一作了汇报，用歌声将来龙去脉唱道：

唵嘛呢呗咪吽！

阿拉拉姆唱阿拉，

塔拉拉姆唱塔拉。

阿拉要唱离别时，

塔拉要唱凯旋时。

天神龙神请明鉴，

北方护法请明鉴，

龙王首顶宝明鉴，

我方上师请明鉴。

如若不识此地方，

西方大食尼姆滩，

王臣聚集之地方，

财宝福运聚集处，

王臣欢心之地方，

幅员广阔物产丰。

如若不识我是谁，

大食尼姆玉塘滩，

具备六艺之英雄，

思维敏捷富智慧，

大食国王之大臣，

协噶丹巴是吾名。

时至今天之以前，

高僧大德赐箴言，

拯救地狱皈依佛，

各部首领守诺言，

一心造福老百姓，

正直前辈之教导，

一分不差我遵守。

内臣协噶丹巴我，

年方三十又五岁，

加上今年三十六，

西方大食之地方，

从来不会挑是非，

偷盗之事绝不为，

奸猾狡诈不会使，

忠贞不渝为我王，

王后之间无芥蒂，

王子与我更和谐。

自从坐上此位置，

挑衣捡食从不会，

出谋划策我在前，

协噶样样都参与。

去年夏天之时节，

大食国王心头肉，

至宝神驹青鹏马，

上天下地难预料，

好似彩虹无影踪，

最终原委是如此，

大食尼姆玉塘滩，

虽然骏马千万匹，

至宝青鹏神飞驹，

腾飞犹如雄鹰般，

由此王臣起离心，

流言蜚语纷纷至，

无辜马倌拉鲁仆，

大臣协噶丹巴俩，

被疑成了盗马贼，

差点诽谤为罪犯。

我和马倌拉鲁俩，

紧追慢赶去寻马，

假扮乞丐四处寻，

饥饿苦难说不尽，

我和马倌拉鲁俩，

虽然辛苦继奔走，

东方汉地之以上，

上部雪山拉达克，

逢人便问神驹迹，
日以继夜不间断，
劳累难耐骨架散，
内心希望终不灭，
不管真假都询问，
因果报应终降临。

玛域富饶之岭国，
达戎部落超同王，
为了迎娶丹玛女，
使诈暗派盗马贼，
盗窃神驹回岭地，
神驹献与天神子，
获得奇女玉珍妃。
神子扎拉泽杰他，
逝者嘉擦之爱子，
格萨尔王之侄子，
岭国军队之统帅，
英勇无比之好汉，
三十英雄随其后，
十万铁骑无敌手，

宫殿坚固分三层，

英勇将士做守卫。

请听大食王臣们，

神驹下落已取得，

如何是好诸位定，

此歌大家铭记心，

不听不会再解释。

听毕，西方大食国王心想：眼下遇到强敌，可到了必须征讨的时刻。于是大食国王颁布诏书，召集大食国所有部落的精兵强将征讨格萨尔王统领的岭国。召集兵马的消息瞬间传至大食各个部落，大家议论纷纷，有人说神驹在东方汉地，有人说在玛域岭国，也有人说已经回到大食，各种流言纷纷传开。

三

  此后，西方大食上下各部和戈壁六谷的十万铁骑犹如冰雹袭来，步兵好似狂风席卷，统统聚集在尼姆玉塘滩和戈壁红谷之间。将士们各个雄赳赳，气昂昂，咬牙切齿，一副食肉饮血的模样。大滩上营帐星罗棋布，正中的帅帐无比宽大，大食国王坐在中间高高在上的王座上，四周摆放的虎皮座、豹皮座和熊皮座上依次坐着大食国大臣大将和各路英雄。座位正中的大食国王像一头雄狮般站起来，用猛狮怒吼调唱道：

  唵嘛呢呗咪吽！

  阿拉拉姆唱阿拉，

  塔拉拉姆唱塔拉。

  天界龙神请明鉴，

  中界魔女三神鉴，

  贝茹超噶龙王鉴，

  国王聚财之圣地，

  不要大意请护佑。

  如若不识此地方，

  查玛戈壁之福地，

大食财宝宗

大食玉滩之上部,

铁旅军营之中间。

如若不识我是谁,

腾飞三界之鹏鸟,

飞技享誉满天下,

首饰之光照天界,

一切飞禽之领主;

银色雪山之巅峰,

鬃毛威武之雪狮,

雪山顶上显威风,

竖起鬃毛百兽服,

山间百兽之大王;

西方大食国王我,

幅员辽阔勇气盛,

财富能与龙王比,

兵马多如草木般,

南瞻部洲之地方,

大食国王四海扬。

说来话长是如此:

天际雄鹰之羽翼，

如果不在苍穹飞，

飞技再好也无用；

大鹿头顶之犄角，

不能治愈众生疾，

只算鹿首之负担，

说来话语皆在理。

富豪福运自然来，

财富好似聚宝盆，

贪心不足自烦恼，

我之坐骑青鹏驹，

好战之徒岭人偷，

无缘无故挑事端，

所谓超同这老头，

挑起事端之祸首，

晴空之上乌云聚，

无情冰雹袭大地，

无辜大地五谷毁，

大食岭国战事起。

听着诸位众臣工：

决不袖手旁观之,

失去财物要寻找,

胸怀恩仇要雪恨,

发生争端要平息,

否则无颜立此地。

大臣协噶和顿驰,

历经苦难走四方,

寻得神驹之下落,

青鹏就在岭国地,

物归原主天理通,

千军万马做后盾,

出兵讨伐无迟疑,

在此各位铭记心。

听大王唱完,坐在右侧座首虎皮座位上长相奇特得难以用语言形容的赞拉多杰,从胸前佛龛里取出一条哈达献给大食国王后自信地唱道:

唵嘛呢呗咪吽!

阿拉拉姆唱阿拉,

塔拉拉姆唱塔拉。

天界龙神请明鉴,

热查魔女请明鉴,

查拉嘎琼请明鉴,
山神查奔超噶鉴。

如若不识此地方,
洁白悬崖之下方,
海洋般的神帐中,
大食国王之牙帐。

如若不识我是谁,
孔雀展翅城堡中,
千军万马之大帅,
征服强敌之对头,
三界天王之近臣。

时至今年之时日,
岭国黑魔觉如斯,
挑起事端烽火飞,
超同举起挑战旗,
大食青鹏神飞驹,
实施幻术被夺走。
超同犹如拨浪鼓,

搅乱世界之祸首，
坏事做尽惹是非。

时至今日之以前，
听到传言如此讲：
觉如征讨魔国时，
里应外合引霍尔，
大臣嘉擦协噶将，
总管囊俄玉琼等，
全盘拖出交敌手，
茶城被毁连锅端，
妙龄珠姆被抢走，
超同所为似猴子，
如此之事不计数。

今年年关之以后，
万里无云之晴空，
丢来一颗小霹雳，
西方大食和岭国，
根本无冤也无仇，
超同今天添新怨，

二话不说是如此。

无耻超同二皮脸，

引起战争之祸首，

偷窃大食之神驹，

黑锅被那协噶顶，

我等无知蒙鼓里。

举个例子是如此：

昏君无能施暴政，

所有苦难百姓受；

荡妇无耻耍野性，

坏人离间亲兄弟。

之前王臣之内讧，

因为外敌而引起，

绝非好事不迟疑。

西方大食我君王，

拥有部落一百九，

各路大将八十余，

强兵劲旅不计数。

本月十二日之时，

所有部落之帐下，

各自出兵五百人，
派出精壮男勇士，
筹备膘肥之战马，
头盔战旗皆备齐，
铠甲披风不能少，
清晨矛头加钢水，
古斯大刀要锋利，
出征战备武装齐，
出征跋涉路途远，
各部不得违军令。
大臣协噶和拉鲁，
一如既往做先锋。

失去财物若不取，
大食王臣无血性。
肇事祸首超同徒，
拨浪鼓头二皮脸，
从外毁灭其城郭，
从内夺取其财宝，
是否如此等着瞧。

赞拉多杰贝巴刚刚唱完，大食猛将多嘉仁青扎巴、贝贵贝嘉奔图、米纳朵丹、雍仲诺桑、赞玛查纳和托赞琼纳梅巴等各个称赞叫好，异口同声地说："出兵岭国，铁蹄踏平岭地，砍其头、取其财。"此时大食国王也热血沸腾，高唱了这首颁布军令的歌：

唵嘛呢呗咪吽！

阿拉拉姆唱阿拉，

塔拉拉姆唱塔拉。

天界珠拉托赞鉴，

中界花斑虎神鉴，

查赖索嘎请明鉴，

保佑我来唱此歌。

如若不识此地方，

大食财富之国度，

犹如宝瓶之山下，

大食尼姆玉塘滩。

如若不识我是谁，

上部欲界之宫殿，

梵天大王力无比；

下部龙宫财宝殿，

觉巴诺金易暴躁；

中界人间之大地，

大食国王权势高。

大食却热之神山，

周围雪山所围绕，

南瞻部洲聚宝盆。

上方银色山谷间，

放牧洁白羊群者。

上部降塘俄布也，

下方平整之大滩，

骑马扬鞭赛跑者，

羌塘强琼查姆也。

大食尼姆玉塘滩，

偷走神驹之盗贼，

岭国四母超同王。

听着在此各将领，

洗耳恭听我唱歌，

想说话语是如此：

大食青鹏神飞驹，

眼下远在岭之国，

首领扎拉之手上，

原因说来是如此，
丹玛部落之美女，
超同一心想纳妃，
神驹作为其聘礼，
献给首领扎拉将。

听着众将兄弟们，
失去宝物要追讨，
以牙还牙天理通，
古人谚语讲得好：
奶水浸养之海螺，
专门对付水鳌用；
奶肉抚养之宠儿，
是为赡养父母亲；
豆瓣喂养之骏马，
为了跋涉到远方；
珍宝献与上师尊，
避免坠落地狱苦。
大食大力勇士们，
如同己出来呵护，
是为国难而为之。

西方大食之地方，
神驹实乃吉祥物，
神驹不返大食地，
国运不昌无疑问。
达戎超同二皮脸，
恶贯满盈坏事尽，
就在今年之年关，
战争矛头指向西，
想把世界变血海，
恶人喜欢挑是非，
恶狗容易咬腿肚，
如果超同不伏法，
此事绝对不收尾。
东方岭国格萨尔，
始终未想树为敌，
逼到头上也没法，
根本不需惧怕之。

听着在座将士们，
赞拉之命不可违，
各个首领之旗下，

坚兵良骑不能少,

不齐赞拉会处罚,

滚木礌石难收回,

我之王命不能违。

各位将军铭记心,

不听不再做解释。

大食国王唱完后,各位将士心中暗自思忖着,今年所遇的对手是东方强国岭国,战争谁赢谁负还难定夺,讨回神驹物归原主天经地义,然而对手格萨尔实在难以对付。此时,右排座首大臣尼玛朵丹站起来向大食国王献上一条哈达后讲道:"呀!在座王臣兄弟们,老人嘴里有口德,老马腿下有力道。"说完便唱起了回忆历史的歌:

唵嘛呢呗咪吽!

阿拉拉姆唱阿拉,

塔拉拉姆唱塔拉。

天界龙神三兄鉴,

中界查纳查布地,

山神虎神请明鉴,

助佑老臣唱此歌。

如若不识此地方,

西方尼姆玉塘滩,

金银财宝之故土，
精兵良马汇聚处，
共商国是之牙帐，
国王金座之右侧。

如若不识我是谁，
尼姆玉塘滩上方，
衣食财富之主人，
三个儿子之父亲，
长兄南拉嘎琼子，
五大部落之首领；
次子仁青扎巴儿，
三个部落之头人；
三子达拉朵贵崀，
一万精兵之将帅。
大食国王之周围，
将才帅才不计数，
尼玛朵丹出其右，
谢萨更噶来美誉，
尼玛顿珠是美称。

在此之前经历中，
多人不知我功绩，
就在穆布姜之地，
五十有余之山贼，
强行抢夺吾战马，
还有我部之羊群，
大食勇士之当中，
自告奋勇我带头，
三位勇士去围堵。
穆布姜域之边界，
六大部落以西处，
追到姜域之盗贼，
礌石一般扑上前，
二十盗贼命归西。
之后单枪匹马冲，
冲到群贼之当中，
满弓射出十二箭，
十二盗贼落下马，
整群马匹夺回来。

自身财物自己守，

自此姜域之英雄，

各个闻风而丧胆，

如此英雄天下稀，

不是吹牛是实言，

空话废话和大话，

最不稀奇此三类，

我之壮举人人夸，

利剑戳入敌人心。

只要人前夸海口，

一言九鼎定乾坤。

顶礼上师之日起，

心中恶念皆除尽。

要想跋涉征远方，

骏马就要喂壮实。

话已说起是如此，

神马青鹏飞驹乃，

大食国之宝中宝，

现被岭国贼盗去，

必须讨回无质疑。

东方岭国和大食，

挑起事端之祸首。

无耻超同二皮脸,

逼着两国起战争,

神驹利益不算大,

国王王子和后妃,

还有大臣及眷属,

难保性命及安危。

岭国雄狮格萨尔,

天界下凡来人间,

世间财富之主人,

听说天下无敌手,

对手强大非好事,

若不谨慎会遭殃,

事情原委是如此。

上师破除戒律时,

心系美女是主因,

死后必定入地狱;

君王祸国殃民时,

吝啬珍宝而为之,

起兵讨伐损兵将。

失去骏马心挂牵，

过度怜惜生恨意，

找来祸水之心魔。

不讨岭国需冷静，

息事宁人不起兵，

我愿前去做说客，

大食岭国和平处，

和平手段要神驹。

恶人超同似疯狗，

理会恶狗染恶臭，

除此之外无话讲，

是否如此请思量，

君王将相铭记心。

若有唱错请原谅，

若是跑调请海涵。

听毕，大食国王心想：为了夺取自己的心爱之物，为了大食部落讨回正义，我死而无憾，我大食国王英勇善战，所向披靡，名冠天下，威震四海，这回如果不取下超同的狗头，剁掉超同的四肢，决不罢休。想到这，大食国王面如青铜，脸色好似岩崖乌云密布。见状，右侧座位的大将米纳朵丹突然站起来，没头没脑地唱道：

唵嘛呢呗咪吽！

阿拉拉姆唱阿拉，

塔拉拉姆唱塔拉。

天界龙神三兄鉴，
苯教黑白花神鉴，
山神查布古嘎鉴。

如若不识此地方，
尼姆玉塘滩平地，
议事牙帐之里头。
如若不识我是谁，
泰神居住之谷地，
拥有十八大部落，
各方部落之主宰，
七万精兵之统帅，
米纳朵丹是吾名。
天空大地之中间，
能将日月持手中，
屠龙英雄便是我，
大力士中无人比。
时至今日之以前，
西方大食财宝地，

无人敢来和我争，
制伏强敌之拳头，
一腔热血为我王，
呵护属下黎民众，
自身一心向善法。

时至今年之时日，
发生几件蹊跷事，
好似严冬霹雳响，
眼看就要下冰雹，
夏日太阳比火热，
根本没有甘露降。
大食神驹落敌手，
没想和平能解决，
我为大食紧追随，
大食国王授军令，
三械六艺皆备齐。
举个例子是如此：
富豪积攒之财物，
饥荒之时不施舍，
跟那恶鬼无区别；

膘头肥厚之骏马，

比赛之时不出彩，

艳丽鬃毛是摆设；

婀娜多姿之少女，

水性杨花不忠贞，

只是野汉之玩偶。

大食国王和群臣，

关键时刻不鼓劲，

犹如街头流浪狗，

凭空吹牛有何用？

我先表态要征讨，

带领精锐五百丁，

要取超同之狗头，

达戎九百之部户，

搅成血海再返回，

世间扬名传四方。

各位王臣记心中，

不听不会再重复。

听了这首誓立军令状的歌后，大食王臣都觉得米纳朵丹心意坚决，力挺出战达戎。大臣协噶暗自思忖：要和岭国格萨尔王为敌，并非明智之举，说不定会步入魔国、霍尔、门隅和姜国之后尘，然而，看眼下形势还得装模作样，要给米纳朵丹帮腔打气。如此想着，便口是心非地唱道：

　　　　唵嘛呢呗咪吽！

　　　　阿拉拉姆唱阿拉，

　　　　塔拉拉姆唱塔拉。

　　　　大食主神请明鉴，

　　　　上界龙神三兄鉴，

　　　　邹纳嘎琼龙王鉴，

　　　　山神查赖索嘎鉴，

　　　　不变金刚上师鉴，

　　　　助佑我来唱此歌。

　　　　如若不识此地方，

　　　　大食尼姆玉塘滩，

　　　　吉祥萦绕之牙帐，

　　　　王臣聚集之地方，

　　　　白色神帐之里面，

　　　　王臣商议国事地。

　　　　如若不识我是谁，

上部达隆之山谷，
协噶丹巴便是我。
犹如空中之甘露，
滋润万物助生长；
又似空中之太阳，
照耀水中金鱼畅；
又如天空之青龙，
雷声响起孔雀舞。
协噶一心为王忠，
大食永远在心中。
前面不远之时候，
年方二十五岁时，
西方大食和汉地，
持续征战两年多，
最终协噶获全胜。

去年年头之时日，
就在初夏之时候，
达戎四母超同他，
暗派贼人来大食，
青鹏神驹被窃走，

作为聘礼献丹玛，

丹萨玉珍纳为妾。

匪夷所思之事情，

国王坐骑被贼骑，

严令处罚放马倌，

逼我前去找下落。

一来国王法度严，

二来群臣多非议，

三来使命落于我，

顿驰拉鲁数一人，

加上协噶两个人，

乔装打扮成乞丐，

抛下生命之安危，

好似奴仆四处窜，

流浪四方难保命，

半饥半饿寻常事，

衣衫褴褛苦吃尽，

不忘初心寻神驹。

偶遇汉商之众人，

假扮乞丐问长短，

商人未瞒实相告，

听说神驹在岭国。

自从听到此线索，

不敢耽误直奔岭，

玛域岭国之羊倌，

斗智斗勇口水战。

接近太阳落山时，

羊倌阿公琼布他，

跑到山上收羊群。

羊倌小儿叫平措，

行贿金币和银两，

还有印花丝绸缎，

各种财宝贿与他，

方能获得真消息。

达戎首领超同王，

为了迎娶玉珍女，

婚庆举行十五天，

我来假扮为乞丐，

为了套话混在内，

才得神驹之下落。

眼下为了追神驹，

米纳朵丹要出征，

我也带兵五百整，

协噶我要亲临阵。

然而岭国兵马强，

达戎部落人丁旺，

达戎父子兵马壮，

不管前途是如何，

具备猛兽捕食势。

西方大食我方面，

米纳朵丹之兵马，

还有协噶我部队，

前途如何难预料，

勇敢前去讨伐岭。

听懂各位记心间，

不听不会做重复。

米纳朵丹对协噶的助战之言半信半疑，可是没有吱声。内臣顿驰南拉嘎琼表示，协噶要是出战，自己定会助战，随之大家都纷纷站在主战一方。看到此景，大食国王开心地说："大食男儿血气方刚，为了大食神驹，为了伸张正义，就该如此。"便唱起了布置出征兵马的歌：

唵嘛呢呗咪吽！

阿拉拉姆唱阿拉，

塔拉拉姆唱塔拉。

天界龙神三兄鉴,
自在天王请明鉴,
山神宗拉嘎琼鉴,
扎拉索嘎请明鉴。

如若不识此地方,
大食财宝之福地,
尼姆玉塘之平原。
如若不识我是谁,
白色神帐之内部,
高高在上之金座,
财富之王便是我,
神威普照似日月,
心胸宽阔如苍穹,
根基深似须弥山,
口碑好似汪海洋,
统领三界大食王,
名扬四海美誉传。

听着在此大臣们：

男儿犹如猛虎般，

吼声响彻天地间；

比赛场上之骏马，

博取名次就一二；

庄严寺庙僧侣多，

严守戒律无几人；

国王面前臣工众，

英勇汉子就一二，

征服敌人更不多。

要想取胜凯旋归，

一要远行千里马，

其次眷属要贤惠，

还有将相要睿智，

具备三点得天下。

在此之前之时间，

国王心思大臣搅，

上师心思僧人搅，

父母心思儿媳搅，

正如此例我王臣。

最终大臣协噶他，

计谋智慧藏心间，

十万将里显锋芒。

然而超同二皮脸，

盗窃神驹遭孽障，

我方王臣生芥蒂，

君子有言先说明，

事与愿违几件事，

不要悲观好男儿，

神驹一定能讨回，

一箭之仇必能报。

听着爱卿协噶臣，

老马虽然跑不远，

熟悉路途不质疑，

老臣不亲自上阵，

运筹帷幄必取胜，

老僧不去百姓家，

时刻诵经度民众。

犹如此例协噶臣，

国王面前臣工们，

没有一位如协噶，

你是睿智之重臣，

如何举兵去讨伐，

战略战术你擅长，

带着神驹凯旋归。

世间老人之谚语：

国王宝座不稳固，

百姓睡觉不踏实，

战火别往自家引，

口水之战别发生，

协噶顿驰铭记心，

希望全在你二人，

国王之命不可违，

犹如礌石难返回，

大江之水不倒流，

协噶大臣记心间，

不听不再做解释。

  大食国王下完军令后，协噶和顿驰南拉嘎琼异口同声地领命道："啦嗦。"两人将出征的将士们按照国王的命令就地安营扎寨，命令各部兵马出发后紧跟大队人马，不能有一人掉队。大食军队夜以继日地行军二十六个昼夜后，大队人马来到岭国达戎部落的达隆边界稍作休整后，继续行军到一个叫杂茹坎布的地方，全体部队松开头盔的绑带，解了铠甲的带子，人员马匹进行休整。协噶和马倌顿驰拉鲁二人一起偷偷地前往达戎部落的草场进行探视，其他兵马在山后隐蔽按兵不动。二人走了三天三夜后来到达戎的牧场住处，绕过羊圈，翻越围墙，终于接近了超同大帐南卡顿丹周围。两人探知超同在神帐中不分昼夜地打坐修禅，周围布置了百八十个守卫，警备十分森严。

　　回营后，协噶将大食部队分成四部，十八日黎明时分从四面八方将超同大帐包围了起来。此时，超同大帐内部的女仆宗巴拉吉外出清除垃圾，听见马嘶声和轻微的咳嗽声，仔细向四周观察，发现大帐已经被包围得水泄不通，惊吓不浅，遂大声呼救。守夜的头领玛尼嘎拉和拉贵二人急忙叫手下备好三械迎战，带人冲出帐门，杀向敌人。大食兵看到守军出动，连续放箭，瞬间，达戎守军就倒下十几个。拉贵奔鲁冲上去胡砍乱杀，先后结果了十二个大食壮丁之命，协噶看到后靠近拉贵，甩开套索想要套住拉贵，说时迟，那时快，拉贵抢起利剑将套索砍断，于是俩人展开白刃战，几个回合难解难分，不见输赢。拉贵转身冲向大食兵马当中，似饿狼跳进羊圈一般，就地将不少大食兵丁送往西天极乐世界。就在此时，西边的阿尼达潘犹如猛虎出穴，不给顿驰拉鲁喘气的机会，俩人展开肉搏战，阿尼达潘将顿驰的剑砍成两截，大食兵马纷纷救援，无论如何也难以抵挡住阿尼达潘的凶猛攻势。就在此时，另一方的协噶命令大食兵马全军并进，大食部队好似蚂蚁窝一样人头攒动，又似秃鹫夺食一般，冲向超同帐篷后，将财物洗劫一空。协噶未见超同踪影，便仔细搜寻，发现锅台旁边有牛奶溢出，看见一口盖着盖子的奶桶，便揭开桶盖一看，里边藏着一个一丝不挂、屏声静气的老头。协噶和顿驰凑近观察，此人留着胡子，面部上半截好似猴面，下半截宛如狼狗，二人断定此人就是超同，便用针刺了一番，此人装死不作声。于是二人拿锥子一戳，弄得血肉模糊，超同疼痛难耐，发出小狗呻吟般的叫唤。二人将超同五花大绑。协噶心想：今天活捉超同，就等于找到了青鹏驹。便将超同驮在马背上一溜烟地逃了出来。超同众子看见此景，紧追不舍，大食部队边退边挡，超同的三个儿子则像饿狼捕食般边杀边追，六十几位大食兵丁在退挡中向阎王报了到。

协噶在混乱中带着超同逃向南边，临近太阳落山，大食逃兵来到玛多查布之地，协噶和顿驰二人判定追兵已经难以赶到，大部队兵困马乏不能继续行军，便下令扎营起灶做饭，吃饭休整。四母超同王被绳索拴在了马桩上，吃了丁点儿食物不致饿死。协噶走近超同讥骂道："头似拨浪鼓的二皮脸，心如蛇信的剧毒蛇，像你无耻之辈世间再无二人。"而后便唱道：

唵嘛呢呗咪吽！

阿拉拉姆唱阿拉，

塔拉拉姆唱塔拉。

天界龙神请明鉴，

泰神三兄请明鉴，

山神宗拉嘎琼鉴，

扎拉索嘎请明鉴，

保佑大食之兵马。

如若不识此地方，

岭国上部之地方，

湍急河流之水畔。

如若不识我是谁，

大食财富之国度，

讨伐强敌之利箭，

不辱使命之强将。

天空乌云未密布，

滚滚雷声不会响；

南方森林未起火，

林中老虎未出没；

地上未起沙尘暴，

天空不会飘灰尘；

你若不偷青鹏驹，

大食劲旅何必来？

西方大食之地方，

城堡坚固铜铁铸，

首领果断将帅强。

我乃大部落首领，

制伏盗贼之好手，

大食国王是近臣，

协噶丹巴是吾名。

本无触犯岭国意，

不犯岭国因如下：
三十三天之神界，
雄狮格萨尔大王，
还有协噶丹巴我，
兄长嘉擦协噶君，
日布唐泽玉珠将，
霍尔辛巴梅乳孜，
全是天界之神子，
我身投生到大食，
地域不好心善良，
协噶虽生大食地，
压根不想害岭国。

你的投生的确好，
格萨尔王之叔父，
所作所为却拙劣。
大食青鹏神飞驹，
施展幻术被盗窃。
大食国王和协噶，
之前情谊如父子，
自从神驹被窃后，

国王惩罚我协噶,

王臣之间之友谊,

犹如夕阳般沉落。

协噶我和马倌俩,

整年流浪走四方,

东方汉地之上界,

拉达克部之下界,

没有我俩未到处。

最后达到岭部落,

假装弱小扮乞丐,

混进达戎婚庆场,

大食青鹏神飞驹,

终得清楚其下落。

今日情况是如此,

或是交出青鹏驹,

或是活剥超同皮,

除此没有三条路,

如何是好请思量。

无耻祸首超同尔,

两国矛盾之祸首,

和睦相邻被你搅,

世间无耻莫非你,

死后出路是地狱。

骑墙超同二皮脸,

想死想活自判定,

不要隐瞒说实话。

听懂实乃悦耳语,

不懂不会再重复。

协噶唱歌的同时,四母超同王吓得屁滚尿流,立即双腿跪地,求饶的拇指好似山羊尾巴,痛哭的声音犹如黄牛嚎叫,后悔的泪水仿佛倾盆大雨,作出一副可怜巴巴的样子求饶道:

唵嘛呢呗咪吽!

阿拉拉姆唱阿拉,

塔拉拉姆唱塔拉。

保佑平安请明鉴,

马头明王请明鉴,

达拉梅巴请明鉴。

如若不识此地方,

岭国玛曲之河畔,

绵长达隆之近旁,

如若不识我是谁，
身世显赫前半生，
与那天界神比肩，
上部岭国之首领，
子嗣侄子长大后，
叔父让位是自然，
格萨尔生我便衰，
嘉擦出生囊俄衰，
叔父权力侄子夺，
侄子权势比山高，
叔父便成身边仆。

请听尊贵协噶臣，
您乃大量能求情，
大山自有其归属，
大河自有其渠道，
睿智灼见您都有，
具备望远之慧眼，
又有自省明铜镜，
协噶大臣恳求您，
今年两国之争端，

回想起来真懊悔。

举个例子是如此：

贪心不足求财富，

拥有百马之主人，

由于贪心还想多；

具备百宝之富豪，

还想占有其他财。

犹如此例超同我，

最终还是栽跟头，

虽然衣食都无忧，

贪心作怪谋他财，

本来应该要知足。

举个例子是如此：

宽阔无垠之草原，

享受水草之大鹿，

嫉妒山顶之香獐。

西方大食青鹏驹，

盗贼带到达戎部，

我是出资而买得，

贼名落在我身上。

去年夏天六月底，
上部岩谷之地方，
十五部落之首领，
尼玛拉杰他为首，
三个无耻放羊倌，
牵着三匹骏马来，
马匹来历未说清，
牵到达戎之部落，
问我是否买下来。
达戎虽有马千匹，
青色宝马似珍宝，
耳尖长毛打弯曲，
身上毛色世间稀，
放马草原去赛跑，
走势稳健能追风，
我便喜欢此宝马，
出了重金才买得。

举个例子是如此：
父子反目为财富，
势运不顺恶妇笑。

达戎部落落此难，

黑面盗贼坏人他，

漫天要价难预料。

五百多匹上等马，

五百肥壮之牦牛，

五百膘肥之绵羊，

要价之高难置信。

达戎虽然不缺钱，

然而想来不划算，

讲明买卖不成交，

若有别法可商量，

最终成交是如此，

大块金币五百整，

还加五百马蹄银，

上等绸缎五百匹，

十只上乘九眼珠，

红色珊瑚一百串，

此价换来青鹏驹，

没有计较其盈亏。

弱肉强食之时日，

贤者有话如此讲，
不讲道理强夺去。
上部果萨和觉如，
奔贝尼玛拉协仨，
色杰尼奔达雅等，
一并来到达戎部。
扎拉要买青鹏驹，
多退少补实豪取，
马钱目前也未得，
神驹落至扎拉手。

我说话语无水分，
好似石头般牢固，
神子协噶请您听，
杀死超同罪孽重，
为了取得青鹏驹，
留我性命还有用，
两国之间挑事端，
实乃果萨母子俩，
要想神驹归原主，
超同做甚都愿意。

听懂乃是悦耳语，

不懂不再做重复。

超同唱完后，协噶说道："呀！到处挑拨是非的拨浪鼓头，二皮脸超同无一句是真话，口是心非废话连篇，最后下场就是砸碎你的骨头，烧毁你的皮肉，掏出你的心肺，挖出你的眼睛，剥下你的狗皮，跟你没有再说废话的必要了。"接着协噶将超同绑在马背上往大食方向返回。协噶心想：此次损失了不少大食兵马，加剧了大食和岭国之冤仇，所以，超同必须得交予大食国王亲自处置。半夜，饥饿难耐的超同奄奄一息，协噶知道不能让超同在半路上冻死饿死，于是拿一件羊皮袄盖在超同身上。走了五天五夜后，大部队终于来到大食和岭国边界，大臣协噶和顿驰南拉嘎琼，还有马倌顿驰拉鲁三人松了一口气，命令部队驻足休息，大家卸下马鞍，铺上毡垫，吃饱肉，喝足茶。协噶来到超同跟前说道："呀！超同二皮脸，明天天亮以前要到大食国了，马上就要面见大食国王，你若还是不说实话，不予配合，你的这条狗命就难以保全了。"随后质问道：

唵嘛呢呗咪吽！

阿拉拉姆唱阿拉，

塔拉拉姆唱塔拉。

天界龙神请明鉴，

中界花色泰神鉴，

珠拉嘎琼请明鉴，

绕色上师请明鉴，

护佑协噶唱此歌。

如若不识此地方，

两河汇聚之地方，

大食岭国之边界，

六瓣莲花开阔地，

多条河流交汇处，

男儿分出优劣处，

各路英雄议事处，

死神收命之地方。

如若不识我是谁，

西方大食玉塘滩，

四大富裕之部落，

七万铁骑之首领，

协噶丹巴是吾名，

大食国王之近臣。

就在去年这时节，

岭国部落之上部，

阿里雪山之下部，

四面八方去探访，

寻找青鹏会飞驹，

又在今年这时候，

率领千军和万马,
大食国之内臣我,
砸破敌头之铁锤。

鼠辈超同之小人,
听着超同二皮脸:
开口从来无实言,
谎话连篇不着边,
之前欺骗又害人,
眼下自己遭报应,
死到临头还不知。
听着事情之原委,
大食青鹏神飞驹,
献给神子扎拉将,
大食国王之兵马,
不到十五日之内,
开进岭国之地方,
岭国部落和大食,
爆发激烈之战争,
必须分出雌与雄。

达戎超同二皮脸，
折磨九年再处死，
你若不死在牢房，
狗命就用利刀取，
从头到脚活剥皮，
你想活命还是死？
活人心中有魔鬼，
非把大食树为敌，
搅乱两国之祸首，
看似男人毒妇心，
捣乱两国皆不和，
最后结果两俱伤，
恶棍首领臭主意，
国破人亡王臣散，
最终一切被风吹，
为何要做此恶行，
能否实言相奉告。

大食青鹏神飞驹，
相助回到主人手，
我向国王做请求，

也许还能保狗命，

超同敢做又敢当，

大食岭国两国间，

一箭之争无须有，

没有必要出兵马。

想要活命就发誓，

永不变卦天地鉴，

国王面前我求情。

听懂记在狗耳里，

不懂不会做解释。

协噶唱完后，超同心想：这次死神已经将我的灵魂带到了坟墓边上，地狱的火狱、冰狱的折磨怎能忍受？想想都扎心，心在颤、肉在抖，这回我若不向协噶假装答应发誓的话，大狱之门就为我敞开着，虽然青鹏神飞驹眼下在神子扎拉手中，不管怎样，我首先得答应为了两国和睦，设法将神驹归还给大食国王。于是，超同噗通一下跪在协噶面前，双手合十，唱起了佯装答应所有条件的歌：

唵嘛呢呗咪吽！

阿拉拉姆唱阿拉，

塔拉拉姆唱塔拉。

红色马头明王鉴，

高原蕃人守护神，

雍仲才拉仁增鉴，

辛热顿巴请明鉴，

前来保佑老朽哉。

如若不识此地方，

西方大食之国门，

三岔路口开阔地，

后方便是我故乡，

好似就在中阴道，

要诵六字真言时，

落到权势首领手，

有话就得好好说。

如若不识我是谁，

位高权重前半生，

上部岭国之叔父，

运气败落下半生，

名不副实之首领，

终身伴侣伤人心，

想起部下心意凉，

做错事情搭性命，

岭国达戎超同我，
能否有人来拯救？

达戎部落之地方，
精通咒术之三人，
说是西方大食国，
牵着青鹏神飞驹，
前来问我要否买，
讨价还价之最后，
五百纯色之金币，
五百纯正马蹄银，
上乘绸缎五百匹，
再加五百马牛羊，
各种财宝做买资，
昨日所说句句真，
是否真实会证实。
然而事情之原委，
扎拉坐骑死疆场，
丹玛前来请求我，
为顾情面献扎拉，
为了神驹返财物，

纯色黄金和银两,
各样给了二百锭,
除此财物之以外,
加上丹玛之爱女。

大臣协噶请您听:
大食青鹏神飞驹,
实属世界之珍品,
为此两国起战事,
所有罪孽我来背。
现在我来发毒誓,
永世不变之血誓,
赌注便是我小命,
不要监禁放我回,
只要返回岭国地,
我要制作风木鸟,
带上无踪之高人,
最迟不会出三日,
带着神驹来大食。
如果我违背誓言,
达戎部落三代人,

全由协噶你处置。

协噶大臣铭记心,

不听不会再解释。

　　协噶听完心想：达戎首领四母超同王是马头明王的化身，也是格萨尔大王的叔父，如果他能遵守誓言，双方就能避免一场战争。于是说道："呀！按照你所言，发誓要本尊，盟誓要条件，你以何作为盟誓的资本呢？"超同心想协噶已经上钩，便说："发誓要发毒誓，盟誓一定有规矩。"他拿起一条哈达，一头让协噶抓着，一头由他自己抓着，从中间剪断后做了永不反悔的毒誓，还请马头明王做见证。超同说："违背誓言我小命就由你做主，再加五千两黄金和五千两白银，还有九千匹上乘绸缎。若是神驹带回大食国，两国间再起战争，协噶要如数赔偿。若是神驹不回还，我的小命由你左右便是。"说着便跪在地上向协噶磕了三个响头，泪水好似鸡蛋落下。协噶说："我也向马头明王起誓，用自己的性命担保，敢如此发誓，我也没有理由不信你，要求是一个月之内将青鹏神飞驹带到大食国王面前。"超同表示，他还要返回岭国，请求再加十五天，协噶爽快地应诺，并给超同准备了返回的坐骑和路上的盘缠，那晚好酒好肉招待了一番。

　　超同次日清晨返回岭国时，路经一个叫达埔的地方，遇见五位大食猎人。猎人晋美心想：之前大食国王的坐骑青鹏飞马丢失，又听说大臣协噶活捉了超同，此人长相是超同无疑，是不是逃脱了？便上前询问道：

唵嘛呢呗咪吽！

阿拉拉姆唱阿拉，

塔拉拉姆唱塔拉。

上部天神请明鉴，

红色龙神请明鉴,

赞拉嘎琼请明鉴,

红色战神索朵鉴。

如若不识此地方,

上部达隆之地方,

西方大食之地方。

如若不识我是谁,

追赶狼群之猎人,

收集大鹿犄角人,

野牛大鹿是目标,

猎人晋美是吾名。

听着红脸之坏人,

尔从何而来此地?

打算要去何地方?

不要隐瞒说实话。

若是实言不相瞒,

可以放你免一死,

隐瞒实情说假话,

外部皮囊变肉酱,

内部油脂点天灯，

不会让你走三步。

要说为何是如此，

就在去年时日里，

大概就在这时候，

西方大食之地方，

青鹏神驹被盗窃，

王臣之间生裂隙，

大食协噶丹巴臣，

率领千军万马师，

讨伐东方岭部落。

就在过去近几日，

虽然我等未目睹，

但是已经有耳闻，

盗贼达戎超同王，

大食协噶已生擒，

不知何来流浪汉，

发现自带盘缠袋，

还有脸部之轮廓，

断定超同不会错，

贼人逃犯不放过。

听懂歌曲记心间,

不懂不会再重复。

听完猎人之歌,超同心惊胆战地将行囊放在地上,连忙向猎人晋美磕了三个响头,佯装是超同的仆人噶庆顿珠,唱起了关于大食国王放他回岭国一事原委的歌:

唵嘛呢呗咪吽!

阿拉拉姆唱阿拉,

塔拉拉姆唱塔拉。

上界天神请明鉴,

至尊三宝请明鉴。

如若不识此地方,

两座石山之中间,

四周全由山包围。

如若不识我是谁,

岭国上部之地方,

达戎十八大部落,

首领超同之仆人,

噶庆顿珠是吾名。

大食大臣协噶将,

生擒超同去大食,

就在昨天之清晨，
岭国格萨尔王臣，
集会商议达共识，
同意神驹还大食，
两国争议已解决，
达戎超同已应诺，
为了两国之和平，
派我前去做使者，
所有事情已敲定，
证明凭据在我手，
若是怀疑请过目。
协噶大臣之书函，
大食两国和平处，
是否让路请自便。
我在背负重使命，
阻拦不能去岭国，
耽误使命你负责，
如何处理你自明。
不放我去岭国地，
我就可以回大食。
听懂请你记心间，

不懂不会再重复。

　　超同唱完后，便从怀里掏出写满字并盖有协噶印章的通行证给猎人们看。可是猎人们大字不识一个，大家面面相觑，觉得他手上的通行证真是协噶大臣开的话，就不能将他杀掉，便将其衣服扒得精光，拳脚相加狠揍一顿后放他回去。超同灰头土脸、一丝不挂地向岭国方向走去，由于他娴熟咒术和幻术，便观想本尊保佑不被冻死。行走了八天八夜后来到岭国的地域，看见有一座无僧小庙佛殿，庙内有周围百姓供养的粮食，他狼吞虎咽地垫饱肚子后，把一件闲置的袈裟披在身上回到了达戎部落。此时达戎王子拉贵奔鲁、玛尼热噶、阿奴贝桑、托贵贝巴等正在召集兵马打算去大食营救超同王，看到父王安全返回，大家喜出望外，赶紧将超同领进牧帐。超同边换衣服边将自己的经历海吹了一番，把脏乱的头发洗干净后辫了九条不同的发辫，就急急忙忙地去了丹萨玉珍的帐篷，嬉皮笑脸地把自己吹得天花乱坠。第二天，超同通知召集达戎各部落的头人集会，各处头人们接到通知后按时来到超同的营帐。达戎四母超同王威风凛凛地坐在檀香木的座位上，唱起了召集兵马和布置战略的歌：

　　　　唵嘛呢呗咪吽！

　　　　阿拉拉姆唱阿拉，

　　　　塔拉拉姆唱塔拉。

　　　　马头明王请明鉴，

　　　　达拉梅巴请明鉴，

　　　　苯教上师请明鉴，

　　　　保佑运气日益盛，

协助征服大食国，

助佑达戎万事顺。

如若不识此地方，

达戎军营之中间，

议事神帐之里边，

红色大帐之内部。

我是谁人皆清楚，

九十万军之首领，

六大部落之父王，

黑色恶魔之对头，

犹如天空之日月，

世界尽在我眼底；

好似茂盛之檀香，

能调六味之良药；

又似雄狮百兽王，

气势凶猛爪牙利。

达戎四母超同我，

富可敌国比龙王，

喜欢马匹心惦念，

奇珍异宝皆喜欢，

不忘自己的初心，

说起原由是如此，

古人谚语如此讲：

起初不能多妄想，

若有想法付实施，

最终才能得结果，

最好不要挑战事，

一旦参战必取胜；

最好不要惹官司，

一旦缠身必奉陪。

心地善良之超同，

格萨尔王之叔父，

孙辈扎拉之爷爷，

岭国开国之元勋。

时至今日之以前，

血气方刚男儿身，

福祸相伴经百事；

阴柔羸弱妇女身，

喜忧参半均品尝；

天神上师之预言，

好事坏事各参半；

掌权首领之法度，

是非曲直皆存在；

富翁手中之财富，

来来去去都正常。

达戎首领超同王，

所经之事讲不尽，

之前霍岭之大战，

白帐强兵犯岭国，

岭国王城皆摧毁，

都说一切全怪我。

霍尔侵犯我岭国，

目的是为抢珠姆，

霍岭两国交战时，

亡命英雄何其多，

岭国英雄多殉国，

为了尊严献生命，

战略失策我惨败。

当下大食青鹏驹，
得来谋划皆由我，
不然扎拉无坐骑。
神子扎拉泽杰他，
讨伐姜域辛赤时，
坐骑被那狗熊袭。
大食大臣协噶他，
假扮乞丐进岭国，
得知神驹下落后，
率领大军袭岭国，
将我活捉去大食，
关进黑暗之大狱，
酷刑磨难均受尽。
虽然吃尽苦中苦，
然而为了我岭国，
就算献上这条命，
岭国尊严不能丢。
过去半月之以前，
大臣协噶和顿驰，
气焰嚣张态度硬，
说是要将我伏法。

就在千钧一发时，
瞒天过海使妙计，
大食青鹏会飞驹，
就在不久送大食，
发誓赌咒我应承，
如此骗过协噶臣，
才将超同我放归，
此般尽是老黄历。

听着达戎英雄众，
达戎部落之人口，
足有三十万精兵，
眼下迅速召集齐。
达戎旗下之部落，
粮草充足无忧虑，
铠甲兵器也无忧，
英雄猛将做战备，
犹如猛虎出密林，
英气沸腾似饮血，
兵器铮亮又锋利，
膘肥善跑之战马，

奔跑如风快似电。
不出三年之时日，
盛名远扬之大食，
岭国铁骑踏成灰，
难以估量之财富，
一并带入我岭地，
此举若是不成功，
超同死也不相信。

不要怠慢小子们，
良驹战马战备好，
达戎三十万精兵，
浩荡开往大食国，
英雄男儿赴疆场。
出师三军之统帅，
万户托贵来率领，
千户拉贵做副手。
达戎四母超同我，
运筹帷幄胸有竹，
战略战术由我出。
快刀利剑虽锋利，

碰到磐石也会断；
千里骏马虽善跑，
踩到鼠洞会失蹄；
英雄男儿虽勇猛，
遇到强手会丧命。
各位好汉争口气，
胜利在望凯旋归，
做好殉国之盘算，
上午取胜下午败，
也有命归沙场时。

今年叔父超同我，
无端落入强敌手，
没有丧命得自救，
英雄男儿是如此。
大食国王虽强悍，
杀鸡焉用宰牛刀？
镶钻不用大铁锤，
因此达戎独出兵，
不用惊动岭各部。
大食城中之财宝，
达戎部队皆掠回，

要让侄子心羡慕，

使之脸面掉地上。

要使达戎声誉强，

而后达戎好男儿，

率领部队凯旋归，

具体细节是如何，

拉贵贝巴来指挥，

超同我是总指挥。

各位爱子听父言，

听从将帅之忠言。

达戎四母超同王唱完后，所有将领士兵都暗自揣测：此次出师为何如此匆忙？为何不向岭国大王格萨尔禀报？大食国兵强马壮，手下大将各个英勇无比、身怀绝技，只有达戎部落独自出战能否取胜难以预测。幻术大臣班代左思右想，许久后说道："呀！尊贵的叔父超同王，虽然战术方略都不错，然而只有达戎部落独自出兵的话，能否战胜大食不好说。"便唱起了出谋划策的歌：

唵嘛呢呗咪吽！

阿拉拉姆唱阿拉，

塔拉拉姆唱塔拉。

本尊上师请明鉴，

保佑佛陀之正法，

大食财宝宗

大食部落之福运，
来到高原藏人部，
至尊三宝请明鉴，
三宝之外无信仰。

如若不识此地方，
险要之地红谷中，
普若宁宗大城堡。
如若不识我是谁，
达戎英勇之部落，
恪守尊严之首领，
识得人间之烟火，
迷路人的领路人，
班代赤伦是吾名。

时至数年之以前，
格萨尔王尚小时，
岭国王位超同坐，
出谋划策有绒擦，
将士各个似雪狮，
所有战争皆凯旋，

所到之处皆欢呼。
果岭之战整三年,
起初虽然有失足,
最终胜利属我部。
嘉擦勇猛却无谋,
时常疆场出风头,
然而也有吃亏时,
疆场杀敌不计数。
森伦出师戎地时,
果萨拉姆纳为妃,
自从诞下格萨尔,
无数恶魔被征服。

无比强大觉如儿,
无形鬼神皆臣服,
之后放逐玛麦地,
赛马称王夺王位,
带兵出征降恶魔。
北方鲁赞之大王,
霍尔领主白帐王,
姜域萨丹之大王,

南方辛赤大王等，

岭国四方之国王，

犹如梦境皆降伏。

没有岭王无头绪，

没有英豪无伙伴，

没有父辈无佑护，

最后树敌不计数。

没有母亲之浪女，

难以嫁入豪门中；

没有财富之乞丐，

便是部落之污点。

举个例子是如此：

山巅白色之经幡，

召唤风神之招牌，

倒在地上之时刻，

便是绊脚之废品。

达戎部落超同王，

龙湖猛将不计数，

出战要是遭失败，

达戎父子臭名扬。

大食国王之周围，

无敌强将有四位，

力士就在身边守，

赛马之时无人比。

凶狠犹如阎王爷，

刀锋快如阎罗剑，

大食国王座前将，

赞拉多杰贝巴将，

红色赞神之化身，

幻术好似黑妖魔。

顿驰仁青南拉将，

不死恶魔之转世。

决绝米纳朵丹将，

力大无比天下奇。

多嘉仁青扎巴将，

强势英雄中豪杰。

大臣协噶丹巴将，

天神之子是属实。

不止他们还很多，

天神之子珠拉将，

赞贵朵庆亚美将，

红脸吸血阎罗将，

具备法术无质疑。

达戎是否能取胜，

大食青鹏神飞驹，

就在神子扎拉处，

岭国大部会相助，

盗窃赃物献首领，

遇到业障命难保，

不去求助方无法。

大食兵马势力强，

达戎部落力单薄，

人财两空落敌手。

世界雄狮格萨尔，

向他汇报是上策，

戎擦查根总管王，

料事如神辨是非，

是否征讨该请示，

本人想法是如此。

请听达戎超同王：

无赖到处挑是非，

荡妇朝三又暮四，

劣马才会弃主人，

此等后尘不能及。

为所欲为断小命，

急躁之马跑不远，

骑墙之徒毁己利，

如此说法有道理。

男儿食欲得有度，

女人纵欲也要度，

勇士好战得收敛，

女人有度家和睦，

骏马能跑会博彩，

此类解释古人言，

我想岭国之王臣，

汇报请示是上策。

听懂便是悦耳语，

不懂不会再解释。

听毕，达戎四母超同王心想：赤伦虽然为我着想，但是今天这事不能应允，这次不去大食国报仇雪恨坚决不行。于是气势汹汹地说道："此事乃我达戎部落内部之事，没有必要向格萨尔王和神子扎拉汇报，再说总管王戎擦查根奄奄一息，老眼昏花，不可能给我达戎部落提什么好的建议。"

说完便自高自大地唱道:

　　　　　唵嘛呢呗咪吽！

　　　　　阿拉拉姆唱阿拉,

　　　　　塔拉拉姆唱塔拉。

　　　　　祈祷白色梵天王,

　　　　　保佑我军得胜利,

　　　　　使那敌方变灰尘。

　　　　　如若不识此地方,

　　　　　达戎部落须弥山,

　　　　　普若宁宗之内部,

　　　　　汇集兵马之地方。

　　　　　若如不识我是谁,

　　　　　红色猛虎之后裔,

　　　　　神威自在不求人；

　　　　　雪狮脖颈之鬃毛,

　　　　　百兽惧怕不必说；

　　　　　能走善跑千里马,

　　　　　不与羸弱毛驴比；

历尽沧桑之老者，
计谋毋须求他人。

时至当下之今天，
头上头发已变白，
运筹帷幄而变老，
满嘴洁齿一并齐，
一生享用鲜美食。
身为男儿要杀敌，
否则好似襁褓儿；
吃饭就要排粪便，
否则就是恶鬼身；
杀敌就要显勇敢，
胆怯就是狐狸崽。
达戎兵马似狼群，
冲进羊群灭其根，
悬崖峭壁之鹞鹰，
驱散大食之麻雀，
达戎铁骑似烈火，
烧毁大食之森林。

听着在此各将领：
方才懦夫之言语，
嘴上沾油格萨尔，
肚子饿了格萨尔，
虱子被叮格萨尔，
鸡毛蒜皮毋须报，
都是董氏之后代，
比起法术我最强，
比起财力我最富，
若是不伐大食国，
妄称达戎超同王。

男儿前途自掌握，
父母不能陪终身，
孙儿扎拉三械齐，
要和敌人决战时，
就算丧命无遗憾。
达戎部落勇士们，
精兵良将皆齐备，
听懂各位记心间，
非议之言不必说，

我之军令不可违，

悬崖礌石难返回，

各部尽快做战备。

听懂便是悦耳言，

不懂不会再重复。

达戎四母超同王唱完后，在座的大臣和晚辈们没有一个人敢站起来提出异议，现场一片寂静。此时，丹萨玉珍踏着轻盈的步伐，摆着摇曳的身姿，上前给超同王添了一碗茶后说道："呀！无比尊贵超同王，作为您的小妾我感到无比的幸福，达戎部落富可敌国，百姓衣食无忧，然古人有谚语说得好，'骏马识途能走远，言语有理能立足，吃饭适合才舒服，做出决定之前一定要斟酌，否则苦头就得自己吃。咱岭国上有国王格萨尔，还有机灵睿智的总管王，此事非同小可，应该与王臣一起商议为佳。"说着便唱道：

唵嘛呢呗咪吽！

阿拉拉姆唱阿拉，

塔拉拉姆唱塔拉。

所有众生得解脱，

祈祷无上佛陀尊，

益西加措天神鉴，

祈祷指引前方路，

五方天神请明鉴，

五部空行请明鉴，

保佑我来唱此歌。

如若不识此地方，
库穆茹宗之中心，
达戎部落之腹地，
普若宁宗大城堡。

如若不识我是谁，
富饶岭国六谷地，
父辈英武似群山，
虽然英勇不自诩，
玛域大地岭部落，
英雄儿女比比是。
丹玛之女玉珍我，
虽已成人不贪靡，
今天想对各父辈，
无知小女提建议，
不是为了出风头。

幸福阳光照大地，
天地之间温暖至，

黑头蕃人受暖意。
上师徒弟和施主，
一起恪守佛戒律，
今生来世皆幸福。
首领大臣和属民，
上下一心皆团结，
国泰民安日渐盛。
母亲女儿和儿媳，
一生一世持家务，
家庭和睦阖家欢。
犹如此例超同王，
计谋智慧都具备，
一心要为老百姓，
应该三思而后行。

我乃丹萨玉珍女，
时至今日之以前，
遵守首领之命令，
从未提出过异议，
父母之命上师言，
不会违背诸事顺。

父王丹玛强查他，
慈母达姆拉珍俩，
不是不明事理者。
神子扎拉诺布他，
岭国上部之万户，
格萨尔王之亲侄，
父王丹玛强查他，
神子扎拉之义父，
听从父母之婚约，
嫁给达戎做妻室，
今天我来实言告，
虽然人微而言轻，
是为达戎部落事。

矮马奋力去疾驰，
不是为了比骏马，
而为到达目的地；
深山静修小法师，
虽然不及大师精，
循序渐进修正果。
超同大王请你听：

今年出征之举动，

是否善举难断定；

之前达戎超同王，

九个儿子与父亲，

虽然守住其基业，

六位爱子献沙场，

一因子嗣超勇敢，

二因父辈策略拙。

父辈拙政遭嫌弃，

男儿不做无为事。

虽然乌鸦想高飞，

横击长空却难为；

想法多变之妇女，

付诸实施如做梦。

人中豪杰超同王，

经历诸事要反省，

未来前途需远见。

大食财富之国王，

绝对不是等闲辈。

举例说明是如此：

无比珍贵之宝物，
没有一人不想要，
若无福运难求得；
梅花鹿首之犄角，
如果不是遭利箭，
药用鹿茸实难求；
一生积攒之财富，
被贼窃取定怜惜，
他人珍贵之宝物，
窃取转移异地时，
主人终究会追讨。

犹如此例超同王，
所有邻邦钦羡您，
出征拥有大力士，
在内各位长辈在，
无须再去图虚名。
贱身小女之想法，
动身去见父王尊，
如何决断去请示。
超同请您铭记心，

不明不会再赘述。

听完丹萨玉珍的话，超同心想：如果不听奉劝就会受到丹玛的谴责，可能小妾玉珍也难以留在自己身边。便说道："呀！丹萨玉珍啦！你言之有理，不愧为大家千金，留得青山在，不怕没柴烧。"说完默默地思索着。丹萨玉珍派遣仆人长腿迅速给父王丹玛强查报信，信中详述了超同派人盗窃大食国国王坐骑青鹏神驹，想无理讨伐大食，以及想私自出兵，不向格萨尔大王汇报等事宜。马倌长腿策马扬鞭，日以继夜地赶往丹玛营地，向丹玛强查父子奉上了玉珍的信件，并一五一十地将达戎部落近期发生之事统统告与丹玛。丹玛父子看到玉珍的亲笔信后，便全副武装，带了五名随从来到超同营地。超同恭敬地将丹玛父子邀请到宫殿里叙长问短，并向父子二人各献了一条吉祥的哈达。接着，超同给丹玛父子讲述了他要出征大食的想法。丹玛淡然地说道："呀！你所陈述的不管真假，但是，无论怎样，应该向雄狮大王格萨尔请示才对，"便盘腿坐稳，以塔拉六变调唱道：

唵嘛呢呗咪吽！

阿拉拉姆唱阿拉，

塔拉拉姆唱塔拉。

上师本尊三宝鉴，

虔诚祈祷请加持，

禳解灾难保平安，

前来佑助我平安，

支持丹玛无畏惧，

一切福运自然成。

如若不识此地方，
达戎财富之故地，
查玛福运之地方，
普若宁宗大宫殿，
四母超同之座前。

如若不识我是谁，
卡拉曲拉之神殿，
萨霍大王之后裔，
丹玛强查是吾名。
我的嗓音似布谷，
六变之调来唱歌，
唱得众生皆幸福。
犹如青龙之丹玛，
射箭犹如玩游戏，
气度非凡常胜将。
萨霍丹玛强查我，
萨霍大王之后裔，
自从格萨尔诞生，
王臣始终未离分，
出征先锋便是我，
凯旋殿后也是我，

开弓搭箭也是我,

是否真切你清楚。

达戎超同请你听,

举例说明亦如此:

不拜上师之学徒,

虽然胸怀慈悲心,

不辨黑白非教徒;

不依国王之大臣,

虽然一时逞英雄,

不爱百姓非好汉。

岭国英雄备三械,

气势勇猛且善战,

不敌对手非好汉。

善言须有财力撑,

否则全是空洞言;

英雄须有强师拥,

没有后盾难取胜;

出嫁姑娘需娘家,

没有娘家无靠山。

今年两国之战争，

要问根源是如此：

大食国王之财富，

变为藏人之财产，

要是踏上赛马场，

跑出名堂传四方。

天空之中鸣春雷，

大地复苏之前兆。

若是上师未点化，

难以修证因果道；

若是首领不爱民，

百姓难以获福祉，

当下之事如此例。

征讨六国没差我，

此次征讨大食国，

必须得到王之命，

还要获得神授记，

不做无谓之牺牲。

征讨若是吃败仗，

差强人意会失利。

无须贪恋他人财,

私欲太盛变恶鬼,

此种可能非常大。

各位大臣铭记心,

不明不再做解释。

丹玛强查唱完后,达戎四母超同王心想:以丹玛强查和丹萨玉珍父女二人的建议,达戎部落单独出征大食的计划已经不能实现了。此后丹玛在达戎部落三名随从的陪同下,径直奔向格萨尔王宫狮虎龙戏宫。丹玛一行到王宫城下时,守城大将南拉托贝前来迎接,还有霍尔唐泽玉珠、蕃子米琼卡德、小将贝泽玉杰等出城欢迎大将丹玛的到来。众人簇拥着丹玛,迎领丹玛父子去了格萨尔的王宫。格萨尔王郑重其事地给丹玛一行摸顶祝福,王宫侍从将鲜美的牛羊肉、滚烫的酥油茶、醇香的青稞酒以及各种水果摆满案几,一时间王宫里觥筹交错,推杯换盏,热闹非凡。酒席间,丹玛强查将达戎部落超同王想私自出征大食国的来龙去脉禀报给了雄狮大王格萨尔。格萨尔大王心想:正巧今年六月十五日获得了天母南曼杰姆讨伐西方财富大国大食的授记,达戎首领超同叔叔从中作梗,正好挑起两国间的矛盾。格萨尔大王微笑着以金刚自生调唱道:

唵嘛呢呗咪吽!

阿拉拉姆唱阿拉,

塔拉拉姆唱塔拉。

上师本尊和三宝,

虔诚向您做祈祷,

广施慈悲予加持。

天界梵天请明鉴,

年神格佐请明鉴,

顶宝龙王[1]请明鉴,

战神威玛尔明鉴,

空行神众请明鉴,

西方莲花之宝座,

莲花生大师明鉴,

今日全力来护佑。

如若不识此地方,

四方大地之坛城,

黄河流域之右岸,

澜沧江水之左岸,

狮虎龙戏之宫内,

三川汇聚之地方,

黄河源头吉祥滩,

虎豹花纹美如画,

---

[1] 顶宝龙王:又译邹那仁青,马品木湖(又译马盆湖)龙王,格萨尔的外祖父。由于湖中龙族违反天条,因而天降瘟疫,龙族全部染病。莲花生大师施法治愈龙族,龙族为了感谢大师恩泽,除奉献龙宫奇珍异宝外,还应大师所求,龙王邹那仁青奉献上三女梅朵拉泽。后来,梅朵拉泽与岭国幼系首领僧隆匹配成婚,生下格萨尔,故史诗中称格萨尔为龙甥,即由此而来。

布谷歌声传四方。

若如不识我是谁，
此生转世之以前，
三十天界宫殿中，
梵天大王之爱子，
无染神子推巴嘎，
下凡人间之以后，
觉如冠名前半生，
丑母觉如取为名，
后半生为格萨尔，
英雄师团保佑神，
降伏各路之恶魔，
魔域弘扬善法人，
晚年修为三时佛，
拯救六道之众生，
英雄男儿之战神，
千里骏马之佑神，
如此等等皆为是。

请听大臣丹玛君，

就如此前您所讲，
君王大臣之中间，
就需同心与协力。
犹如蕃人谚语讲：
上师徒弟之中间，
戒律相同言行一，
因果善恶齐心修；
君王大臣之中间，
上传下达须同步，
方能治国和理政；
结发夫妻之中间，
坚守海誓与山盟，
共建幸福之人生。
犹如此例丹玛君，
心系岭国之大政，
王臣共谋大方针，
一切大事皆善终。

请听丹玛强查君：
岭国大食之两国，
虽然他因生芥蒂，

岭国威武之雄师，
起兵讨伐尚过早。
夏初大地未解冻，
布谷还未报春时，
及时春雨怎会来？
天空乌云未汇聚，
冰雹不会袭大地，
庄稼怎能受伤害？

今年夏季初月时，
月中十五之黎明，
姑母南曼杰姆她，
前来授记明预言：
达戎首领超同王，
大食青鹏神飞驹，
若是不偷至岭国，
达岭战争之结局，
大食赞杰多杰他，
骑着神马青鹏驹，
一天之内绕世界，
若无神驹难获胜，

大食青鹏神飞驹，
作为扎拉之坐骑，
扎拉赞杰会战时，
宝驹神威要发挥。

除此之外是如此，
西方大食财宝王，
征服还需三年整，
为何如此之原因，
决绝米纳朵丹他，
根基就在黑魔处，
嘎拉旺秀之转世。
过去很早之以前，
转世魔鬼之灵魂，
伙同恶魔之兵团，
修炼魔法闭日月，
能和日月比高低，
魔力能够逐星辰，
能与磐岩赛硬度，
能使水怪爪牙碎，
敢与雪狮结为敌，

能使雪狮鬃毛颤，

要与格萨尔为敌，

杀害无数黑头人。

大食米纳朵丹他，

今年若是不降伏，

来日挑衅格萨尔，

岭国军团会遭罪。

请听丹玛强查将，

自古古人之谚语：

狂风卷携之暴雨，

五谷终受冰雹袭；

饿狼狐豺伴为伍，

温顺羊群会遭殃；

恶人被那美食诱，

富人财富会掠尽。

大食岭国之战争，

达戎超同为起因，

降伏大食之重任，

岭国上部之地方，

落在丹玛双肩上。

擦香丹玛之爱子,
玉威奔梅乃其子,
达戎拉贵奔鲁将,
玉威奔梅做助手,
方能降伏强敌手。
我向侄子玉威将,
赐予长寿永生丸,
还有千佛之头发,
慈悲千佛之肉身,
得道天母之药丸,
一并赐予保佑他,
要在疆场杀敌时,
虔诚祈祷格萨尔,
形影不离来护佑。
少将虽勇持分寸,
过分出头非好事,
日月绕行有轨迹,
骏马参赛有规矩,
妇女装扮有分寸,
富豪贪靡变恶鬼,
犹如此例把握度。

一旦征战开始后，

命臣丹玛来指挥，

出战收兵需策略。

就在本月十九日，

达戎兵马去出征，

我等留守之王臣，

听报信使之喜讯，

观察战争之进展，

大部酌情来增援。

夺取大食财富国，

打开世界之宝库，

大食国王之财富，

若是不被岭国取，

世界财富会枯竭。

达戎兵马做先锋，

格萨尔部做后援，

如此战略能降敌。

布谷神鸟鸣叫时，

知晓春天已来临；

百花齐放草原时，

便是盛夏已降临；

庄稼谷穗成熟时，

就知秋天已降临；

格萨尔部出兵时，

便知战争要取胜。

此事丹玛记心间，

明了大臣铭记心，

不明不会再解释。

格萨尔大王唱完后，给丹玛父子分别赐赠金刚护身符、得道天母长寿丸、护身海螺和护身结等物，保佑他们平安。当晚，丹玛父子下榻狮虎龙戏宫，佣人准备了丰盛的晚宴招待丹玛父子及随从一行。翌日清晨，丹玛父子与雄狮大王格萨尔道别后径直奔向达戎部落。达戎部落首领四母超同王及大臣出宫迎接丹玛一行回来，达戎超同王召集各部首领在普若宗宗宫中议事，命臣丹玛强查将格萨尔大王的指示以及出兵的战略方针用歌唱道：

唵嘛呢呗咪吽！

阿拉拉姆唱阿拉，

塔拉拉姆唱塔拉。

天神明鉴请保佑，

上师本尊和三宝，

祈祷所有天神众，

得道天母请明鉴，

龙神战神请明鉴,

蔚蓝大海之龙宫,

顶宝龙王请明鉴。

如若不识此地方,

查玛赞宗之城堡,

又名赞卡达宗城,

实乃普若宁宗宫,

超同大王之主宫。

如若不识我是谁,

卡若六部之城堡,

萨霍大王之后裔,

丹玛强查便是名。

雄狮大王之命臣,

关键时刻有丹玛,

无关紧要不参与,

打响战争第一箭,

皆由丹玛我来射。

丹玛犹如霹雳箭,

众人皆知无敌手,

阎王法度英雄剑，

无人能躲天下知。

青鹏神驹和神鸟，

无人能比列位知。

岭国上部之地方，

英雄辈出千千万，

若无丹玛无意义。

兄弟无须赞扬我，

敌人敬佩才是真，

并非自吹和自擂，

全是丹玛真事迹。

黑色疾病之良方，

除了六味无他方。

凶残黑魔之对头，

天界下凡格萨尔，

派遣丹玛强查我，

前去指挥此战役。

要和敌人相遇时，

丹玛犹如阎罗王，

不管谁人难逃命。

遇见和顺之属民，

丹玛慈悲似上师，

专心事业无闲暇，

大概事迹是如此。

请听达戎之王臣，

洗耳恭听有事告：

就在昨天之时日，

我到大王之面前，

王臣犹如日月汇，

精神矍铄容焕发。

我向大王皆请示，

大王向我做明示，

大王明示言如下：

今年达戎之兵马，

征讨西方大食国，

达戎雄狮似阎罗，

英雄各个如闪电。

为了寻找青鹏驹，

就在今年上半年，

大食国王之兵马，
侵犯岭国达戎部，
杀人放火做恶事，
不雪耻辱是懦夫，
懦夫当中之懦夫。
欠人食物要奉还，
问话不回似哑巴，
不分是非如傻瓜，
不知饥饱是牲畜，
不分黑白之牲畜，
不知幸福和快乐，
不知善恶之无赖，
不知慈悲和良知，
大食国王之兵马，
侵犯达戎毁城池，
今年就得雪耻辱。

小山之后有大山，
小溪尽头有大江，
达戎靠山是岭国，
无须担心不胜敌。

达戎英雄父子俩，

率领精兵三十万，

三十万军虽不多，

然而一个顶十个。

达戎部队和流水，

勇闯激流迎头进，

空中霹雳达戎兵，

粉碎峭壁无障碍。

雄狮大王格萨尔，

今年虽然不领兵，

达岭之战结束时，

空性慈悲来教化，

为了众生来救赎。

达戎部队做先锋，

出战部署是如此，

出战男儿分三等：

上等男儿之做法，

胸怀慈悲与智慧，

广施慈悲为属民；

中等男儿参战时，

开战之前心焦急,
征战勇气随风飘;
下等男儿参战时,
里应外合去通敌,
兄弟之躯落敌手,
如此之事要杜绝。

出征大食国之军,
前军中军和殿后,
分为三部要进军。
出征部队之先锋,
十万先锋之将帅,
谢庆洛萨平措他,
香奈之子伦青俩,
中军部队之首领,
托贵枚巴大将军,
尼玛赤杰二将军,
殿后部队超同率,
法术咒术和幻术,
要是需要尽管使。
中等将士迎战时,

断气之前要拼杀,

战死疆场裹尸归,

血洒沙场无怨悔。

下等之士迎战时,

未见死尸先哭喊,

未见敌人打颤抖,

敌人未追先求饶,

内部秘密泄敌军,

暴露战略误战机,

如此士兵窝囊废。

达戎部落之兵马,

上至拉贵奔鲁君,

下至小侄玛尼俩,

率领三十万大军,

尼玛拉达数第一,

玉威布叶达嘉二,

阿噶尼玛曲杰仨,

作为超同之护卫。

赞玛普贵奔图将,

贝萨尼玛俄洛将,

绒擦尼玛拉贵仨，
要做中军之护翼。

除此之外之安排，
尼玛南杰查杰将，
达潘尼奔拉杰将，
古布曲潘顿纳仨，
要做超同之军师，
进军大食之时候，
一众勇士做先遣，
左翼右翼和前军，
派人先去做哨兵，
要防来去之行人，
搜集各路之情报，
汇聚情报做分析，
制敌取胜之关键。

达戎部落三路军，
未至大食之以前，
各部间距不能远。
部队到达大食时，

鼓起部队之雄风,
趾高气昂向前进。
达戎阿克超同王,
香奈赤杰伦青将,
大臣赞杰贵巴将,
大臣嘉洛贝巴将,
贡巴布玉释迦将,
达戎尼玛拉达将,
南拉赞普等七人,
此次出师七勇士,
再带玉威奔梅将,
神子拉贵奔鲁将,
还有托贵等三人。
征前劝降之人员,
米琼尼玛拉杰将,
赤杰贝巴其日将,
贡巴布玉查杰等,
话语婉转要悦耳,
动摇敌军引深渊。
进行全面反攻时,
全副武装齐上阵,

气势磅礴勇气盛，

我的战略是如此。

明天以后之三日，

要为部队做饯行，

饯行仪式我主持。

我部三万之将士，

萨霍丹玛亲自率，

消灭尖锐之敌兵。

听着丹萨玉珍女，

前来敬献壮行酒，

三杯美酒敬壮士，

祈祷早日凯旋归。

达戎各部铭记心，

不听不会做解释。

丹玛强查做完进军的部署后，达戎四母超同王显得无比开心轻松，说道："祈祷我的贤侄雄狮大王格萨尔诺布，权势与天齐，并且祈祷加持保佑我，雄踞南瞻部洲[1]的格萨尔大王能做我的后盾靠山，征讨西方财宝大食国那就不用吹灰之力，易如反掌。"说罢开怀大笑，捋着胡子自得地倚在宝座上。之后连续三天达戎部落大操大办，鲜肉美酒，推杯换盏，歌舞

1　南瞻部洲：在佛教宇宙观中，同一日月下的天下为一个小世界，以须弥山为中心，东有东胜神州、西为西牛贺洲、南有南瞻部洲、北为北俱芦洲。中原汉地、印度、西域、藏地等均在南瞻部洲之上。

蹁跹，射箭赛马，为出征的将士们壮行。

过了三天后，达戎部的将士牵马备鞍，全副武装，一切准备就绪。达戎首领四母超同王、拉贵奔鲁、玉威奔梅、王子·玛尼嘎拉等身披三械，雄赳赳、气昂昂地跨上战马，出征祈福的吼声犹如春雷般震彻天地。与此同时，达戎姑娘赤措、司绒姑娘达珍、木雅姑娘玉吉，岭国幼系姑娘达萨玉珍、嘉擦若萨格措、夏热萨玉色措等三五十五个美女在高地上煨起桑烟，诸位美女献上一条祝福的哈达后虔诚祈祷壮士凯旋。丹萨玉珍在金碗、银碗里添满美酒向达戎首领超同王、王子拉贵及玉威奔梅仨敬酒壮行，祈祷雄狮平安归来，并用神曲六变调唱道：

  唵嘛呢呗咪吽！
  阿拉拉姆唱阿拉，
  塔拉拉姆唱塔拉。

  虔诚祈祷我上师，
  梵天大王请明鉴，
  年神格佐请明鉴，
  白色人主龙王鉴。

  如若不识此地方，
  财宝吉祥之地方，
  莲花山峰之上方，
  达戎超同之主宫，
  达戎雄师出征处，

祈祷凯旋之地方，

物产丰富自然成。

如若不识我是谁，

白岭神居之地界，

东方六部之城堡，

善父慈母之子嗣，

丹玛之女玉珍女，

心神笃定空行母，

天神上师之弟子，

首领丹玛之公主，

阿克超同之妃子。

事之原委是如此，

今日王师开西方，

姑娘我唱祈福歌，

这条吉祥之哈达，

献给丹子和拉贵。

哈达拴着金刚岩，

寿命永固如磐石；

哈达连着长流水，

财源滚滚似河水。
至尊上师之祈福，
弟子事业皆顺利，
至上首领之期望，
中间将领皆完成。
今天黄道之吉日，
达戎兵马要出征，
开至西方大食时，
痛击敌人凯旋归，
带着大食财富回，
出战勇气日益盛，
降伏敌人来称臣。

玉威奔梅请您听，
古人谚语如此讲：
男儿气焰太嚣张，
自取灭亡之前兆；
野马头颅要抬时，
便是中箭之前兆；
少女喜欢显摆者，
便是生病之前兆。

上士出征杀敌时,

心神坚定似鹞鹰;

中士出征杀敌时,

心胸宽阔如天空;

下士出征杀敌时,

贪恋财富丢性命,

如此说来也在理。

戎子拉贵奔鲁将,

嘉擦玛尼嘎拉将,

丹子玉威奔梅仨,

岭国三大先锋将,

祈祷三宝来保佑,

运势与天一样齐,

福气好似大海深。

英雄与敌交锋时,

祈祷胜券握在手,

身体不会生变数。

犹如大山般坚固,

性命永固似金刚,

说话唱歌无障碍;

犹如青龙在天鸣，

观音菩萨来保佑，

英气奋发似猛虎，

一举歼灭大食国。

请听达戎众将士：

部队向西行军时，

心中提前做准备，

黑暗疾苦笼罩时，

上师就会来引渡；

无比强大敌军前，

信心坚定摧其志；

难愈疾病之面前，

名医妙手能回春；

大食铁师之面前，

岭国英雄必取胜，

视死如归之精神，

保全自己之性命。

山外青山楼外楼，

英雄之外有勇士，

　　　　如何对付需谋略，

　　　　齐心协力一股劲，

　　　　所向披靡无敌手，

　　　　此等教诲记心间。

　　　　姑娘肺腑之善言，

　　　　祈祷嘱托都在此，

　　　　战胜敌人归故里，

　　　　速与眷属来团聚。

　　　　至真三宝之教诲，

　　　　佛陀慈悲之加持，

　　　　山神护法之保佑，

　　　　心想所愿皆伴随。

　　　　出征将士铭记心，

　　　　不听就当耳边风。

　　丹萨玉珍唱毕，敬酒祈福结束。达戎部落兵马雄赳赳、气昂昂地开往西方大食国，骑兵犹如冰雹袭，步兵好似狂风肆，军旗仿佛经幡猎猎，如此军容气吞山河，看到此般情景，飞鸟绝迹，昆虫蛰伏，就连阎罗也要让路三分。兵马部队秉着一副收复三界、降伏三世的气势，浩浩荡荡地向着西方大食国前进。

　　行军十五日后，部队来到一个叫梅龙玉塘的地方，此处三河交汇形成一处三角地带，之上建有一座苯教修行地。在此地，达戎部落首领四母超同王和贡巴布玉查杰二人，乘着风车去了尼姆玉塘滩，是夜，二人带着兵马来到尼姆玉塘滩上部的平地安营扎寨，并派十五名士兵乔装打扮前去勘察地形和敌情。大食守兵发现了这簇人马，不明来历，怀疑来者不善，便回去向大食王臣汇报此事。次日清晨，达戎部队已在尼姆玉塘滩上扎满了兵营，三位大食哨兵靠近军营探究虚实，丹玛之子玉威奔梅和拉贵二人闪电般突然出现在他们面前，用套索将三人活捉，把三名抓获的俘虏五花大绑带到达戎部的大帐。超同王威武地坐在宝座上以辱骂的口吻唱道：

唵嘛呢呗咪吽！

阿拉拉姆唱阿拉，

塔拉拉姆唱塔拉。

明鉴并且来加持，

红色赞拉请明鉴，

马头明王请明鉴，

丹真梅巴请明鉴，

雍仲上师请明鉴。

如若不识此地方，

西方大食之地域，

峭壁山口之里边，

名为达隆玉龙谷。

你们三位听仔细：

你等三位从何来？

还要打算何处去？

如若不识我是谁，

声音优美似布谷，

黑色乌鸦不能比。

森林之王花斑虎，

丛中狐狸怎能比？

雪山之巅之雪狮，

村庄浪狗无法比。

岭国英雄六艺全，

不想臣服皆为敌。

说说事情之原由：

就在今年年中时，

西方大食之兵马，

无辜捣毁达戎城，

达戎超同被生擒，

恬不知耻在自诩，

大食国王无人敌，

要想侵犯白岭国。

大食哨兵给我听：

今年大食之地方，

民间是否有传言？

有无出兵之准备？

何人支持攻岭国？

不要隐瞒如实说，

臣服我军待如宾，

决不伤及你性命。

西方大食和岭国，

信仰善恶有区别，

难以和平及共处。

你等实言来相告，

奖赏就有金银宝，

还有上乘之绸缎，

若是隐瞒说假话，

你等性命似毛线，

犹如利刀对马尾。

听懂歌词记心间，

不懂不会做重复。

达戎首领超同王向三位大食哨兵唱罢这首讥骂的歌后，哨兵擦荣昂热拉杰暗自思忖：虽然没有曾经目睹过，之前却是有耳闻，今天这位留着红色胡须辫子、尖嘴猴腮、戴着黄金腰镜的老头，毋庸置疑是达戎部落首领四母超同王，过去听说超同厚颜无耻，阳奉阴违，骑墙小人二皮脸，阴险毒辣似毒蛇，今天不管上刀山下火海，也不能把大食国的内情透露出去。遂说道："呀！尊贵的首领请您听。"说着便唱起了这首编制谎言的歌：

　　唵嘛呢呗咪吽！

　　阿拉拉姆唱阿拉，

　　塔拉拉姆唱塔拉。

　　明鉴并且来加持，

　　年神三女请明鉴，

　　神山嘎琼请明鉴，

　　白玛地方神明鉴，

　　加持我来唱此歌，

　　尊贵首领请您听，

　　向您禀报是如此。

　　如若不识此地方，

　　西方大食尼姆滩。

　　如若不识我是谁，

　　大食玉塘之上部，

　　富豪首领之仆人，

苦命之中苦命人，

昂热拉杰是吾名。

一到天亮去放羊，

天黑就要守库房，

国王从来未谋面，

国家大政更不知，

能说会道也不会，

五尺之躯臭皮囊，

溺水火烧之死法，

不管何种您来定。

若是想要做向导，

此事绝对做不到。

若是相信请铭记，

不听不再做重复。

  听了这首无惧无畏的歌后，达戎首领四母超同王束手无策，只能将三人作为信使放回大臣谢萨处。谢萨想：格萨尔大王之前降伏了霍尔、魔国、门域和姜域等实力强大的大国，我大食不和岭国树敌是最好的选择。便写信派拉杰等人去岭国军营以表言和。于是，达戎首领四母超同王、香奈赤伦和拉贵等人到了大食大臣的营帐，大食军营好酒好肉热情招待着他们。右侧座首的大食大臣谢萨扎巴仁夏站起来向岭国来臣嘘寒问暖，并唱起了大食岭国应该和好并和平相处的歌：

唵嘛呢呗咪吽！

阿拉拉姆唱阿拉，

塔拉拉姆唱塔拉。

上空珠拉托杰鉴，

引路上师请明鉴，

达拉梅巴请明鉴，

宗拉嘎琼请明鉴，

赤赖索嘎请明鉴。

如若不识此地方，

北方尼姆玉塘滩，

白色神谷之里部，

绸缎织锦坐垫上，

坐着两国诸大臣。

谈判和解之地方，

万丈艳阳当空照，

绵绵细雨润万物，

地上五谷长势好。

所有良机结缘处，

南方布谷报春晖，

百灵鸟儿唱赞歌，

鹦鹉唱起六变调，

合为三种优美音，

天空鸣起青龙声，

雪山之巅雪狮吼，

部落首领之声威，

三种声音是权威。

大食尼姆玉塘滩，

岭国王臣已至此，

大食王臣也至此，

和平相处来言和，

如此因缘是极致。

如若不识我是谁，

大食尼姆玉塘滩，

十万户之宫殿中，

谢萨扎巴仁夏将，

未来心中似明镜，

各种大事决策者。

时至今日之以前，

温饱饥饿皆经历，

炎热寒冷体验过，
欢乐苦难皆感受，
前思后想都思考，
前瞻后顾都观察，
三思之后做抉择，
仁夏之名如此来。

请听达戎王臣众：
树木泛绿之季节，
便是布谷鸣叫时，
甘露定会润大地；
大地暖风吹拂时，
夏月便是已来临，
空中青龙自然鸣。
大食青鹏被盗走，
达戎部落受袭击，
杀人夺财有芥蒂。

达戎超同请你听：
西方大食之地方，
今年召集各部兵，

若是青鹏讨不回，
都说强攻取青鹏，
胜利失败不反悔，
大食国王之神驹，
若在您处致谢意，
达岭和好前景明，
无须刀兵来相残。

请听四母超同王：
今天赴约感谢您，
万丈阳光之光芒，
是为大地送温暖，
柳树枝叶自然绿，
及时甘露降临时，
大海之水就会涨，
水族鱼类就会聚，
大国智慧之首领，
两国和平而前来，
和睦相处会达成。
西方大食和岭国，
犹如山巅之经幡，

佛法兴盛之标志，
连接两岸之桥梁，
二人握手之媒介，
建立友谊之标志。

今天吉祥之日子，
吉祥绵长之哈达，
聚集福运之哈达，
人心相通之哈达，
献给吉祥达戎王。
达岭好似水乳融，
友谊酥油般洁白，
升起不落大太阳。
大食岭国绘美景，
雌雄猛虎聚林中，
祈祷不争相安处，
融化达岭之冻土，
祈祷春风甘露至。

达戎臣将请您听，
感谢今日来赴约，

为了未来之和睦，

需要说清今日因。

今年大食之兵马，

前去侵犯达戎部，

不是故意去挑衅，

只是为了青鹏驹。

年轻少女饰松石，

是为赶集变漂亮，

女性天生爱美丽。

大食兵马挂三械，

不是向岭显兵力，

是为追回青鹏驹。

大食岭国之边界，

之前从无结恩怨，

眼下这点小摩擦，

自然解除两相安，

胸怀开阔望理解。

超同请您记心间，

不听不再做解释。

谢萨扎巴仁夏唱完后，达戎部落首领四母超同王一言不发。坐在虎皮座位上的岭国大臣香奈赤杰伦青站起来，向大食的各位大臣一一献上洁白的哈达后道："尔等所言确实在理，年初发生的纠纷说大不大，说小不小。"便唱起了迷惑对方的歌：

    唵嘛呢呗咪吽！

    阿拉拉姆唱阿拉，

    塔拉拉姆唱塔拉。

    红色马头明王鉴，

    苯拉荣拉擦泽鉴，

    明鉴大力来保佑。

    苍穹之中之红神，

    佑助神力不可估，

    不要大意来佑助。

    中间年神之部队，

    祈祷盟军来助威，

    不要大意来佑助。

    下部海底之龙神，

    财宝富足不可估，

    今天前来降福运。

    如若不识此地方，

    西方大食之地方，

绿色森林之谷地,
白色神帐之内部,
双方英雄相会处,
上师讲法之地方,
双方将领平齐坐,
眷属团结公平处。
西方大食和岭国,
睦好酥油抽毛般,
瞳仁观看似一体。
大食部下大力士,
岭国三十大英雄,
大食美好之蓝图,
共同绘制幸福景。
大食神马青鹏驹,
格萨尔王枣骝驹,
不分雌雄比肩齐。
实力雄厚大食王,
天界神子格萨尔,
神威权势一般高,
以上所讲皆如此。

如若不识我是谁,

国王宫殿范围内,

波浪汹涌之左侧,

不动城堡竖牛角,

不变部落自然成,

英勇无畏香奈臣,

年纪已至五十五,

算上今年五十六。

时至今日之以前,

年方十三披三械,

岭国英雄之行列,

达戎首领之部下,

十万兵马是统帅。

雪山顶上之雪狮,

毋庸置疑鬃毛长;

严冬三月之寒风,

成就四季之雪峰;

雪狮嬉戏永不愁,

达戎权势与天齐;

大臣智慧又善战,

内政稳如须弥山,

王位永固无质疑。

然而事情难预料，

鲜肉被那饿狼叼，

罪名守门狗来背，

麋鹿踩塌磦石滚，

本该猎获水中鱼，

山羊倒霉被击中。

犹如此例达戎王，

青鹏神驹被贼偷，

赃物销于达戎部，

神驹未得首领占，

倒霉达戎背贼名，

因为此事引外敌。

大食强悍之兵马，

为讨神驹伐达戎，

强夺达戎之财物，

首领性命虽无恙，

部落财物被掠取，

即便女流也难忍。

要想达岭和平处，

有何财宝要献贡？

为何兵马满山谷？

杀死无辜达戎兵，

积攒之财皆掠去。

上师之言时时惦，

无故遭遇横灾祸，

如何请示引渡师？

父母辛苦养子女，

毁坏家园无归宿，

无依无靠之孤儿，

将来由谁来抚养？

岭国纠纷恶人挑，

劣马挑起纷争事，

你我两地之纷争，

争端就是青鹏驹。

当下青鹏神飞驹，

四肢健全膘肥壮，

一根毫毛没有少。

大食铁蹄来追讨，

富饶达戎各部落，

辛苦积攒之财富,

分文不剩皆抢夺,

屠戮无辜之生命,

此等损失有何偿?

是否此理请三思。

听懂请你记心间,

不听不会再赘述。

听毕,谢萨扎巴仁夏心想:赤伦所说似是而非,犹如太阳下的影子一般虚幻莫测,之前为了追回青鹏神飞驹,大食兵马扫荡过达戎部落,并且做了杀人掠财的过分之事,两国间由此结下芥蒂。今天从大臣香奈赤伦话语中可以断定青鹏神飞驹就在岭国,然而,没有取回神驹之前,和平相处的和议前景不是很明了。便说道:"大人所言,仿佛山顶之城堡,城头之经幡,你的话虽然千真万确,然而还有几点不明之处。肚子和粪便要分清,良药和剧毒要分清,真话和谎言要分清,掌握争端和口舌的区别与程度,这样才能相互达成和平共处的协议。"说着便唱道:

唵嘛呢呗咪吽!

阿拉拉姆唱阿拉,

塔拉拉姆唱塔拉。

明鉴助我来唱歌,

苍穹龙神请明鉴,

达拉梅巴请明鉴，
查赖命神请明鉴，
要做谢萨保护神。

如若不识此地方，
尼姆玉塘之上部，
花色大帐之内部。
如若不识我是谁，
前奏话语不太多，
主要言辞也不少。

高山顶上之经幡，
不分昼夜被风刮，
迟早就会被刮断；
沟通两岸之桥梁，
两地来往之通道，
夏季洪水会冲垮；
长相俊俏之美女，
花心男人之心病，
春心荡漾难阻拦。
如此之事难预料，

成就上师传正法，
为了引渡地狱苦，
部落首领之法度，
是非曲直要辨明；
英勇男儿之三械，
用来制伏黑魔敌，
智人所说之言语，
付诸实施善其终。

和平协议之事宜，
之前要看谁之过，
再看哪方有过错，
解决纠纷之最终，
人财损失皆清算，
此类古人有先例。
古人谚语是如此：
空中乌云未密时，
先是雷声震彻天，
雨水必然淋大地，
大地草木葳蕤生，
人丁六畜自平安，

南国布谷未鸣时，

黑色乌鸦先啼叫，

众生快乐变痛苦，

恶兆雾霾罩大地。

西方大食和岭国，

议题落至青鹏驹，

大食兵马犯岭国，

达戎财宝被抢夺，

过分之事已酿成。

然而两国之和平，

双方辞令存诚意，

事关两国顾长远，

才能达成和平识。

眼下说句肺腑言，

神驹交予大食国，

若是宝驹归原主，

达戎损失之人财，

连根针头都不缺，

全数归还白岭国，

听懂请你记心间，

不听不会再赘述。

超同听大食大臣谢萨仁夏唱完后心想：呀！征战不用废话多，下马不用马垫长，谢萨仁夏已经讲明只要归还青鹏神驹，大食就会如数奉还达戎部落的所有损失，可是当下神驹已经献与神子扎拉，无法还与大食，并且，格萨尔大王和总管王，还得到了天界姑母南曼杰姆的授记，格萨尔大王一心想要降伏大食财宝国。如此想着，觉得此事还需拖延，就从正中座首上站起来唱了这首蒙骗对方的歌：

唵嘛呢呗咪吽！

阿拉拉姆唱阿拉，

塔拉拉姆唱塔拉。

马头明王请明鉴，

雍仲上师请明鉴，

助佑超同唱此歌，

业力运势和事业，

心想万事自然成，

财富时运皆至此。

如若不识此地方，

大食尼姆玉塘滩，

天地交汇之地方，

南云聚集滚滚来。
青龙就在中间游，
及时甘露必然降。
天地交汇之地方，
洁白雪山屹然立，
雪山狮子鬃毛扬。

苍穹之下人世间，
真假之事虽然多，
各位智慧之老者，
辨别是非要正直。
今年达岭之和谈，
循序渐进不需急，
要做不变之盟誓，
性命担保做赌注，
还有黄金五百两，
加上白银五百两，
自身战神做见证。
东方岭国之地方，
董氏四母超同王，
前奏之言不累赘，

中心主题坚若磐。

古人谚语如是讲：
春夏两季交替时，
雨融大地是好事，
五谷丰收之征兆；
上师学徒之中间，
戒律誓言不能变，
善恶报应必有果。
达岭大臣之中间，
要做不变之盟誓，
和平协议自明了。

共建美好出此言，
大食青鹏神飞驹，
达成协议必定还。
为了两国之和平，
协议书件摁手印，
之后财物做交换。
若是神驹先奉还，
和平协议之后签，

大食定会占便宜，
我方则吃哑巴亏。
之前大食犯达戎，
杀人放火行恶事，
财物不分贵与贱，
一件不留皆掠尽。
达戎财宝之珍宝，
福运珍宝有三件，
尽是震世之宝物，
断了珍宝之传承，
达戎财运就会衰。

若是达岭建和平，
盟誓之约摁手印，
青鹏神驹交大食，
达戎赔偿如数还，
你欢我喜得双赢。
若是谢萨如我愿，
大食国王和王子，
大臣赞拉多杰仨，
参加盟誓之仪式。

大食青鹏神飞驹，

说是天下极致宝，

众生心中之寄托，

大食兴旺之福运，

此马绝对不小觑。

达戎部落五十人，

珍贵性命被夺去，

各种财宝被抢掠，

杀人便要来偿命，

财物就得如数还，

虽然对此无质疑，

古人谚语如是讲：

食肉饿狼搅羊群，

食肉饮血行恶事，

跑到山顶乱狂嚎；

盗贼偷窃富豪财，

还要回头来显摆；

法师私吞逝者物，

不知自己坠地狱，

还说超度其灵魂。

大食王臣将士众，

大家心中明如镜，

真心诚意想和睦，

首先必须定协议，

话语达成之意向，

就用哈达来表达。

解决争议之方案，

坚硬犹如金刚石，

再无利益之瓜葛，

永不毁约和背叛，

真金白银做盟资，

协议承诺要坚守，

是否如此请三思。

大食财富之国王，

还有王子查古将，

加之大臣赞拉君，

其中一人做人质，

最终纷争方能解，

若是不应难达成。

佣人关门之私语，

首领不会去信任；

短腿矮马之走手，

赛场难以去取胜。

若是不获大王允，

小臣不敢做决定。

听懂便是悦耳言，

不懂不会再解释。

听毕，谢萨仁夏心想：达戎超同先是甜言蜜语，而后义正辞严，真是一个出尔反尔的墙头草。便说道："呀！尊贵的超同王您是金子中的千足金，如眼睛一般珍贵，作为岭国父辈的楷模，您刚刚所说千真万确，大食国的青鹏飞驹的确该物归原主，另外达戎部落的损失也应让他们赔偿，这是天经地义的事。你我双方就结盟并签订和议之事，没有必要长时间在此磨嘴皮，浪费口舌，我等应该各自向王和王子，还有大臣禀报。"超同回道："你我双方所提的要求都是合理的，然而也不是一时半会儿马上能确定下来的事，之后三天，双方都向各自的国王和王子禀报商议，我达戎部落一有和议意向，马上会派信使通知你方。在此期间，双方不能有一箭一刀的挑衅，也不能有言语上的挑唆。"大食大臣谢萨仁夏爽快地答应了超同的提议。

是夜，各位大将刚刚回到自己的住处，达戎超同王便用幻术变出了木质飞机和风火轮，派遣两名信使乘坐木质飞机和风火轮向拉贵奔鲁、十万户托贵贝巴、丹玛之子玉威奔梅、奔巴阿奴多嘉等人送信，通知他们明天一早带兵集结在大食尼姆玉塘滩候命。二位信使神不知鬼不觉地将信件送至各位大将住处，得到消息后，各位大将召集兵马连夜赶往尼姆玉塘滩。

当晚，大食大臣谢萨扎巴仁夏、协噶丹巴、马佾顿驰拉鲁等也在一起商量对策。协噶丹巴说道："超同此人野心勃勃，诡计多端，以他今天所说的言辞来看，所谓奉还青鹏飞驹、赔偿达戎部落损失之类的话，只是拖延时间的幌子，不知真正目的是什么。我等在此蒙头苦等也许不是什么良策。"果不出所料，当晚大食哨兵发现，尼姆玉塘滩上火光通明，人头攒动，达嘉迟赞和阿贵扎巴二人便前去通报大食国王，阿贵扎巴一五一十地将当时看到的情景向大家唱道：

　　唵嘛呢呗咪吽！
　　阿拉拉姆唱阿拉，
　　塔拉拉姆唱塔拉。

　　珠拉三兄请明鉴，
　　宗拉嘎琼请明鉴，
　　山神扎拉索嘎鉴，
　　苯教雍仲神明鉴。

　　如若不识此地方，
　　尼姆玉塘之下方。
　　如若不识我是谁，
　　西方大食玉龙谷，
　　梅乳贝巴之内侧，
　　晁宗本德之头人，
　　阿贵扎巴是吾名。

正直忠心之主人，

犹如上道之骏马，

西方大食国王尊，

好似父母恩情深，

寒风戏谑之时日，

温暖太阳救星般，

春季时节白昼长，

食物紧缺难度日，

强盗窃贼敲门时，

除了首领无人救，

大食国王似父母。

时至去年和今年，

大食青鹏神飞驹，

无耻强盗来掠取，

纠纷争议已满年。

奸诈小人超同王，

满嘴谎言无德人，

空话大话似彩虹，

发誓好像吃糌粑，

糌粑干粉被风吹。

不守戒律之上师，

怎能怀有慈悲心？

不辨真假之首领，

怎能守护百姓利？

不知廉耻之妇女，

怎能顾忌羞耻事？

犹如此例超同他。

就在昨天前天时，

都是亲眼所目睹，

加上其他所闻事，

西方大食玉塘滩，

突降敌兵似火焰，

草原全由岭兵占，

我方巡逻之哨兵，

落入敌手有一二。

频频食言常反悔，

多次投胎难洗清，

骑墙超同墙头草，

赌誓吃咒不知耻，

根本不存廉耻心。

要说为何是如此，

虽未目睹有耳闻，

之前霍岭大战时，

投靠霍尔白帐王，

内部秘密全出卖，

囊俄玉琼梅朵将，

嘉擦聂擦和绒擦，

全部出卖命归西。

昏君无能夺臣命，

无耻荡妇丢性命，

避免发生此类事，

各位大臣请聆听，

平心静气多思量，

把握自己是上士，

能有良策是智者。

听懂便是悦耳言，

不懂不会再解释。

听毕，各位将领都嚷嚷道："岭国达戎部落不守信用，欺人太甚，事已至此，兵临城下，我等必须迎头痛击。"大家纷纷说着，遂全副武装准备迎战。翌日黎明，太阳还没有照到山尖，雄鸡还没有鸣晨时，达戎超同王乘坐风力大飞鸟，率领自己统帅的十万大军，将大食军营大帐包围住，大食兵将像被困在渔网中的鱼虾一样。大食哨兵看到后赶忙通报,大食守将协噶、谢萨仁夏、扎巴朵丹等人都表示难以置信,然而,帐外铁蹄铮铮,人声鼎沸,地晃山摇,已是事实。阿贵扎巴嚷道:"昨日所见果然不假,敌军进军快似霹雳闪电,现在只能出帐迎战了。"大臣协噶无比愤怒,浑身血液沸腾,热血直冲脑门,涨得双眸通红,吼道:"骑墙小人超同二皮脸出尔反尔,说话不算数,这种卑鄙行径必须要严惩,否则我等不是男子汉。"边说边带上大刀,将五十支利箭装进火山喷发箭套里,骑上白色飞驹一溜烟地冲出西门。迎接他的是岭国大将达戎拉贵奔鲁冰雹般的箭雨和流星般的刀剑,耳旁吼声震天动地,士兵密密麻麻,挡住了协噶的去路。协噶见势不妙,遂策马回逃,达戎拉贵奔鲁的兵马像群狼逐绵羊、豺狗赶山羊一般,紧追不舍。拉贵奔鲁策马挡住协噶的去路,将一支青铜火焰喷射箭搭在牛角弓上,对准协噶。协噶说道:"呀!听着贪婪的小子,不用紧张请放松,沙场比的是勇气,胜利不能送对方,你先耐心听我歌,然后再看谁英勇。"说着便唱道:

嗡嘛呢呗咪吽!

阿拉拉姆唱阿拉,

塔拉拉姆唱塔拉。

明鉴并且来加持,

龙神三兄请明鉴,

宗拉嘎琼请明鉴,

扎拉索嘎请明鉴。

如若不识此地方,

守信结盟之地方，
无耻毁约之地方，
西方大食尼姆塘，
花色神帐之门口。

如若不识我是谁，
山谷洁白之雪山，
雪山狮子在守护，
下游河流自然清，
流域悠长鱼虾多，
大食协噶心底善，
百姓自然就爱戴。

如今之事很蹊跷，
数九寒天鸣雷声，
六月飞雪三暑天，
草原之上有猛虎，
密林之间藏雄狮，
达戎威慑大食国。
时至今日之以前，
相互盟誓永不变，

祈盼善法结硕果，
不知中阴超同他，
食言易如吃糌粑。

达戎超同和协噶，
为了两国盟和平，
昨日誓死结盟权，
生命捍卫此盟誓，
发誓永世无变化，
正义善法做保证，
我方坚守无二心，
狡诈无耻之超同，
暗中使诈行偷袭，
死死围住我军营，
如此下作谁能为？

骑马黄人听清楚，
岭国族系是谁人？
长辈姓名唤作谁？
人不守信今生苦，
不敬善法来生苦，

我率协噶之部众，

黄人黄马来挑战，

此处怎能有活路？

右手已经拿好箭，

扣好扳指拉开弓，

嗖嗖作响之利箭，

即使岩崖亦粉碎，

协噶之名非滥传，

放你性命非英雄，

箭不中的箭法差。

听懂请你记心间，

不听不再做赘述。

听唱歌的片刻间，达戎王子拉贵奔鲁认出眼前此人是大食大将协噶，觉得杀死他不太合适，便拿出红色套索想将其活捉，说道："听着，小白脸，虽然话语有点多，但是不要装聋子。"遂唱道：

唵嘛呢呗咪吽！

阿拉拉姆唱阿拉，

塔拉拉姆唱塔拉。

明鉴并且来加持，

达拉梅巴请明鉴，

雍仲上师请明鉴，

东方洁白云层中，
战神红色年达鉴，
西方红色彩云间，
战神年神察庆鉴。

如若不识此地方，
大食青色玉塘滩。
青色布谷鸣叫声，
甘露降临之前兆，
温暖春风来迎接；
森林中之干柴草，
星星火种之伴侣，
轻风吹佛遂燎原。
死到临头之懦夫，
门扇阔斧夹腋下，
食肉利箭满箭筒，
牛角弯弓挂右侧，
犹如旋风来参战。

如若不识我是谁，
达戎部落之军官，

格萨尔王之内臣，

岭国小辈中精英，

拉贵奔鲁是吾名。

布谷鸣叫之时日，

春雨已经不再远；

山巅白雪皑皑时，

雪山狮子扬鬃毛；

河流水位上涨时，

鱼虾就会来聚集。

就在故乡达戎时，

大食兵马来侵犯，

全副武装犯百姓，

我无挑衅来侵犯，

如此之事真下作。

古人谚语如此讲：

不雪仇恨是懦夫，

不还食账是冥食，

语无答复是哑巴。

时至今年之时节，

遥远无耻之强盗，
强行来犯岭国地，
挑起两国之争端，
失财死人正常事，
大食王臣皆贪靡，
一心侵犯岭国地，
带兵攻打我岭地，
达戎财物被抢掠，
善良无辜之百姓，
为了不扩大局势，
然而大食无节制，
杀人放火抢财物，
真是一群虎狼师。
听着协噶狗崽子：
时至今日之以前，
食肉饿狼进羊群，
漫山遍野皆尸体，
还在山尖乱吼叫；
远方强盗心贪靡，
强夺富人之珍宝，
还要诬陷大好人；

无耻贼子不知耻,

招摇过市溜大街,

继续探索新目标。

达戎男儿有胆识,

根本不会怯战场。

手中持箭对准我,

纹丝不动做箭牌。

善跑神驹想比赛,

以为得到一对手,

岭国英雄找对手,

以为碰上一好汉,

拉贵奔鲁和协噶,

狭路相逢勇者胜,

就在当下之时刻,

就决你我谁英勇。

达戎拉贵奔鲁我,

变幻三界之套索,

上部天界之神套,

一旦抛出能捉风,

狗胆懦夫难逃脱，

今天来套短命你。

听懂请你记心间，

不懂不会再赘述。

唱毕，拉贵奔鲁将神套抛向协噶之脖，套索上自带两个铁钩勾住了协噶肩膀。协噶连忙将满弓之箭射向对方，利箭直戳戳地射向奔鲁护心镜，护心镜瞬间碎成数块，由于里层穿了神赐的护身服而没有伤及身体。丹玛之子玉威奔梅策马飞奔过来，劈头盖脸地向协噶砍了两刀，协噶在马背上一个翻滚躲过了玉威奔梅的利剑，又顺势一剑砍断了玉威铠甲上的几条链结。俩人来回几个回合，不分雌雄，协噶将一块像绵羊大小的石头砸向玉威的胸部，玉威顿时面色铁青，半天喘不过气来。接着协噶像饿狼捕食般冲进达戎兵马当中，犹如狼驱羊群，左砍右杀，瞬间，二十几个达戎士兵去了西方极乐世界，其他士兵溃不成军，各自逃命去了。协噶带领士兵杀进玛尼热噶和托贵贝巴的军营，踏平了营帐，收获了不少战利品，在双方激战中，协噶的部下也损失了一百多人。夕阳西斜，双方收兵休战，各自回到了自己的兵营。谢萨扎巴仁夏召集人马总结此日战绩，说道："今天虽得小胜，但是达戎吃了败仗，绝不会善罢甘休，可能会继续增援来战，当下需要尽快向国王禀报战况。"说着便用大鹏腾飞调唱道：

唵嘛呢呗咪吽！

阿拉拉姆唱阿拉，

塔拉拉姆唱塔拉。

上部龙神请明鉴，

雍仲上师请明鉴，

宗拉嘎琼请明鉴，

查赖索嘎请明鉴，

加持我来唱此歌。

如若不识此地方，

北方玉默之大地，

化身军帐之内部。

如若不识我是谁，

西方万户虎山峡，

云雾缭绕之山谷，

北方之地大部落，

此生转世在大食，

出谋划策为国王，

遇到外敌侵犯时，

运筹帷幄是谏臣，

谢萨仁夏便是我。

大食国王之内臣，

一锤定音我做主，

驰骋疆场无敌手，

主持内务平世界，

不是自诩众人知。

请听大臣协噶君,
还有勇士朵丹等,
九百将士请聆听:
愚昧男人无远见,
五行身体被病虐,
提前预知做禳解,
否则前途一片黑;
行于陡峭悬崖上,
头破血流面全非,
预先料到可回头;
毁约食言举兵犯,
甜言蜜语迷惑人,
搅乱大食血成河,
要知后果提前防,
否则酿祸生悔意。

愚蠢之人生是非,
蹩脚之马难跑远,
无耻少妇心不忠,
岭国叔辈如此例,

超同善变似狐狸,

来世无缘善趣道,

坠落地狱火狱道,

如此之人在世间,

不会有他投胎处。

三位大臣请聆听:

率领精兵与强将,

扣紧铠甲之链扣,

头盔插上五彩缨,

全副武装带三械,

牵马备鞍待启程,

没有出兵上阵前,

御敌之策不松懈,

男儿性命献疆场,

保家卫国无悔意,

千里良驹赴赛场,

就算累倒无悔意,

勇士无畏要入伍,

血洒沙场无悔意。

今天晚上天明前，

出兵包围达戎部，

兵戎相见真勇士，

敌我未分输赢前，

无须逃跑如狐狸。

黎明东方发白时，

无敌东泽克杰将，

英雄尼玛赤增俩，

天降大任予二位，

要做王师之前锋，

应允领命要服从，

胜负一来兵家事，

不计后果是如何。

我所率领之小部，

只要头颅在脖颈，

誓死抵抗达戎贼。

听懂各位请三思，

不懂不会再解释，

各位大臣铭记心。

唱毕，谢萨在自家军营的四面八方都设置岗哨，以防敌人偷袭。翌日黎明时分，大食兵马按计划突袭毫无防备的达戎部落军营，血刃了不少达戎士兵。达戎部落以觉伦赞杰为首的不少勇士奋起抗击,在混乱中也结果了大食十七位士兵性命。此时,大食马倌顿驰拉鲁骑着一匹白马,流星一般地冲到岭国大将拉贵面前,毫无畏惧地唱道:

  唵嘛呢呗咪吽!

  阿拉拉姆唱阿拉,

  塔拉拉姆唱塔拉。

  无垠苍穹宫殿中,

  年神珠拉请明鉴。

  国王寿命与天齐,

  白云漂浮之天宫,

  达拉梅巴请明鉴。

  狂风暴虐之大地,

  查赖杰布请明鉴。

  白色察噶谢宗里,

  宗神热查杰布鉴,

  前来保佑和助战。

  如若不识此地方,

  北方尼姆玉塘滩,

  达岭两国之边界。

  如若不识我是谁,

西方大食之地方,
珊瑚松石出产地,
马倌顿驰拉鲁将。
骑兵出征迎战时,
我是骑兵之先锋;
和平时期休养时,
邻里和睦之好人;
宫内侍奉国王时,
上传下达之信使。

今日着实很奇怪,
岭国达戎超同王,
口吐甜言和蜜语,
心腹毒辣似黑刺,
阴险狡诈深似海,
达戎超同二皮脸,
名副其实之小人。
世间古人谚语讲:
花花和尚无真言,
来生转世坠地狱;
无耻少妇无实言,

谣言四起满世界。
达戎超同无实言,
毁约食言诬陷人。

大食英雄勇士众,
搅得敌军血海翻,
利箭好似暴雨下,
挥动兵器如狂风,
一纸和盟转为敌!
各位请听我来说:
前面红人红马者,
自称英雄来示威,
就用利箭来迎接,
今天和我来交锋,
好似守财之鼩鼠,
难能骑在虎背上,
征服小国已无数,
大食并非等闲辈。

罪大恶极达戎王,
首先偷取青鹏驹,

中间谄媚又使诈,

之后毁约耍无赖。

无辜大食之王臣,

刀剑兵器来相向。

你若明辨是与非,

不放暗箭来靠近,

刀兵相见乃英雄。

腰间所戴之宝剑,

名叫清除黑暗剑,

嘎拉旺秀寄魂铁,

恶魔三兄造三剑,

三支宝剑之其一,

铲除黑魔廿九次,

刀刃好似黑暗夜,

清除黑暗由此来,

当下落到我手中,

一旦挥舞此宝剑,

不说肉身之兵马,

就算阎罗也难逃。

今天剑指短命你,

送上西天请笑纳。

玛域岭国和大食，

刀兵相见第一战，

你我二人来交锋，

英雄无畏胆识壮，

还看兵器谁锋利，

骏马坐骑看谁快，

孰胜孰负在眼下。

一百六十大食将，

勇猛善战我数一，

自幼练就好胆识，

娴熟六艺似霹雳，

压根未想不胜敌，

不许逃跑男子汉，

若我逃跑是懦夫。

就在今天之时日，

就以红人尔为首，

千军万马似火焰，

火势就用水来灭，

斩草除根似风吹，

顿驰食言是恶狗，

请你牢记于心间。

顿驰拉鲁唱完便挥剑冲了上去，眨眼的时间里，达戎王子拉贵的利箭已经射穿了顿驰胸膛，顿驰坠马而亡。拉贵策马上前砍下顿驰的头颅，挂在自己的马屁股上。在战场另外一侧，岭将托贵贝巴冲进大食士兵当中左砍右杀，让不少大食将士命丧黄泉。大食大将谢萨仁夏骑着青色天鹅驹边跑边射出六箭，五名达戎士兵瞬间倒地而亡，其中一箭飞向岭将拉贵，射断了铠甲链条，但没有伤及性命。托贵贝巴迅速挡在谢萨仁夏面前气势汹汹地唱道：

唵嘛呢呗咪吽！

阿拉拉姆唱阿拉，

塔拉拉姆唱塔拉。

阿拉来唱慈悲心，

塔拉来唱解脱路，

超度众生得解脱，

如若不识此地方，

北方两军对阵处。

如若不识我是谁，

东方玛域岭上部，

托贵贝巴十万户。

达戎阳光之福地，

四母超同功自成，

领命将领似猛虎，

英勇色擦宏仁将，

达戎达擦俄洛将，

董氏聂擦阿丹将，

运筹帷幄之能将，

玉威奔梅丹玛子，

阿尔泰畴大英雄，

赤图达玛岗仁将，

各位英雄之靠山，

黑白双雄喜食肉，

犹如空中之年神。

洗耳恭听我来说，

藏族古人之谚语：

上师道场生争议，

如若不除心底魔，

流派争斗是自然，

坠落地狱生悔意；

首领执法生争议，

如若断事不公正，

好似路尽临深渊，

受到天谴是憾事；

少妻婆家搅是非，

不知贤惠不持家，

流言蜚语似春雷，

被夫休了是遗憾。

达岭两国之阵前，

不立公正之盟约，

无耻之言似利剑，

身败名裂会后悔。

就在今天上午时，

青色面孔对红脸，

二位好汉来单挑，

勇气武艺皆施展，

双方利剑相碰时，

锋利剑刃能剃毛，

今天就看谁英武。

大食天下之大王，

无端率兵犯岭国，
东方玛域上部地，
达戎地域之九部，
犹如冰雹袭田地，
守地大臣叔父者，
手握十万之兵丁，
黎明时分皆丧命，
血流成河尸成山，
生抢活夺财物尽，
使奸耍滑毁盟约，
生擒达戎超同王，
此等坏事皆做尽。
犹如鸽子之青驹，
取名青鹏神飞驹，
丢弃野外起内讧，
诬陷达戎为窃贼。
英雄辈出达戎部，
父系实乃穆布董，
名副其实之地主，
藏域十八大部落，
敬重供奉之贵族，

造谣使其背骂名，

除了大食无他人。

今天相逢青面人，

四肢发达戴尖帽，

跃跃欲试似张弓，

射箭之心如火烧，

虽无目睹有耳闻。

你似大食谢萨将，

若是谢萨是如此。

中秋十五之望月，

上弦明亮下弦暗，

不识盈亏与圆缺，

二十九日皆消尽。

善跑千里之良驹，

时而奔跑时而缓，

若不掌握其步履，

最后终将遭失败，

是否如此请思量。

今日英雄利剑下，

若是尸横不遍野，

十万户主托贵我，

不算岭国大英雄，

大臣请你记心间。

托贵唱完后剑从鞘出，谢萨仁夏未对其言辞进行回复，抽刀挥舞着向托贵连砍三刀，托贵及时躲闪没有受到任何伤害，瞬间回击一剑，重重地砍在谢萨仁夏的右臂上，胳膊带刀一起落到地上。谢萨仁夏欲策马逃跑，托贵接着又是一剑，将大食大将谢萨劈成两半，一命呜呼。其他大食士兵死伤惨重，一片狼藉，慌乱中有些往山上逃，有些跳到河里。岭国士兵冲到大食军营，将战马骡子和铠甲头盔洗劫一空，在大食国的一个叫噶莫拉塘的地方安营扎寨，做饭休整。

翌日，晌午时分，岭国后续部队陆续到达，大家纷纷相互嘘寒问暖。

大食国成功逃脱的士兵跑回大食国王宫，禀报了前线失利的消息，大食国王紧急召集各部首领和英雄商议御敌、布岗和派遣信使的事情，便唱道：

唵嘛呢呗咪吽！

神山宗拉嘎琼鉴，

前来保佑降强敌，

祈祷兵强马亦壮。

如若不识此地方，

大食国王之宫殿。

若如不识我是谁，

四海之王之主宰，

富强大食之国王，

凶猛老虎之对头，

专砸强敌之狗头，

指挥强大之部队，

遇我没有好下场。

各位洗耳来恭听，

正如之前我所讲：

流窜四方之乞丐，

不易信任掏心窝；

悬崖腐朽之柏树，

不能轻信去赌命。

之前派遣三大将，

夺取达戎之财物，

然而狡诈超同王，

奸诈之徒做暗事，

诽谤之言伤人心。

欲擒乌鸦以肉诱，

欲捉麻雀撒青稞，

侍奉上师用美食，

贪靡首领以物诱。

罪人设法逃出狱，
狡诈超同二皮脸，
豪言壮语发毒誓，
达岭两国无战事，
吃咒赌誓结盟约，
珠拉赞普做见证，
使诈耍滑立字据，
国王我亦做允诺，
各位大臣细修正，
大臣谢萨仁夏他，
为了促成和平愿，
两国之间无战意，
青鹏神驹归原主，
大食各部之首领，
上下同心守信义。

然而事与愿违者，
达戎首领超同王，
耍滑带兵侵大食。
谢萨为首三大将，
还有跟随之部下，

陷入奸诈之圈套，

不少殉国命归西。

有些被逼跳河中，

有些爬山保性命，

最终逃回大本营，

向我禀报此噩耗。

三六九等人有别：

上等将士奉命时，

始终铭记国王命，

不辱使命内外顾，

顾全大局献良策；

中等将士领命时，

奉行首领之命令，

英勇御敌不低头，

就算舍命也为国；

下等士兵奉命时，

虚张声势摇战旗，

一心皆为战利品，

最终人财皆两空。

弥补眼下不安定，

就在今天之时日。
内臣协噶丹巴将，
带领勇士一百骑，
分别派往三座山，
还有三座大山谷，
探知敌人之动向，
好似利箭射密林，
隐蔽出入不察觉。

小将桑驰巴沃你，
眼下派遣你前去，
三界皆空修行地，
阿苯上师似猛虎，
还有米苯雍仲师，
询问国王之阳寿，
还有御敌之方略，
派遣使者之做法，
准确无误请示下，
汉地白色小骡子，
泥婆罗之小马驹，
霍尔白色之良马，

汉地优质之花茶，
藏地吉祥花纹茶，
门域单叶之绿茶，
红色花斑之虎皮，
花色斑点之豹皮，
做工优质之氆氇，
洁白纯色绸缎等，
作为拜访见面礼。

军官赞拉多杰将，
精通六艺之英雄，
首屈一指大食将，
磨默桑亚九峰山，
架起幻影火焰鼓，
红色桑查城堡顶，
挂起五色经幡旗，
劈磐宝剑之村庄，
布下神鹏飞天阵，
红色会飞之神驹，
备好金色之马鞍，
拴上蒙古之缰绳，

六十利箭满箭筒，

背起霹雳震天弓。

在那白色神滩上，

四百疾病之种子，

黑白争议之根基，

达戎部落超同王，

施展勇气和六艺，

无须杀害无辜命，

挑起事端之超同，

活捉其绳之以法。

为了奖励此壮举，

备有百头牦乳牛，

除此跟随之兵勇，

各个都有重奖赏，

在座各位铭记心。

翌日清晨，大将赞拉多杰全副武装，骑着红色追风驹，带领一百勇士来到了岭国军营前。岭军守兵看到敌军来叫阵后迅速禀报，达戎色擦本荣、噶西龙珠和董氏聂查阿丹等人急忙备马出营迎敌。噶西龙珠横在赞拉多杰的面前，毫无畏惧地唱道：

唵嘛呢呗咪吽！

阿拉拉姆唱阿拉，

塔拉拉姆唱塔拉。

善法佛陀之圣地，
祈祷狮子吼保佑，
三时无碍皆平安，
修道路上结正果。

如若不识此地方，
北方白色开阔地，
美丽犹如八瓣莲，
千军万马似海涛，
达戎部落之兵马，
大部人马之统帅，
超同王和其二子，
宛如日月星相辉，
大臣猛将似繁星，
九百英雄齐上阵，
勇猛好似猛虎般，
有我噶西龙珠将，
达戎超同之亲侄。
董萨膝下有三子，
长子牺牲霍岭战，
三子阿贝班觉他，

赛巴部落之女婿，

次子噶西龙珠我，

无敌大王之命臣，

达戎部落之家臣。

年方二十五岁时，

加入八十英雄列，

出征二十五次多，

次次取胜无败绩，

夺取丰盛五谷城。

举例说明是如此：

雪山狮子发威处，

恶狗狂吠真可怜，

识相无声去睡觉；

北方野牛练角处，

瘦弱黄牛真可怜，

卧居草滩算识相。

达戎铁蹄讨伐处，

大食王臣丧胆识，

识相趁早来臣服。

今日英雄来挑战，

非要比试射箭术，
自身难保无非议。

西方大食王臣众，
洗耳恭听是如此：
征讨富饶地域时，
不计后果不思量，
前功尽弃皆如风，
惹祸上身毁故土，
惊扰父辈洒热血，
翻越九座大山峰，
讨回夺取财物时，
如果未知其症结，
伤及无辜有先例。
如此说法也在理，
你等兵马犯岭国，
捣毁达戎大部落，
杀害无辜之勇士，
超同含冤沦为囚。

力气大小看胳膊，

骏马快慢看腿长，

从无杀人背黑锅，

夺取财物要归还，

贪生男儿无胆量，

苟且偷生也受罪，

不要思考能断定，

犹如蝼蚁般瘦马，

栽赃达戎部盗窃，

你方咬定此为真，

我方否认此事情，

双方为此起争端。

今天你和我俩人，

无须约定来相逢，

前世注定应如此，

我用利剑来迎战，

断头洒血无畏惧，

就算命丧疆场上。

是否如此请看清，

大食大将记心间。

听毕，大食军官赞拉多杰贝巴从马鞍上挺了挺身体说道："呀！听着红马背上之红人，你虽善言辞，但理在于我。"说着便唱道：

唵嘛呢呗咪吽！

阿拉拉姆唱阿拉，

塔拉拉姆唱塔拉。

龙神达拉查勒鉴，

今日为我来助威。

如若不识此地方，

北方羌塘戈壁滩，

野驴野牛嬉戏处。

若如不识我是谁，

西方古坝拉背面，

雅玛奔乃山系之，

赞拉贝巴便是我。

红衣部队之首领，

动作迅速似雷霆，

意志坚定如宫殿，

现在且听我来说。

世间谚语是如此：

弘扬善法之国王，

积善造孽由谁护？

纯洁无瑕之明镜,

污渍泥垢由谁拭?

虽说如此在眼下,

言语有理获真理,

经历苦难后路顺,

如此道理人人懂,

富裕人家之门口,

乞丐心境难平静,

反而难以睡好觉。

岭国达戎超同王,

青鹏神驹盗往岭,

大食国王树为敌,

蛊惑人心带兵犯,

冤枉无辜之好人,

如此丑事谁能为?

达戎所为似狐狸,

挑拨离间两面人,

阳奉阴违造谣言。

真是英雄来迎战,

戴上扳指抽出箭;

若是骏马上赛道,

展开四蹄来赛跑。

今天胜利属于我,
尸体堆满三山谷,
眼下三位岭崽子,
今日相遇极高兴,
迎接你等有利剑。
举个例子是如此:
三座大山之巅峰,
三只大鹿展犄角,
目中无人打猎人,
最终落得断头颈。
达戎父子兵马强,
狂妄自大小看我,
也许头颅断我手,
若有勇气来迎战。
西北白色之六谷,
赞拉我之故乡地,
今天达戎驻军营。
听着岭国三小子:
对决方知谁英雄,

赛跑才分千里驹，

你若逃跑是懦夫，

而我压根不会逃，

玉麦大滩之对决，

不见高低非赞拉，

岭国崽子记心间。

  赞拉唱毕立即策马冲向噶西，噶西举刀拦砍，砍断了赞拉铠甲的链绳，但没有伤及身体。赞拉顺势向噶西的脖子刺上一剑，噶西瞬间身首各异，坠马而亡。色擦和聂查阿丹策马举剑围住赞拉，赞拉毫无畏惧，向着阿丹狠狠一刺，阿丹鲜血四溅坠落马下。色擦见势不妙，调转马头向自家的营地逃去，赞拉冲进岭国士兵当中左砍右杀，刹那间就斩杀了九名岭兵，越杀越勇，杀得岭军难以抵挡。玉威奔梅和拉贵看到此景，毫无迟疑地上前阻止，然赞拉技高一筹，没有受到丝毫的伤害。赞拉觉得今天战绩不凡，便策马回营，岭国四名猛将紧追不舍，无功而返。

四

　　赞拉回营后，兵丁们迎接赞拉进了青色议事大帐，鲜肉美酒祝贺赞拉大捷，赞拉命人将获得的铠甲、头盔等战利品全部搬进大帐内，大食王臣为赞拉的胜利深感喜悦，并献哈达祝贺赞拉。大食王臣讨论决定赞拉、南拉嘎琼和米纳朵丹三位大将各带兵五万，共十五万大军攻打岭兵。按照王臣的决议，他们领兵至北方噶牧平地上安营扎寨，营帐犹如满天繁星落在大地上。岭国哨兵看见后及时向达戎指挥部通报了大食军队的动向，达戎首领超同王反复打卦卜算，卦象显示出兵三步、话说三句，所有胜利便将属于自己。超同兴奋地说道："呀！各位英雄好汉，不要贪睡快起床，三步之内获战利品，三句话外得全胜。"这让达戎兵营将士们信心百倍，全副武装，拉贵兄弟、玉威奔梅、大将色擦和达擦俄洛等身挂三械[1]，上马陆续地出发了。大食将士看到岭军前来纹丝不动，于是，拉贵来到大食军营顿驰南拉嘎琼营帐前骂阵，唱道：

　　　　唵嘛呢呗咪吽！

　　　　阿拉拉姆唱阿拉，

　　　　塔拉拉姆唱塔拉。

　　　　白色神众请明鉴，

　　　　黄色年神请明鉴，

1　身挂三械：《格萨尔》史诗中的常用术语，原指三种兵器，即骑士必备的弓箭、刀剑和枪矛。本书中意为着戎装。

蓝色龙神请明鉴，

红色战神请明鉴，

花色山神请明鉴，

前来助佑岭勇士，

帮助战胜大食敌。

如若不识此地方，

杂亚山谷之山口。

若如不识我是谁，

富饶玛域岭国地，

普若宁宗险要地，

色萨膝下生九子，

九位兄弟之老小，

其中权势数最高，

胆识就数第二位，

拉贵奔鲁是吾名，

率领七十万兵马，

今年年方十五岁，

身怀绝技十五种，

讨伐强敌十五回，

好似大鹏展翅飞，

犹如雄狮般勇猛，
年至九岁降九敌，
我之功绩是如此。

请听大食王臣众，
珍宝青鹏神飞驹，
七位贼人手中买。
上古藏人之谚语：
纠纷源于怨妇言，
罪名终由夫婿担，
美食全由客人享，
辛苦之事仆人操，
神驹北方强盗偷，
岭国达戎背罪名，
铁板钉钉无质疑。

花花军帐之内部，
大放厥词如雷鸣，
胆识却与狐狸般，
军官赞拉多杰你，
专心聆听我唱歌。

就在昨日上午时，

尔等暂获小胜利，

今日上阵英雄我，

英雄当中之英雄。

今天你我此相遇，

你之小命已完蛋。

所谓男儿之勇气，

就看当日之运势；

所谓骏马之快慢，

就看头夜之草料；

所谓兵器之长短，

就看英雄之胆识。

今天你和我俩人，

首先用箭比高低，

飞箭犹如暴雨般，

看谁怀有真绝技，

黎明时分比长矛，

长矛来去似流星，

谁有魄力由此辨，

最后再来白刃战，

激战好似星辰转，

取你头颅是第一，

荡平敌营是第二，

血流成河是第三，

是否如此等着瞧。

大臣协噶和赞拉，

若是有胆来会战，

若不战胜是狐狸，

借食不还是冥食，

言无答复是哑巴。

昨日男儿显神气，

今日变成蔫气球，

好似压在屁股下。

若不胆怯来迎战，

北方大食狐狸崽，

乞丐心中记清楚。

过了片刻，大将赞拉多杰全副武装，愤怒地从中帐出来，骑上红色追风驹怒斥道："呀！岭国懦夫小崽子，你若是真英雄先听我的歌。"说着便唱道：

唵嘛呢呗咪吽！

阿拉拉姆唱阿拉，

塔拉拉姆唱塔拉。

三种变音之唱调，
大食歌曲之唱法。
阿字唱彻上苍天，
犹如苍穹繁星灿。
塔字唱遍人间地，
好似雄鹰击长空。
拉字唱响高山顶，
宛如野牛踞山岗。

听着侵犯之盗贼：
从来未想在此见，
缘分今天来相遇，
岭国红身红面崽，
父母娇惯之宠儿，
说话如此能刺耳，
大食凶狠似猛虎，
你乃犯边强盗崽。
羽毛未丰之鹏雏，
欲飞天际掉深渊；

六艺不全小乳狮,

欲攀雪山鬃毛散;

乳臭未之小毛孩,

前去强盗丢性命。

你不坚守自家城,

今年来犯是凶兆,

北方山高是其一,

兵强马壮是其二,

骏马善跑是其三,

刀剑锋利是其四,

无敌赞拉是其五,

五种有事皆占全,

你欲得胜难上难。

军官赞拉多杰我,

打遍天下无敌手,

我似展翅大鹏鸟,

就算毒蛇也胆颤;

爪牙锋利之猛虎,

麋鹿再快也难逃;

犄角锋利之野牛,

悬崖峭壁也攀登；
百里挑一之英雄，
就算阎罗也低头。

藏族古人有谚语：
夏季草原不开花，
羊羔牛犊何处嬉？
秋季五谷不丰收，
恶毒冰雹怎袭击？
严冬河流不结冰，
高原黄鸭何处游？
青鹏岭国若未偷，
大食怎能去犯岭？
看你模样很英勇，
土黄狐狸之子嗣，
哪能生得花斑虎？
流浪恶狗之子嗣，
哪能生出长鬃狮？
报丧之鸟猫头鹰，
怎能孵出布谷鸟？
达戎狐狸之后裔，

后代哪有英雄汉？

不要废话显本领。

拯救众生之上师，

要知灵魂之归宿；

降伏敌人之英雄，

要有猛虎之威力；

无勇懦夫去上阵，

不敌对手反丧命。

吸引百男之少女，

生得一副妩媚相，

孤芳自赏似东施，

引得满街来耻笑，

如此说法名副实。

红脸崽子给我听：

右侧虎皮之箭筒，

取出笔直之利箭；

左侧豹皮之弓袋，

拿下白色之弯弓；

若是不中箭靶心，

就会引来杀身祸。

骑着红马之小子，

断定岭国一小将，

武器沉重力气小。

不要三械用套索，

红色套索似闪电，

能捉野牛捆成球，

向天抛出能捉云，

就连风也难逃走。

今天就要抛向你，

若是不套你脖颈，

我之言语皆废话。

抛出套索之瞬间，

犹如鱼钩钓金鱼，

或是手脚一起绑，

或是掉到马鞍下，

还有六名岭国将，

今日全毙无回路，

胡言乱语非赞拉，

岭国崽子铭记心。

唱毕，赞拉抛出套索，不偏不倚地套在了拉贵之脖，拉贵用力挣扎着砍了两刀也没有将套索砍断，便连人带马倒在了地上。托贵急忙上前一剑，才砍断套索捡回一条性命。二人齐上，几个回合也没有占住上风。右侧大食大将忒色纳纳骑着赤色马横拦在玉威奔梅面前，忒色纳纳连发两箭，射断了奔梅铠甲链条，可没有伤及其性命，奔梅迅速回了一箭，正中忒色纳纳的胸膛，忒色坠马而亡。于是奔梅毫不犹豫地冲进敌营，奋勇拼杀，结果了三百多名大食士兵性命。双方展开白刃战胶着在一起，难分输赢，拉贵和赞拉二人便各自收兵回营。

第七天上午，大食大将顿驰南拉嘎琼头戴三樱头盔，身披海螺铠甲，腰挂锋利宝剑，背九环长矛，身跨白色追风驹，策马径直来到岭国军营的中帐。岭国各路将领知情后全副武装出帐迎战。顿驰南拉嘎琼二话不说直冲岭营，血刃八名岭国士兵，直逼正中达戎大帐。达戎拉贵兄弟和色擦本荣等挡住之去路，没让冲进中帐。此时，达戎首领超同王吓出一身冷汗，早已爬到檀香座椅下颤颤发抖。顿驰南拉嘎琼来势凶猛，难以抵挡，左砍右杀，又将三十多名达戎兵丁送上了西天。达戎释迦坚赞骑在红唇青色驹上，与顿驰南拉嘎琼交手，不出三个回合，便被顿驰杀下马去，一命归西。岭兵虽然顽强抵抗，但都不能对顿驰形成威胁，他又冲到右侧，继续乱斩使得岭军死伤无数。

冲杀许久后，顿驰坐在一块磐石上稍作休息。

达戎首领四母超同王见形势稍缓，从座椅下爬出来问道："那人去了何处？为何不去抵抗？"便严厉地唱起了下令之歌：

唵嘛呢呗咪吽！

阿拉拉姆唱阿拉，

塔拉拉姆唱塔拉。

岭国歌首唱阿拉，

魔国歌首唱嗷拉,

霍尔歌首唱亚拉,

萨丹歌首唱玛拉,

辛赤歌首唱呐拉,

达戎歌首唱哈拉。

若如不识此歌曲,

达戎哈玛胡之歌,

哈拉之歌曲悠扬,

旋律好似羔羊毛,

音调就像白绸绢。

此地达戎中营帐,

十万大军指挥地。

如若不识我是谁,

险要之地似虎踞,

铁城宛如乌云密,

普若宁宗之城堡,

勇猛犹如毒箭般,

达戎四母超同王,

九个儿子之父王,

降伏九魔之主人,

权势比那青天高,

根基比那海还深,

胆识坚如铸铁般。

听着达戎各部落:

天若不降大冰雹,

秋季五谷不会毁;

若是鹞鹰不追赶,

树上鸟群难驱散;

狼若不惦鲜羊肉,

羊群自然会回圈。

大食兵马虽强劲,

然而难以胜达戎,

自从岭国出发时,

九百大将已宣誓,

到达大食之日起,

大话被那北风吹,

六艺好似彩虹消。

要与敌人对决时,

密林射箭难走远,

利器变成打狗棒,

骏马犹如瘦毛驴，
如此无须再出征，
伤财劳神搭性命，
怯敌叫降去低头，
取得男身是耻辱。

就在今天一日内，
一人荡平达戎营，
若是此等多几个，
达戎十万兵马众，
难以坚守一个月，
当下急需男子汉，
自告奋勇有谁人？
今天若能站出来，
英雄当中之英雄，
好汉当中之好汉。

大将听着我来讲：
无垠宽广苍穹中，
施展飞技击长空，
便是禽王大神鹰；

茂密森林之深处，
射杀猛虎之利器，
便是白羽之利箭；
九曲拐弯之高山，
上下自如之能手，
犄角锋利之野牛；
达戎十万兵马众，
英勇请战之勇士，
便是托贵贝巴他。

十万兵马之首领，
托贵贝巴请您听，
不要迟疑请备战，
请戴铸铜钢头盔，
系紧铠甲之链绳，
毒刃大刀挂腰间，
铁弓挂在大刀上，
白色孔雀千里驹，
套缰备鞍做准备，
肩挎黎明锋利剑，
岭国人人献哈达，

大家都为你祈祷。

今天太阳落山前,

你若握得胜券归,

达戎部落七大部,

首领就由你来做,

十块金锭做奖励,

雍仲苯教护法神,

还有达戎将帅众,

全部为您来助战,

托贵请您铭记心。

听了超同之歌,岭国达戎部的兵将们纷纷向托贵贝巴敬献哈达,希望大将凯旋。十万户首领托贵贝巴全副武装,翻身跃上白色孔雀千里驹闪电般飞奔而去,顷刻间来到亚马俄勒之地,正巧遇见大食大将顿驰南拉嘎琼,在一箭之处搭箭拉弓对准顿驰南拉嘎琼后说道:"呀!白马白色人儿,不要逃跑且听,今日你能逃出我掌心,十万户主托贵贝巴就算尸体一具。"说着便唱道:

唵嘛呢呗咪吽!

阿拉拉姆唱阿拉,

塔拉拉姆唱塔拉。

三十三天之宫殿,

白色梵天请明鉴。

雪山冰之宫殿中，

古拉格佐请明鉴。

海底世界之坛城，

龙王顶宝请明鉴。

上部叠垒之宫殿，

战神九兄请明鉴，

仇敌鲜血来祭奠。

如若不识此地方，

北方青色亚马滩。

如若不识我是谁，

玛域岭国之大地，

青色绒水之河畔，

花色城堡之里边，

托贵贝巴十万户，

中军实乃主力军，

勇猛好似花斑虎，

阵列犹如金钱豹。

洗耳恭听我来唱，

古人谚语讲得好：

积怨太久起争议，

乞丐过饱胃生病，

女孩不嫁与母争，

话语如此也在理。

时至今日之以前，

大食恶事皆做尽，

达戎父子之领地，

强行率兵来侵犯，

山川尽由鲜血染。

在此之后时日里，

噶西龙珠大首领，

一直以来是命臣；

董氏聂查阿丹他，

岭国兵马之首领；

无敌达擦俄洛他，

达戎家族之精英，

然而生命已夺去。

就在今天早些时，

阿雅释迦坚赞将，

英勇取名胜利幢，

宝贵生命矛尖亡，

无数士兵献生命，
你已犯下滔天罪，
上午所为之恶事，
下午就要得报应。

举例说明是如此：
饿狼驱散绵羊群，
享用鲜肉要分寸，
身后紧跟抛石器，
头破血流是憾事；
豺狼跳进山羊群，
若是你还不逃脱，
身后便是利箭追；
勇士得势不收敛，
阔斧大刀来迎接，
千刀万剐真叹惜。
今日相逢你背运，
我乃勇士托贵将，
就算坚石也粉碎，
天空日月难逃离，
就算猛虎亦降伏，

取你性命如反掌。

大部首领名远扬，

无法无天吞民膏，

终究触犯国之法。

英雄男儿名气大，

战胜对手气轩昂，

最终难免死疆场。

街市美女四邻慕，

放荡无耻不检点，

最终落得无人忠，

话虽如此皆在理。

今天你和我二人，

幼时母亲怀中宝，

英勇相当为虎豹，

否则便是丧家犬。

今日旗开要得胜，

加宽青色弯弓间，

搭起铜制饮血箭，

扣紧扳指对准你。

短命白马白脸人，

命如云朵被风吹，

你之尸体不落地，

托贵十万户主我，

不会折损岭脸面。

是否如此等着瞧，

请你牢牢记心间。

　　托贵唱毕，便一箭射出，利箭射中南拉嘎琼的盔缨，没有伤及南拉的性命。南拉左手拉弓，右手搭箭，对准托贵说道："此等箭术，真是名不副实，不知廉耻还大话连篇。"说着便唱道：

唵嘛呢呗咪吽！

阿拉拉姆唱阿拉，

塔拉拉姆唱塔拉。

空中龙神珠拉鉴，

达拉枚巴请明鉴，

赤赖索嘎请明鉴，

宗拉嘎琼请明鉴。

如若不识此地方，

北方亚马空旷地。

如若不识我是谁，

东边猛狮出没地，

印度山系之背面，

扎西白塔之周围，

东方五部之首领，

顿驰南拉嘎琼我，

上部雪山之主人，

下部大海之守护，

坚硬石崖之伙伴，

西方大食之重臣，

赞拉鲁雏和朵丹，

加我顿驰四大臣，

闻名遐迩四将帅，

出征皆握胜券归。

再说顿驰南拉我，

之前出征不计数，

阿斯马宗已降伏，

之后出征东方地，

荡平东方之大地，

各路英雄皆断头，

东方茶域我攻破，

汉地上等之花茶，

骡驮一百零八驮，

搬回茶品王臣乐，
一日之内皆攻陷，
牛驮一百零八驮，
茶供博得妃子笑。

听着岭国红面人：
大食铁师之精兵，
之前开往岭上部，
达戎部落之地方，
片甲不留似魔域，
勇士鲜血流成河，
积攒财宝皆搬回。
今天岭国短命崽，
全副武装来上阵，
幻想如何取胜券。
细数之前我战绩，
噶西大将和阿丹，
无敌达擦俄洛仨，
宛如梦境命归西。
今天出战之壮举，
砍杀岭军似剪毛，

阿雅释迦坚赞他，
手持长矛来挑战，
自诩天下无敌手，
黎明长矛在我手，
好似雷霆取其命，
如此这般目睹否？
若是瞧见还敢来？

此前岭军乞丐群，
开往大食之国土，
先后征战半年多，
可数战绩无丁点。
马倌顿驰和谢萨，
杀死小卒亦寥寥，
逝者皆数无名辈。
昨日七位大勇士，
虽献生命也战平，
你方战绩是如此。
就在今天一日内，
红脸岭将和我俩，
就数英雄中勇士。

鲜血未遮双眼前，

如有父母先托付，

如有上师请祈祷，

你死我活在当下，

十万户主铭记心。

十万户主托贵还沉浸在歌声中，南拉嘎琼射出一箭，利箭刚好射中托贵前肩，由于护法神保佑，除了射断几根铠甲链条外性命无恙。于是二人相互射杀，不见胜负，两人便上前刀剑相拼，战得难分难解，十几回合下来仍不分雌雄。二人打得精疲力竭，稍作休憩，继续相拼。托贵一刀拉开南拉嘎琼的腹部，肠肚顿时冒了出来，但是南拉嘎琼魔性十足，咬牙拼力向托贵回砍了一刀，托贵胸脯被劈成两半，坠马而亡，南拉嘎琼没过多久也掉落马下，一命呜呼。

是夜，拉贵奔鲁、杰雅尼玛仁夏及勇士色擦本荣等人到战场寻找十万户主托贵的遗体，未果。翌日清晨，各位将士再次四处寻找，在北地雅玛滩上发现了遗体，十万户主托贵头朝岭国静静地躺在那里。同时他们也发现南拉嘎琼的尸体头朝大食躺在那里。岭国将士无比悲痛，将托贵的遗体绑在马背上运回营地，顺便将南拉嘎琼的马鞍和头颅一并带回达戎营地。

大食军营各部将领未见大将南拉嘎琼回营地，感到十分着急。赞拉巴沃焦急万分地带三十位猛士向着南拉嘎琼出征的方向去寻找，一行人来到雅玛大滩时发现乌鸦叫丧，闻声而去，看到南拉嘎琼无头尸体已经被秃鹫、狐狸、乌鸦等鸟兽叼得只剩一半。大食将士悲恸难耐，怒火中烧，安排十名兵丁运回尸体，其余人马直捣岭营，杀死砍伤不少达戎兵马，继而毫无顾虑地直奔中营。天神、龙神和赞神幻化出百来位英雄守护，大食军没能得逞，调马冲向前山一路厮杀，杀死岭军五十多人后返回大食军营。

大食将士回营后商议对策，一致认为一对一的单挑无济于事，不能解决根本问题，应集结大部人马一举捣毁岭国达戎军营。

　　次日清晨，大食三员大将和格图嘉仁、古杰美达擦鲁等五名虎将各自抽调一百猛士，直冲岭营达戎中帐。达戎四母超同王吓得浑身颤抖，爬到座椅下躲避。岭将达戎拉贵兄弟二人和玉威奔梅、勇士色擦本荣、杰雅尼玛仁夏、香奈赤杰、丹伦赤图达玛等人策马拦住了大食将士去路。玉威奔梅冲在最前面，来到与敌人一箭之遥的地方，在天空会飞铁弓上搭上独脚鸽子箭，坐在珍宝通灵青驹上挺了挺身体唱道：

　　　　唵嘛呢呗咪吽！
　　　　阿拉拉姆唱阿拉，
　　　　塔拉拉姆唱塔拉。

　　　　东方印度之上部，
　　　　热达巴扎上师鉴，
　　　　白色岩崖水晶城，
　　　　丹玛玉乃赞神鉴，
　　　　今日为我来助威，
　　　　夺取贪靡恶敌魂，
　　　　降伏敌人获胜券。

　　　　如若不识此地方，
　　　　雅玛俄勒是其名。

如若不识我是谁，

丹域八部之地方，

青色城堡之内部，

萨霍大王之后裔，

万户丹玛之子嗣，

玉威奔梅是吾名，

青色军团之首领，

玉威身挂青竹箭。

上午攀登花石崖，

生食黄唇野牛肉；

中午游走平草地，

射断大鹿之犄角；

傍晚渡过沼泽地，

痛饮野驴之心血；

黎明冲锋敌军营，

生吞仇敌之心脏。

洗耳恭听我来讲，

你等来犯将领中，

帅军将领是谁人？

自以为是之庸人，

自认箭术高超者，
自诩剑法了得者，
自吹自擂马术强，
今天失利是耻辱。
世间古人有谚语：
吹捧自己说大话，
不过鼓起充胖子；
穷人显摆装富豪，
最终落得做乞丐；
巧舌如簧诡辩者，
诉讼失利是耻辱；
牛奶洗面之荡妇，
夫君遗弃失颜面；
自以为是扮勇士，
征战失败会显眼，
话虽如此却在理。

想要取胜来挑战，
未见对手便逃跑，
莫大耻辱莫过此。
岭国将帅此八人，

自幼练习精六艺，

今日派上用场际。

威武军团之右侧，

黑人黑马已吃惊。

百鸟齐飞之空中，

白顶小雀赛飞技；

百骏飞奔之赛场，

白鼻骡子凑热闹；

百名美女聚集处，

奇丑腐女来装蒜。

英勇男儿挥刀处，

无胆懦夫哭声高，

今日利箭飞舞处，

就算磐岩亦粉碎，

若是大海亦干涸，

茂盛草原踏成灰，

狐狸之辈记心间。

　　玉威奔梅唱完歌的瞬间将利箭射向米纳朵丹，利箭正中米纳朵丹胸部的护心镜，护心镜被射得粉碎，但由于内层戴有苯教猛虎上师赐予的护身符和铁丸，生命无碍。米纳朵丹右手拿箭，左手持弓，喊道："呀！给我听着兔崽子，如此箭术真丢人，犹如小鸟弹腿之力道。"说完便唱道：

唵嘛呢呗咪吽！

塔拉拉姆唱塔拉。

上部苍穹之空中，

英雄珠拉神众鉴，

大食军威与天齐。

中部富饶之幽谷，

威猛虎神请明鉴，

征战胜券握手中。

大地之上坚固城，

赤赖索嘎山神鉴，

保佑米纳运势高。

如若不识此地方，

雅玛山谷河水畔。

如若不识我是谁，

黑岩犹如魔女怒，

平滩好似坛城般，

百花齐放之草原，

五湖相连之下方，

南方五部之首领，

觉杰米纳朵丹我，
年方十岁又三时，
上午攀登岩崖山，
路虽艰险无阻碍，
悬崖峭壁皆越过，
公母野牛全征服；
下午趟过沼泽地，
骑马捉住白唇驹，
驯服备鞍拴缰绳，
作为查古之坐骑。
年至十八岁之时，
潜至大海之深处，
白色海螺之柱子，
噶布龙王之宫殿，
我率军团攻其内。
青藏高原四方地，
大力之士有四人：
霍尔查贝大力士，
蒙古达玛大力士，
汉地俄拉大力士，
大食朵丹大力士，

南瞻部洲四力士。

听着岭国众将帅,
举例说明是如此:
国王法度公平处,
富豪财宝贼人偷,
贼名反被好人扛;
地势险恶之幽谷,
两岁马驹被虎吃,
虎啸之声震三界;
大食国王财富宗,
会飞青鹏被岭偷,
反带兵马来侵犯,
杀害无数无辜民,
还想如何丹玛崽?

上古藏人之谚语:
空旷无垠之天空,
小雀虽然想飞翔,
若是遇到鹞鹰飞,
搭上小命羽翼散;

绿色平坦之草原，
小马虽然想奔跑，
若是遇到沼泽地，
马失前蹄腿受伤；
孤芳自赏之妇女，
当心疾病来缠身，
骄兵自满易轻敌；
终究落得丧性命，
雷声隆隆之天际，
细雨霏霏显可怜。
光芒万丈阳光下，
萤火虫儿真可怜；
铁军雄师之面前，
懦夫颤抖真丢人。

今天你和我俩人，
虽有差距还得战，
你射箭似风中草，
我的利箭似魔箭。
在我手中之利箭，
黑色九曲之铁弓，

九种黑铁来制作，

射杀九大恶魔敌，

霹雳天铁之利箭。

箭尾插着鹏鸟羽，

飞遍三界之神箭，

犹如阎罗之历法，

今天就要射向你！

若不射出非英雄，

若是不取你狗命，

耻笑我为妇女辈。

夺取胜券之以外，

还有达戎七将帅，

全部皆为箭下鬼，

三械马匹皆夺取，

洗劫所有达戎兵，

是否如此等着瞧。

  米纳朵丹唱完歌的瞬间射出了利箭，这一箭不偏不倚地射中了奔梅的左胸，中箭部位的铠甲被射得粉碎，由于内层戴有成就天母之护身符，身体没有受到丝毫的伤害。二人策马靠近对方，各自取出长矛大战几个回合，不分雌雄，进而抽出短刀，相互肉搏也不见高低。朵丹发现难以取胜，便策马回撤，奔梅紧追不舍。大食大将赞拉贝巴见状抽出宝剑横拦在奔梅面前。在另一侧，鲁雏乃赖威噶冲到达戎尼玛仁夏的营部杀死砍伤数十人，达戎尼玛仁夏急忙一箭,射中鲁雏坐骑的前肩,坐骑倒地。鲁雏翻身飞奔,冲向仁夏连砍两刀,仁夏及时躲避未能被伤。尼玛仁夏很是愤怒,抽出宝剑后唱道:

  唵嘛呢呗咪吽!
  阿拉拉姆唱阿拉,
  塔拉拉姆唱塔拉。

  不惑三宝请明鉴,
  亲密无间来守护,
  开启慈悲做加持。

  若如不识此地方,
  雅玛山谷之谷尾。
  若如不识我是谁,
  故乡就在岭国地,
  东南两地交界处,
  黄河之水上游来,
  地处黄河之下游,
  森格南宗之城堡,
  尼玛仁夏是首领,
  掏挖敌人之心脏,
  遇到重大之事件,

出头抛面之人物，
便是尼玛仁夏我。

漂亮小女之标准，
是那妩媚之珠姆；
赛场夺魁之骏马，
便是青鹏神飞驹；
箭术高超第一人，
丹玛强查托贵君；
拔起大山之力士，
便是嘎德朵丹君；
法术高超之英雄，
马桑杰出之大王；
幻术咒术无敌者，
叔父达戎超同王；
谈笑风生善辩者，
万户米琼卡德君；
身材窈窕之美女，
俄洛姑娘乃琼女。
获取最终之胜券，
三十上师护身符，

三十首领之哈达，

三十叔父之碧玉，

三十英雄之利箭，

三十美女之美酒，

此等皆为奖励品，

事实如此如歌唱。

今年出征之事宜，

能否取胜还未知，

如实说来是如此：

巍峨雪山虽雄伟，

若是太阳炎热时，

光芒万丈热度强，

雪山终会变河流；

陡峭岩崖虽坚硬，

雷霆霹雳力无比，

若是霹雳从天降，

磐岩终究成碎石；

大食兵马虽强悍，

岭国英雄气势壮，

挑起英雄之怒火，

大食将士定遭殃。

宝剑谁利看今日，
就让秃鹫来吃饱，
亦让乌鸦饮饱血。
你若使我掉下马，
无马徒步来迎战，
不要逃跑来迎战。
小溪轻舟虽翻船，
江河大船紧随后。
箭术精湛谙六艺，
果真如此请施展。
骑术高超坐骑快，
今天就可来显摆。
你若胜利取我头，
我若取胜缴三械。
今日我要刺长矛，
杀得血肉皆模糊，
尸首遍野血成河，
不让你等逃三步。

尼玛仁夏唱完后，接连向鲁雏砍了三刀，其中一刀正中鲁雏左臂，左臂瞬间被砍了下来。鲁雏不敌，便踉跄着逃出几步，王子玛尼热嘎拉见状，向鲁雏射去一箭，从鲁雏后背射穿前胸，鲁雏倒地而亡。此时，丹伦阿尔泰楚和色擦等人吆喝着冲进了大食部队当中，大食将军格图嘎巴嘉仁和吉杰美达擦鲁上前迎战，格图一刀重重地砍在色擦的胳膊上，色擦伤势不轻。吉杰美达擦鲁接着用长矛戳向色擦，色擦躲避不及，坠马而亡。岭国士兵看到色擦阵亡，无比悲愤，气急败坏地和敌军肉搏，虽然在混战中杀死砍伤大食兵丁一百来号人，但是大食将帅指挥有方，及时撤兵。

　　是夜，岭国将士们聚集在营帐商议对策，香奈赤杰说道："诸位将帅们！自从两国开战以来，大小战役已经打了不少，大多数以失败告终。眼下损兵折将，死伤士兵不计其数，如此下去不是办法，你等有何高见？我的想法在此先表态。"便唱道：

　　　　　　唵嘛呢呗咪吽！

　　　　　　阿拉拉姆唱阿拉，

　　　　　　塔拉拉姆唱塔拉。

　　　　　　西方莲花光圣地，

　　　　　　上师莲花生明鉴。

　　　　　　北方柳荫大宫殿，

　　　　　　恰纳多杰请明鉴，

　　　　　　虔诚祈祷请加持，

　　　　　　保佑取得好成果。

　　　　　　如若不识此地方，

西方大食之上部。
如若不识我是谁，
香奈赤杰是吾名。

王臣商议国事时，
从来没有悲观过，
自始至终献良策。
高高在上之宝座，
叔父超同请您听。
右侧虎皮坐垫上，
拉贵奔鲁请您听。
左侧豹皮坐垫上，
王子玛尼嘎拉听。
圆形坐垫之上面，
丹色玉威奔梅听。
降伏敌人之英雄，
四大军官请聆听。
请示之言虽逆耳，
在下想说三句话。

今年发生之事情，

举例说明是如此：

熊熊燃烧之火焰，

水势凶猛被浇灭；

密林猛虎吼声壮，

遇到野牛便息声；

气势凶猛之军团，

遇到大食便失利。

不是否认不勇敢，

一是大食地辽阔，

二是将帅皆英勇，

三是大食地险要，

有利条件皆占全，

夺取胜券实属难。

此次征战多失利，

多名勇士已殉国：

噶西龙珠首领者，

三十力士之魁首；

董氏聂查阿丹将，

左翼军团之首领；

阿雅释迦坚赞将，

英勇取名胜利幢；

托贵贝巴十万户，

自己部落之首领；

右翼军团之首领，

达擦俄洛大将他；

十万兵团之首领，

勇士色擦本荣将；

杀敌先锋之将帅，

无敌英雄六猛将，

犹如梦境般消失，

好似繁星般士兵，

黎明之时繁星散。

军团统帅达戎王，

焦虑宛如水中月，

玉威奔鲁和王子，

虽然英勇难施展，

单枪匹马难杀敌，

大食将士皆勇猛，

好似野牛在狂奔，

兵马多如下冰雹，

士兵聚集似海洋，
如此下去怎能行？

王臣王子请留意，
在此表态我想法：
拉贵兄弟和玉威，
坐镇前来之军团，
作为军团之中坚。
雪山若无雪狮震，
禽兽就会来侵犯；
密林若无猛虎震，
火灾不知何时来；
岩崖若无雄鹰踞，
鹞鹰就会来打窝；
军营率领不坐镇，
强敌不知何时犯。

还有各位将帅众，
上至王子玛尼将，
下至奇西古茹将，
选出两名信使来，

雄狮大王格萨尔，

通报阵前之战况。

若不增援大部队，

小股力量难取胜，

如此牺牲不值得。

是否如此王臣掂。

歌词有误请谅解，

调子错了请海涵，

各位王臣铭记心。

听毕，各位将帅都觉得非常在理，但都不急着表态。达戎首领超同王听到后犹如孔雀听到春雷般兴奋，高兴地捋着胡子说道："哦！香奈赤杰所言极是，应该如此。"说着便唱道：

唵嘛呢呗咪吽！

阿拉拉姆唱阿拉，

塔拉拉姆唱塔拉。

三十三天之圣境，

法身更兜桑布鉴。

达塔嘎达之寺庙，

化身尼玛却热鉴。

达如青云无量宫，

熊首牛心护法鉴。

加持一切皆顺利。

如若不识此地方,
白色神滩之上方。
如若不识我是谁,
岭国富饶之地方,
开阔无垠碧玉滩,
险要之地似瓶颈,
普若宁宗之主人,
四母超同便是我。

年方九岁之时候,
北方草原猎麋鹿,
上午追得鹿群散,
一箭双鹿如反掌,
下午红色之山崖,
降伏顽固之黑妖。
之后出征霍尔国,
霍尔国之国王他,
勇猛无比赛大食。
郎巴查贝大力士,

力气比那赞神强；

搬运大山大力士，

力量超过米纳将，

最终皆由我降伏。

之后出征姜域地，

姜域萨丹之国王，

权势幅员无人比；

奇拉军官穿金甲，

武艺高强似雷霆；

贝图嘉仁无比猛，

好似沸腾之铸铁，

最终悉数拜脚下。

之后又征门隅地，

南魔辛赤国王他，

超过大食足九倍；

古拉妥居之内臣，

赞神未必是对手；

邓琼达拉赤嘎将，

无敌米纳非对手，

最终全部来归顺。

上述岭国之历史。

岭国三十小英雄，

聚集征讨大食国，

全副武装三械齐，

各个英雄气势怀，

头盔缨穗似花开。

骏马奔跑之赛道，

右侧飘带随风飘，

左侧花环迎面照，

中帐开门在欢迎。

将士虽勇命不长，

国王虽严位不稳，

想要上天无羽翼，

想要钻地无利爪，

难以坚守固城堡，

就算逃跑亦无路。

然而今年之事宜，

岭国虎豹之兵马，

杀敌武器似虹散，

敌人武器皆锋利，

此事就得想对策。

香奈赤杰内大臣，

想法纯洁言在理，

所说话语皆领会。

石山环绕陌生地，

野牛母子陷困境，

无垠大海山阻隔，

水族鱼类无出路，

我方军团被敌围，

想要自救已很难。

老汉我之一生中，

四子性命献敌手，

后事如何还难料。

若是二子再非命，

我之家业谁寄托？

达戎部落谁操持？

丹色玉威奔梅将，

丹玛大将之爱子，

敌人刀剑不长眼，

若有三长和两短，

如何交代其父王。

眼下聚集之将帅，
通报岭国之信使，
事情落到你头上，
成擦俄洛之小将，
长腿阿黛奔琼俩，
作为陪同你仨人，
不要耽误快上路。
前线部队之战事，
刚才商榷之事宜，
还有战争之赢输，
样样不落皆上报。
为了三人路途顺，
我向三宝做祈祷，
神奇会飞之木鸟，
时刻不要离开身，
就算遇到险恶路，
不用担心好男儿，
路途无碍有护神。
鼠年春季第一月，
请求开兵至大食，
岭国就会得福运，

大王要想众生事。

明天黎明之时分，

你们仨人就启程，

请你三位铭记心。

唱毕，超同给三位使者分别赐予五块金币、神奇会飞木鸟和一匹丝绸。翌日黎明，三人神不知鬼不觉地向着岭国去了。

过了三日，大食国王召集各部将领和内臣在千人大帐内议事，帐内几案上牛羊鲜肉堆成山，各种水果目不暇接，奶茶美酒似大海。大家推杯换盏，觥筹交错享用着山珍海味，上下议论纷纷，商议着下一步如何对付岭国的对策。此时，大食国王唱起了战略部署的歌：

唵嘛呢呗咪吽！

阿拉拉姆唱阿拉，

塔拉拉姆唱塔拉。

上部天界之宫殿，

珠拉年布请明鉴。

空中云层之宫殿，

黑红战神请明鉴。

大地之上大宫殿，

格宁庆布请明鉴。

白色山崖之宫殿，

白色宗拉热查鉴，

保佑体强寿无疆，

夺取敌命握胜券，

保佑将士勇气盛。

如若不识此地方，

千人大帐之宫殿。

如若不识我是谁，

大食财富之国王，

聚集财宝之主人，

降伏四魔之英雄。

时至今日之以前，

身着黑色之铠甲，

手中玩物是利箭，

出外变成强盗头，

食物皆是生鲜肉，

饮品全是新鲜血，

征服一切人间敌，

从来没有认过输。

富饶岭国是强敌，

此乃今年之命数，

前世业力不可违，

额头皱纹不可拭，

达岭之战不可免。

听着在此将帅众：

东方富饶之岭国，

盗取神驹反挑衅，

三军开到大食国。

之前战役已打响，

鲁雏南拉阿贵将，

命丧敌人之利箭，

逝者超度之后事，

无上圣地之寺庙，

苯教四大众上师，

各人施舍纯金币，

超度中阴道路顺，

不要为此再费心。

勇士死在疆场上，

殉国名节响当当；

骏马倒在赛场上，

博得头彩也值得；

利剑变钝杀敌多，

杀敌无数刀刃钝。

东方雪山冈底斯，

世间雪山来围绕，

万丈光芒难融化。

北方玛旁雍措湖，

湖旁小湖星罗布，

就算干旱也无碍。

西方大食国王我，

无数将帅来拥护，

岭国强敌不可惧。

大型寺庙诵经时，

持戒上师做护持；

大国商议国事时，

忠臣良将献计策；

精兵良将出征时，

足智多谋将帅率，

英雄辈出似雄狮。

大臣协噶丹巴将，

东方五部之首领，

白衣军团之将帅；

古杰美达擦鲁将，

北方五部之首领，

蓝衣军团之将帅。

寺庙聚众诵经时，

慈悲上师讲善法；

普度众生皈依佛，

行恶就会坠地狱。

繁华街市之豪门，

妙龄少女去出嫁，

持家财富滚滚来，

众人夸奖皆喜欢，

若是懒惰夫婿弃，

讥笑伴随其一生；

大部军团队伍中，

英雄男儿去单挑，

胜券握手名利归，

英雄气概众人夸，

若是失败丢性命，

头颅手脚献敌手。

各位将士请聆听：

英雄抱团一股劲，

出征好似滚礌石，

凯旋班师旌旗飘，

英雄征战不勉强，

犹如狐狸般逃跑，

此类之事不能为。

获得最终胜利前，

征战到底不回头，

四大将帅请领命，

各位大将铭记心。

唱毕，大食国王给近期在战场上取胜的将士们分发了丰厚的奖赏，大家天黑前回到各自的营帐里休整。此后的八天内，大食和岭国没有发生任何战事。第九天清晨，大食四大将领做好了进攻岭营的准备，各部带领一万精兵，扬言要杀得岭国达戎军团片甲不留。大食大将赞拉提议："今天出战吉凶难测，应该首先向卦师哲赛纳纳卜卦行事为佳。"不料，岭国战神玛杰奔热幻化成一只金翅碧神鸟，降落在大食中军营帐上，卜了假卦道："今日不宜出征，出征犹如雪狮坠深渊，此事还要从长计议，最终才会大获全胜。"大食将领信以为真，便收兵息战。又过三日，大食大将赞拉多杰、古杰美达擦鲁和协噶丹巴等人率部向岭国军营进发。

五

那日太阳出山时，战神玛杰奔热幻化成一只鹞鹰降落在达戎王子拉贵的营帐上做了预言授记："今日大食四将各率一万兵马进攻岭军。"并预言达戎部落首领四母超同王必须亲自出战迎敌，用法术和幻术对付大食军团，否则后果不堪设想。于是，拉贵迅速前去向父王超同汇报了神鸟授记之事。超同获知得到战神的授记后，思谋着这次机会难得，一定要打一场响彻四方的胜仗，便全副武装，骑马出营迎战。大食四将领来到岭国军营近旁时，超同幻化成一头巨大无比的黑色野牦牛，两只冒着火焰的犄角足有五膀（一膀为一成人伸开双臂的长度）长，口中发出雷鸣般的声音。赞拉心想自己从来没有见过此等怪物，此物或是天神所变，或是魔鬼附体，便策马上前乱砍一番，但无论如何砍杀，都无济于事。野牛吼声震天，咆哮着奔向大食军团，大食将士吓得魂飞魄散，飞也似的逃回了营帐。岭国将士们也对超同王的高超法力目瞪口呆，纷纷赞不绝口。

达戎派遣的三位使者跋山涉水、夜以继日地赶往岭国王城，雄狮大王格萨尔早已料知信使要来，已吩咐手下做好迎接信使之准备。内臣索玛巴杂派人在城头挂起彩旗，擂响雷鸣般的军鼓，吹响响彻三界的法螺，派遣使者前去远方的部落送信，命令近处的部落相互转告，通知次日上午各部首领聚集在达摩滩议事。

翌日，大家按时从四面八方赶来，相互嘘寒问暖，坐在大帐内享用着鲜肉美酒、各类果子和奶茶。几位侍从在大帐门口等待迎接达戎使者的到来。三位达戎信使骑马到达后，迎宾热情地将三位信使迎至帐内雄狮大王格萨尔面前。三位信使恭敬地向大王献上洁白的哈达，毕恭毕敬地磕了三个长头以表无比崇敬，然后落座，喝了一碗茶后，香奈赤杰站起来向格萨尔大王和各位大臣汇报达戎部落在前线的详情，唱道：

  唵嘛呢呗咪吽！

  阿拉拉姆唱阿拉，

  塔拉拉姆唱塔拉。

  上师本尊和空行，

  真心诚意做祈祷，

  心想事成赐福运。

  如若不识此地方，

  东方富饶之岭国，

  玛多神族聚集处，

  玛麦空行聚会地，

  幸福平安之宫殿。

  如若不识我是谁，

  香奈赤杰是吾名，

  天子召集聚会时，

  说话必须要谨慎。

如若不知此歌名，

宽阔苍穹父系歌，

不唱开阔之天空，

而唱无边众生歌；

富饶大地母系歌，

不唱富饶之大地，

而唱中阴之道歌。

今天所唱之歌曲，

犹如草原百花开，

好似天空彩云密，

宛如绵绵细雨下。

莲花狮座之上面，

三层彩缎之坐垫，

雄狮大王格萨尔，

不是炫耀具雄风，

祈祷时时能谒见。

左右护卫之众臣，

东方初生之太阳，

十万繁星相簇拥。

今天唱歌来请求，

我等达戎三信使，

天神三宝开慈悲，

无敌大王做加持，

顺利来到岭上部。

诸位王臣请聆听，

没有道喜之讯报，

却有几件为难事。

达戎部落之军团，

出征北方沼泽地，

达戎叔父超同王，

大臣尼玛旺秀将，

还有香奈赤杰我，

率领将士一万众，

开往北方玉默滩，

花言巧语被欺骗。

大食谢萨仁夏将，

还有顿驰拉鲁将，

带领三百精兵将，

杀得片甲都不留。

大军开到桑噶滩，

大食兵马五十万，

遭遇雅玛大荒滩，

五部军团共五十，

赞拉多杰为首领，

红人红马红军旗，

一万兵马包围时，

犹如赞神降大地，

单枪匹马出战时，

好似晴空霹雳状。

如此勇士真罕见，

首先冲进右侧营，

杀人好似割杂草。

大将噶西龙珠君，

死在敌将利剑下。

董氏聂查阿丹将，

身首异处已殉国。

之后紧要之关头，

达戎军团七将帅，

冲进董氏军营时，

达戎兄弟和赞拉,

听说勇猛无人挡。

大食泰赖纳纳他,

死在丹色长矛下,

三百士兵命归西,

杀死我方三十丁。

最终不分雌雄时,

不知谁人射一箭,

我将达擦命归西。

如此下作之以后,

东方五部之首领,

顿驰南拉嘎琼将,

冲至岭国之军营,

好似饿狼搅羊群,

阿雅释迦坚赞他,

命归其手之长矛,

之外又杀十兵丁。

无人阻拦回营时,

托贵贝巴十万户,

前去追杀南拉他,

雅玛大滩之此岸，
棋逢对手双方亡。

亚美赞拉多杰他，
愤怒火焰比天高，
一百将士去围堵，
冲到左营杀十丁，
中军又杀五十人，
尸体堆满达戎营，
之后收手返敌营，
杀死追兵一十人。
就在事发第二天，
大食五将岭八将，
从早混战至天黑，
射死大食鲁雏将，
我方色擦也殉国。

于是王臣做商议，
大食将士皆英勇，
难以取胜伤亡重，
如此现状未预料，

派遣我等三使臣，
叔父超同在请求。
太阳光芒照四方，
若是太阳不绕转，
迟早黑暗会降临；
无垠苍穹云层中，
细雨滋润柳树绿，
柳树遇旱会干枯。
富饶岭国是靠山，
需要大军做支援，
若是不及时增援，
胜券就会被敌夺。

请求大王去督战，
此次大王不出征，
达戎兄弟和玉威，
命悬一线如秋草，
时间久了被霜打。
大王神兵速速派，
夺取大食之财宗，
高原蕃人造福祉，

叔父寄托之言语，

无敌大王请铭记。

若是唱错请原谅，

曲调错了请海涵，

各位大臣记心间。

听完歌后，雄狮大王格萨尔十五明月般的面容布上一层乌云，大家不知所措，面面相觑。雄狮大王心中无比焦急和愤怒，心想：虽然还没有到降伏大食的时候，但是，若不增援，达戎部落孤军奋战难以支撑。便用金刚自鸣调唱道：

唵嘛呢呗咪吽！

阿拉拉姆唱阿拉，

塔拉拉姆唱塔拉。

十五月轮之宝座，

普度众生无量光，

岭国英雄做祈祷，

八瓣莲花之宝座，

至尊上师请明鉴。

地方初生之太阳，

照耀世间驱黑暗，

温暖苦难之众生，

苍穹密布之乌云，

天降甘露之前兆，
草原百花皆绽放。

制敌大王格萨尔，
天界神族之子嗣，
派遣人间来降魔，
普度众生弘佛法，
救赎六道轮回众，
在此盛大之会场，
驱散黑暗之明灯。

叔父查根总管王，
判断黑白和是非，
寄托国事之三人，
商议大事聚此处，
岭国四大之部落。
处理出征之大事，
岭国四大重臣听；
判断是非黑白时，
岭国四大元老听。

就在前段时日里，
达戎叔父超同他，
财迷心窍多诡计。
达戎九百之牧户，
一生聚集之财富，
一夜之间皆毁尽。
不服带领十万兵，
扬言夺回其财物，
还说要报杀人仇。
然而事情与愿违，
不说夺得胜券归，
豪言壮语被风吹，
不少勇士献生命。
如花似玉俩侄子，
险些性命也归西。

事已至此之以前，
为何不派信使来？
超同是否已发疯？
英雄香奈赤杰你，
战事已到难挽回，

为何不谏不阻止？

为何等到这时候？

藏历木虎之年月，

预言降伏大食国，

高原藏人降福运，

北方辽阔之地域，

必有一战分高低，

骏马比赛分胜负。

富饶岭国之疆域，

上岭中岭和下岭，

上岭赛部之军团，

黄人黄马浪翻滚，

充满赛部之大地，

首领金座之位置，

赛部尼奔达雅坐。

率领右翼之英雄，

贡巴布玉察嘉将；

率领左翼之英雄，

阿巴布玉班觉将；

随军效命之将帅，

八位虎将去辅佐。

中岭文布之军团，

红人红马似火焰，

军团好似火山喷，

白色银宗之主人，

文布阿奴贝桑将。

率领右翼之英雄，

赞古贝巴克杰将；

率领左翼之英雄，

千户超擦玛赖将；

随军效命之将帅，

六位勇士去跟随。

下岭穆江之军团，

白人白马似雪崩，

海螺军团之精英，

穆江仁青达鲁将。

率领左翼之英雄，

朵庆曲江贝纳将；

率领右翼之英雄，

董氏达拉赞普将。

除此岭国疆域内，
除了八十英雄外，
各自兵马皆备齐，
各自出丁五百位，
霍尔魔国之两部，
各自出兵五十万。
辛巴梅乳为统帅，
随军将帅须过硬，
门隅姜域之两部，
各自出兵五十万，
玉拉妥居为统帅。

随军将帅要可靠，
整个岭军之元帅，
王子扎拉泽杰将，
右路大军之指挥，
丹玛强查托古将，
副将玉珠托古将，
泽慕达瓦查赞将，
赞布顿驰拉达仨。

左路大军之指挥,

达杰桑达阿东将,

无敌噶庆宗杰将,

无敌查古达瓦将,

勇士琼纳通古将,

玉赤贡俄等小将。

能与敌人对决者,

八位黑色之魔将,

七百五十大勇士,

叔父嘎乃永不变。

眼下各位需出战,

四个半年之时日,

大王要开财宝宗,

到时精兵和良将,

各个前去立功业,

不用惧怕勇士们。

雄狮大王格萨尔做了如此部署后,各路将帅和英雄都没有异议。坐在右侧座首白色海螺座上的王子扎拉心想：大王由于年事已高,不能亲自督此战,而我年纪尚轻,率领如此规模的大军拿下大食的确有困难,虽然有门隅和姜域大军的协助,但大食兵强马壮,将士各个六艺精湛,如果大王不亲自督战,我难以指挥如此大规模的军团作战。便从胸前的小佛龛里取出一条五彩哈达献与格萨尔大王后唱道：

唵嘛呢呗咪吽!

阿拉拉姆唱阿拉,

塔拉拉姆唱塔拉。

父系五方佛明鉴,

母系空行母明鉴,

敬礼我部五主神,

心想事成保佑我。

如若不识此地方,

玛域平安聚会地。

洁白雪山吉祥门,

巍峨玛卿大雪山,

象征王位永世固;

吉祥富庶之森林,

凶猛老虎显自在,

象征岭国男儿勇;

玛域吉祥之湖泊,

无底湖泊鱼虾嬉,

象征民众根基稳。

狮虎龙戏永固宫，
天界神佛之主宫，
彩虹大帐之金座，
尊贵叔父格萨尔，
请您聆听有话讲：
今年出征之事宜，
根源就在达戎部，
财宝国王之命运，
大食财富之国王，
财富幅员皆盈余，
福运双拥之国王。
兵马虽然很强壮，
精神领域难把控，
大王若是不督战，
替代大王我行否？
大军首领能担否？
出征能握胜券否？

一来总管年事高，
二来北方地域广，
三来北地风沙大，

四来扎拉魄力小，
担心能否打胜仗。
举例说明是如此：
宽阔无垠苍穹中，
乌云密布遮天空，
若是日月无光华，
难以驱散黑乌云；
西方大食英雄众，
若是大王不临阵，
谁能对付恶魔众。

富饶玛域之岭国，
施展法术之高人，
除了超同无他人。
眼下难以制伏敌，
王子拉贵奔鲁将，
无敌大王亲侄子，
遗传嘉擦之勇气，
如此英雄难取胜；
随从将帅似猛虎，
制伏大食之勇士，

射箭犹如鹞鹰飞，
杀得利剑亦卷刃，
未能取胜反而败。
看透犹如割麦穗，
我等能夺胜券否？

泽杰我之想法是：
雪山主人是雄狮，
轻风吹过鬃毛扬；
百兽总归来称王，
密林之中花斑虎，
浑身斑纹吸引人，
最终山涧血成河。
岭国军威大王撑，
敌人虽然无比勇，
最终财富落岭国，
黑头藏人得福祉，
天界意愿大王知，
释迦善法传人间，
此等幸福何处寻？
是否如此王臣断。

听完后，坐在前排座首圆形垫子上的总管王戎擦查根站了起来，他的双眼好似南红一般，古铜色的面容犹如玛瑙一样，发辫和胡须白如海螺，双眼珠子蓝似碧玉，手拄白色竹杖，身着朱红袍子，脚蹬绣着彩虹图案的靴子，被两名侍从搀扶着，分别给格萨尔大王和王子扎拉献上一条洁白的哈达后唱道：

　　唵嘛呢呗咪吽！
　　阿拉拉姆唱阿拉，
　　塔拉拉姆唱塔拉。

　　安康福泽之宫殿，
　　根本上师请明鉴，
　　中心莲花宝座上，
　　真心诚意做祈祷，
　　空性声调自然成，
　　听到此音依善法。

　　如若不识此地方，
　　玛域岭国之上部，
　　玛曲上游是玛多，
　　形成玛多之源流，
　　弘扬印度之善法，
　　金色太阳光万丈，

银色皓月当空照，
纯洁繁星当空悬，
礼节好似火焰般，
碧玉犹如湖水蓝，
善法兴旺如此因。
玛麦形成之原由，
汉地法度极其严，
法典就有十三部，
法鞭九十九条整，
犹如深海之海螺，
响遍大地传法度。
法度严厉似铁锤，
严厉之声似雷鸣，
法度严明由此因。

如若不识我是谁，
山沟青色之大山，
西方圣山冈底斯，
山口碧绿之湖水，
玛旁雍措之圣湖，
开辟大地初长成，

最先称王之先辈，

董氏戎擦总管王。

人间开发智慧前，

我的智慧似利箭，

未来之事皆预知，

聪明睿智总管王。

莲花雪狮之宝座，

古铜肤色似玛瑙，

双眼红似珊瑚般，

牙齿皓洁如海螺，

舌面阿字自然成，

首部发辫之边际，

战神火焰熊熊燃，

威玛尔圣光四射，

九大护卫之战神，

鸣叫之声似青龙，

开天之势似雷霆，

十万战神威玛尔，

十万山神保护神，

犹如影子般相随。

空行之子无上尊，

普度来生至宝尊，

当下首领无上尊，

叔父亲侄至宝尊，

制伏死敌无上尊。

叔父先知预言中，

高原四方十八宗，

财运福运引藏地，

无上国王之使命，

西方大食之国王，

除您之外无人敌。

追逐大食之步伐，

除了大王枣骝驹，

再无其他能追赶。

降伏恶魔之军团，

除您密咒无他法，

大王出征是天意。

至此过往之争端，

一半算是超同过，

一半便要随天意。

古人哲理谚语讲：

绿草百花不繁茂，

是因阳光太炎热；

大地山丘不解冻，

是因暖流被阻断。

达戎兵马不取胜，

积攒财富被敌夺。

过去之事不反悔，

过往成命难收回，

好似礌石难返回。

王命如山不能违，

赴汤蹈火我自愿，

此非老人之胡言。

小侄扎拉你请听：

你乃董氏之后裔，

无敌国王之亲侄，

东方岭国顶梁柱，

神帐宫殿之精英，

星辰之中的日月，

如此之言在理否？

扎拉勇士无可惧，

除此之外无赘言。

开往大食岭军团，

英雄将帅似雷霆，

胜券实乃囊中物，

率领精锐之军团，

非你莫属无他人。

时过三年之以后，

雄狮大王来助战，

在此之间征战事，

叔父我来做辅佐，

当下迅速来集结，

二位侄子陷困境，

诸位王臣铭记心。

叔父总管王戎擦查根唱完了这首做出决断的歌后，王臣及各路英雄都觉得言之有理，纷纷表示赞同，异口同声地说："啦嗦！啦嗦！！！"

翌日清晨，格萨尔大王派尚玛巴杂到住在霍尔四方阿青塘俄绒奔巴察宗的辛巴梅乳孜处报信，派米普达雅到住在北方邦噶纳九层尸骨城的阿达拉姆处送信，派穆布协噶江扎到住在南方门隅江扎白城堡的邓琼达拉赤嘎处报信，派阿盖仓巴俄洛到住在姜域盐城的玉拉妥居处送信，并给岭国其他部落的首领也派出信使——发了通知。

午后时分，使者米普达雅到达北方邦噶纳九层尸骨城，由于阿达拉姆有先觉先知，知道使者已到，便派女将青措到城门口迎接。她们将使者迎进阿达拉姆的大殿，好酒好肉款待了使者。吃饱喝足后，米普达雅详细地将雄狮大王格萨尔欲征服大食的情况给阿达拉姆做了汇报，并将格萨尔大王的信件交予阿达拉姆。阿达拉姆仔细地看完大王的信件后，给她所管辖的上中下各部发去次日召集开会的通知。翌日，太阳刚刚照在大殿金顶时，大臣西嘎达琼恩、姜子达次梦珠、魔将乳扎巴沃和鲁魔泰勒贝纳为首的各个部落首领二十人一一到齐，大家坐定后，阿达拉姆用北地悠长调唱了这首部署兵马的歌：

　　　　　　唵嘛呢呗咪吽！
　　　　　　阿拉拉姆唱阿拉，
　　　　　　塔拉拉姆唱塔拉。

　　　　　　中阴之地无量宫，
　　　　　　空行母后功德丰，
　　　　　　身语意来做祈祷，
　　　　　　消除障碍与恶因。

　　　　　　如若不识此地方，
　　　　　　照壁森林背靠山，
　　　　　　此处赤色大宫殿，
　　　　　　邦噶九层尸骨城。

如若不识我是谁，

上部北方之山系，

红色霹雳之伙伴，

阿达拉姆便是我，

人生就与箭结缘，

出征降敌打强盗。

就在人生前半世，

名冠北地鲁赞王，

下部阿达拉姆我，

兄妹两人来联手，

好似日月悬苍穹，

群山都为我低头，

杀人流血如倾盆，

此般皆为过去事。

二十部落大首领，

现在请听我唱歌。

地方玛域白岭国，

叔父达戎超同王，

所办事情皆成祸，

欲速反而崴了脚，

欲飞可是断了翅，
嘴碎反而成争议，
部落拖入战事中，
出师不利遭挫败。
因此雄狮格萨尔，
已下神之预言来，
下令降伏大食国，
开启财宗造福祉。
岭军迅速要出征，
古乃门隅穆布姜，
黑色魔国黄霍尔，
征集四部之兵马。

我部北方之兵团，
出征部署是如此：
各个首领之部下，
担当顶事之勇士，
膘肥出征之马匹，
各部准备一万骑，
就在明天上午时，

巾帼阿达拉姆我，
阿达射箭之场地，
清点各部之人数，
检查各部之马匹，
魔将乳扎巴沃者，
鲁魔泰勒贝纳俩，
率领军团之右翼，
琼恩大将和姜子，
率领军团之左翼，
中军就由我率领。

按照魔国之规矩，
迈开出征步伐时，
能吞人肉之决心，
活剥人皮之时刻，
能够痛饮人热血，
挂起黑色军旗时，
三军立刻要汇集。
右翼在前左翼后，
中军好似河水流，
派遣勇士要勇敢，

敌人不能占优势，

若是逃跑违军纪。

上师一般敬善法，

若是不解善法义，

好似黄鸭掉水中；

猛虎一般杀敌人，

若是失势溃败时，

好似兵器之小刺；

出嫁姑娘敬婆家，

婆家若是不乐意，

财富再多似恶鬼。

如此这般请理解，

各位大将铭记心。

听完部署军队的歌后，各位首领各自回自己的部落去了。翌日，太阳刚刚出来，阿达射箭场的中心搭起北魔大帐，架起黑色战鼓，北方魔国的兵马黑压压的一片就像是魔湖上笼罩着迷雾一般，军队清点完人数，登记在册后各自回营休整。

小将尚玛巴杂日夜兼程，第四天来到了辛巴的斯朗查普城堡大门口，不见有人迎接，大声叫门也无人应答，便搬起绵羊大的石头狠狠地砸了两下大门。辛巴小将达拉托赞和巴斗唐噶泽古俩闻声开门迎接，领进拉美仁巴厨房中给使者倒茶，茶后，尚玛巴杂将大王的命令向辛巴梅乳孜用歌唱道：

唵嘛呢呗咪吽！

阿拉拉姆唱阿拉，

塔拉拉姆唱塔拉。

唱歌敬献佛三宝，

三界皈依善佛法，

引导众生信善法，

善法佛教日兴盛。

如若不识此地方，

霍尔威严之大地，

辛巴梅乳大城堡。

如若不识我是谁，

尚玛巴杂小乞丐。

藏族古人之谚语：

上师首领和贵人，

虽隔千里皆知晓；

乞丐恶鬼小气鬼，

就算敲门无人应。

话语如此也属实,

我非胆怯因冷面,

不为财富来此处,

奉命大王之寄托,

圆石一般滚到此。

请听辛巴梅乳孜,

洗耳恭听有话说:

今年大食大力士,

捣毁达戎之兵团,

不少将帅已殉国,

三位侄子和超同,

危似山巅香獐粪,

随时就会落深渊。

因此过去之时日,

大王得到神预言,

要征西方大食国,

造福高原之百姓,

为此召集各英雄,

八十大部之首领,

准备兵马要出征。

阿青霍尔之地方，

尚玛巴杂来报信；

北方魔域之地方，

米普达雅去报信；

南方门隅密林地，

穆布协噶去报信；

姜域盐湖之地方，

仓巴俄洛去送信。

四方首领之兵马，

筹集十万精锐军；

岭部神勇之军团，

筹备五十万兵马。

岭国五十万精兵，

根除大食大力士，

积攒之财皆夺回，

造福高原老百姓。

各部军团之部署，

霍尔三部魔两部，

命令辛巴你统帅，

兵团先锋之人选，

还有殿后之将军，
如何安排辛巴定。

本月十五日之时，
备好兵马要出征，
岭国军团之首领，
王子扎拉泽杰将，
门姜两部之统帅，
姜域玉拉妥居等，
征战三年之时候，
大王计划分财宗，
大地充满骏马蹄，
空中全是刀剑飞，
遮住日月之光辉，
繁星为此也惊奇，
一切安排皆有因。
不要耽误快行动，
霍尔大地之六部，
派使送信要尽快，
率领兵马之将帅，
按时派人去通知，

在此不用多废话，

请您铭记在心头。

听毕，辛巴梅乳孜心想：雄狮大王格萨尔所派这位信使还没等我们开门就用石块砸门，而且口出狂言，听说尚玛巴杂爱说谎言，犹如'对待恶狗要用乞杖'的俗语一般，应该对他做了试探，但是打狗需看主人脸，我对他还是悠着点为好。但之前在姜岭大战时，就由于听信尚玛巴杂等人的诽谤之言，引发了我与丹玛大将的不和，今天得教训教训他。辛巴如此想着，挺了挺身体，捋着胡须用细水长流的辛巴唱调唱道：

唵嘛呢呗咪吽！

阿拉拉姆唱阿拉．

塔拉拉姆唱塔拉。

天泰地泰和中泰，

助佑我来唱此歌，

定夺要事需帮助。

如若不识此地方，

霍尔大地戈壁滩，

四方阿青之大地，

塘俄绒奔是其名，

城墙高耸似驴耳，

之前取名亚斯城，

斯朗查普为现名。

如若不识我是谁，
率领十万大军时，
官名叫做辛巴王，
现在好似猫头鹰，
霍尔部落似繁星，
而今已经皆衰落，
无法筹备十万兵，
阿青弹丸之小地，
勉为其难我为王，
压根没想是首领。
我从四十九岁时，
直至今年六十一，
服务于民十二年，
以身作则辛巴我，
并非未率十万兵，
并非没有杀过敌，
并非没有随大王，
我不喜居人之上，
亦不喜居人之下。

今年出征之计划，

大王命令贵如金，

铝与黄金不等价，

有言不吐不快哉。

威厉辛巴梅乳孜，

年事已过六十岁，

年过六十奔七十，

身老气衰力已竭，

头发苍白似秋草，

毛发白似羊羔毛，

洁白牙齿三十颗，

接二连三已回家，

佝偻弯曲之身体，

跟那弯弓无两样。

除了此般更甚者：

八十骏马之当中，

红色小马跑不动，

年岁已大真伤心；

八十武器之当中，

利剑已经难挥舞，

手臂无力真伤心；

岭国八十英雄中,

辛巴难以杀敌人,

身体衰竭真伤心。

上身内火已攻心,

火气旺盛似火烧;

下身已被寒气侵,

寒气已透似水浇;

腰间冷热相间袭,

中风已久病根深。

静脉曲张已打圈,

动脉僵死不通畅,

胸内五脏六腑间,

腹中胀气难忍耐。

说大不大似豌豆,

说小不小如豌豆,

豌豆大小不消除,

就在去年之时日,

进食饭量似豌豆,

反感进食食欲差,

六味良药难治愈。

此次出征已无望，

人老珠黄已无用，

老骥伏枥难奔跑，

犹如衰鸟绻枝头。

若是非要去出征，

尽量凑齐三万兵，

巴杜噶热为领军，

按需三十万大军，

空谷之中难征集，

如此这般请回复。

算我还是幸运者，

有幸看见尚玛你。

还未老死辛巴我，

允许此次给准假，

明日死去皆了结。

虽然不敢做请示，

然而非得勉其难，

锡铁不易用锤砸，

然而不得不敲打。

如此重大之请示，

卓洛妥嘉我坐骑，

年岁已高还能跑，

作为使者之谢礼，

一是阿青地辽阔，

二是天气寒风大，

三是着装衣服缺，

四是地域经济衰，

请你汇报我难处。

听完后，尚玛巴杂心想：以无敌雄狮大王格萨尔的意思，除了按数筹集兵丁战马外，其他理由一概免谈，之前出征姜域时，辛巴也是打了退堂鼓，看来这次又要推辞，尤其对待我的态度好似对待浪狗一般，上午我如乞丐一般叫门，半天没有人迎接是故意之举，现在和他对着干不明智，好似恶狗内讧一般，还是以礼相待为好。于是说道："辛巴大王请您听，您没有必要如此搪塞我，按照雄狮大王格萨尔的旨意，我还有三句话要说。"便唱道：

唵嘛呢呗咪吽！

阿拉拉姆唱阿拉，

塔拉拉姆唱塔拉。

上师本尊和三宝，

虔诚祈祷请加持，

加持解除所有劫。

若如不识此地方,

霍尔四方阿青滩,

耳熟能详之地方,

谷顶雄伟之雪山,

犹如九层白帐篷,

谷口淌出之河流,

好似霍尔之铸铁,

谷间形成之湖泊,

倒影白色亚斯城。

我乃岭国尚玛使,

嘉洛顿巴之臣子,

阿奶珠姆之近臣,

大王派遣之使臣,

是否认识辛巴将,

要说实话莫戏言。

若要实话是如此:

光芒万丈之太阳,

还要繁星做陪衬,

星辰虽然不发光,

阳光照射显自形;

横击长空之鹏鸟，

比之雄鹰飞技高，

不敌空中之狂风，

雄鹰心中皆有数；

沼泽地里之野驴，

听说能比千里马，

若是野驴不给力，

骏马心中是如何？

出征西方大食时，

理应辛巴最勇猛，

若是畏缩不参战，

辛巴心中作何想？

若是北方不太平，

病痛死亡和遗弃，

违背大王之使命，

若是返回岭国地，

尚玛巴杂难复命，

您虽年高无衰相。

高原藏人之谚语：

六十壮年正当时，

以一敌二之好手，

十五少女之偶像；

三岁出头之骏马，

北方野牛之赛友，

发情母马之首选；

长鞘亚斯之利器，

创世之时已存之，

兵器当中之魁首。

尚玛巴杂之想法，

北方阿青该出兵，

辛巴应命该出战，

出任霍魔二部将，

应该调集部众将，

如实禀报我大王，

放弃退战之想法，

铅铁还需硬敲铸，

应该抡起大铁锤。

富足之处霍尔地，

阿青军团猛无敌，

今年召集三十万，

没有想到会推辞，

尊贵辛巴细思量。

我自十六岁以来，

今年已到三十九，

传输王命之专使，

始终没有出差池。

猎人不会吃私食，

眼下亦无此想法。

辛巴首领之座前，

您说如何就如何，

您说吃甚就吃甚，

国王面前我美言。

我从岭国出发后，

现在已过四昼夜，

踏破鞋底已断食，

知道感恩有口福。

卓洛妥嘉千里驹，

年岁虽大是神驹，

仆人尚玛哪敢要？

霍尔辛巴福运足，

准备出兵别疑虑，

耽误要被大王罚。

快速召集精兵众，

清点兵马之数目，

辛巴大王请铭记。

听毕，辛巴梅乳孜心想：使者尚玛巴杂所说言之有理，言辞犀利得好似利剑一般，再拖延时间恐会延误战机，而且会触怒雄狮大王格萨尔，最终使自己落得里外不是人。于是说道："你尚玛巴杂虽然是格萨尔大王派遣的使者，但守门人还没来得及开门，尔等就敢砸门耍横，实属过分，吾等这次真心不想出兵，可为了大王之命，不破坏整体出征计划，我会及时出兵，请你如实回复禀报。"

于是，辛巴梅乳孜遣使向管辖霍尔上中下各地的首领巴杜唐嘎泽古、泰赖布玉托赞、巴杜尼赤邦仁、辛巴南拉托赞和日巴阿贵泽嘉等人发出召集的通知。

翌日清晨，好似莲花绽放的开阔地上，搭起了辛巴梅乳孜的血海大帐，辛巴金座两侧摆满精致的九十副坐垫。太阳照上山川的时分，阿青六部的白色军团犹如风雪袭来，黄色军团好似百花齐放，蓝色军团宛如大雨倾盆，红色军团好像火山喷发，黑色军团仿佛黑烟翻滚，六部军团像流水般齐汇阿青大滩，五颜六色的军帐如苍穹繁星密布，大地百果累累，如此雄壮的兵马阵势就连阎罗看见也会小腿发抖。

就在此时，辛巴梅乳孜身着白色胡服，系着红色腰带，戴着镶嵌珊瑚的红色霍尔毡帽，帽顶上插满五颜六色的孔雀羽翼，腰间挂着一块盘子大小般的金质护身腰镜，胯边插着浸毒宝剑，脚蹬绣着三层彩虹纹的长靴，来到足有三只野牛大小的祭祀霍尔神灵的神石旁边，说道："我乃泰茂霍尔之后裔,白色亚斯之精英,一直跟随格萨尔大王为了世界和平南征北战,东讨西伐,现在由于年岁已迈,体力每况愈下,就回到故地休养。"说完来到大帐内,大帐里已经摆好鲜美的牛羊肉和甘醇的马奶酒,还有香甜的酥油茶,辛巴梅乳孜吃完大块肉,喝尽大口酒,便唱起了部署兵马的歌:

唵嘛呢呗咪吽!

阿拉拉姆唱阿拉,

塔拉拉姆唱塔拉。

上部无垠之苍穹,

日月相辉之天际,

白色天泰法力大,

虔诚敬献请佑助。

半空开阔之云间,

白云漂浮之宫殿,

花色中泰速度快,

虔诚敬献请佑助。

下部大地之四方,

狂风席卷之宫殿,

黑色地泰具威力,

祈请佑助辛巴我。

青铜城堡之巅峰,

毒气弥漫之宫殿,

觉拉多杰贝巴鉴，
保佑辛巴来唱歌。

如若不识此地方，
北地霍尔莲花滩，
城堡高耸戳破天，
白色亚斯之上方，
有些叫赞布达宗，
不叫赞布达宗者，
神勇无比无人比，
面对强敌显神威，
日月之上有九天，
不会畏惧红火焰，
大地之下有九层，
像我一样之精英，
霍尔霹雳之后裔，
名叫辛巴梅乳孜。

若如不识此歌名，
绵绵细水长流调，
象征流水不断意，

金座之上唱此歌,

部署千军万马时,

唱出礌石翻滚势,

降伏强敌之歌曲。

今天要唱此歌曲,

右侧达拉占堆听,

左侧奔图鲁杜听,

贡巴康巴玉丹听,

首领唐嘎泽古听,

唐巴朱固克杰听,

乳贝阿贵泽嘉听,

奔巴东达赤赞听。

霍尔十二大部落,

出征部署是如此:

英勇黄色之五部,

黄帐王之大军团,

威武英勇黄军团,

好似太阳照大地;

后续唐巴五万军,

犹如暴雨袭海面,

左翼五万黑军团，

黑帐王之大军团，

黑色军团似迷雾；

后续乳巴五万军，

好似田里万马奔，

其后白色五万军，

白帐王之大军团，

宛如雪山擎天势；

之后奔巴五万军，

宛如猛虎下山势。

嘎巴聂杰和贡嘎，

带领精兵三百骑，

为阻敌人得上风。

泰赛布玉托赞将，

巴杜尼赤邦赞等，

带领勇士三百六。

三千六百敢死队，

阿青霍尔之精锐。

明天黎明之时刻，

公鸡晨啼之时分，

海螺吹响之时刻，

必须饭饱和茶足；

战鼓擂响之时刻，

齐备坐骑之马鞍；

鼓声信号响起时，

带领各自之兵马，

四部兵团皆到齐。

今天士气似以前，

行军途中防三点：

遇到峡谷崎岖路，

北地险要道路窄，

不能急于要定夺。

驻军注意三件事：

宽阔断道强盗路，

密林难辨窃贼道，

河面开阔懦夫道，

此等三地不扎营。

制高地域平整处，

开阔之处可驻军，

大食尼姆玉塘滩，

攻破我军无数次，

此次誓死要胜利，

要是逃跑军法惩。

取胜将士有奖励，

此聚将士牢记心。

听毕，霍尔部众上上下下铭记在心头，离本部远的军团就地驻营休息了，近的都回家休息。次日黎明时分军螺吹响时，将士们纷纷起灶做饭；战鼓擂响时，大家已经备好了马鞍；擂起进军鼓声的同时，大军拔营出征。

再说使者穆布协噶江扎披星戴月、日夜兼程，四天四夜后来到南方门隅之地，使者向邓琼达拉赤嘎详细地汇报了雄狮大王格萨尔将出兵大食的消息。

翌日清晨，邓琼达拉赤嘎命令门隅七大部落征集二十五万兵马，并将各大部落首领召集到白色神帐中议事，邓琼达拉赤嘎向部将们唱了这首部署兵马的歌：

唵嘛呢呗咪吽！

阿拉拉姆唱阿拉，

塔拉拉姆唱塔拉。

礼敬仓巴冬西神，

玉拉穆布护法神，

嘎巴色嘉热巴神，

助佑我来唱此歌。

如若不识此地方,
南方阿赛大平原。
如若不识我是谁,
雪山密集之下部,
东措噶牧之上部,
绿色平原之上边,
嘎鲁杂巴大宫殿,
白色嘹亮海螺殿,
邓琼达拉赤嘎王,
白色军团之统帅,
辛赤大王之命臣。

光芒四射太阳旁,
星星难以照大地,
就算不亮是天数;
猛虎爬起之地方,
小鹿哪敢独自留,
虽然不敢是命数;
无敌大王之权威,
像我哪能去插手,
虽然不能是王命。

今年发生之战事,

无敌英雄格萨尔,

得到天神之授记,

征服大食财宝宗,

开放宝库利藏人,

卫藏拉萨之释尊,

虔诚敬礼献明灯,

敬献洗罪之圣灯。

南方兵马三十万,

现在我来做部署:

上部杂绒三部落,

五万白色之军团,

是我邓琼之精锐,

排在大军之中间,

军团首领由我当;

南卡珠扎大力士,

率领兵马做准备,

门将玉乃赤赞他,

好似猛虎起身般;

下门贝噶三部落,

大食财宝宗

黑色军团五万兵，

作为军团之左翼，

贝茹托纳为首领；

好似黑熊饮热血，

黄色军团五万众，

作为军团之前军，

阿赛托杰为首领，

宛如赞神发神威；

花色军团五万众，

跟在军团之末尾，

卡多东杰赞布将，

塔琼忠布威噶将，

措卡聂赤奔图仨，

率领军团之先锋，

作为右翼杀敌军，

犹如山尖之礌石，

贪生怕死会丧命，

野牛狂妄会中箭。

藏族古人谚语讲：

遇到上师做善事，

不成善事被魔扰；

遇到强敌去挑战，

不敢独斗因女眷。

我虽未亲眼目睹，

然而还是有耳闻，

大食财富之国王，

精兵良将声势广，

此次英雄去远征，

要是取得胜券归，

奖赏就是封万户，

好似狐狸乱叫嚣，

丢人现眼传四方，

此等各位记心中。

明天天亮之时分，

海螺军号吹响时，

备鞍上马做准备，

隆隆法号吹响时，

各部兵马皆到齐，

大食尼姆玉塘滩，

如何取胜之战术，

具体部署我来做，

各位将帅铭记心。

听毕，各部首领回去清点了自己的兵马并检查所有兵器。

次日清晨，当海螺军号吹响时；各部将士已经饭饱茶足，吹响集结号的时候，各部将士上马依次集中。邓琼达拉赤嘎也上马准备出发，留守的父辈叔父们，圣母达瓦泽丹为首的女眷们手持哈达和美酒前来送行，叔父尼玛却热献上一条表示吉祥的哈达后，用细水长流调唱起了行军平安和凯旋归来的歌：

唵嘛呢呗咪吽！

阿拉拉姆唱阿拉，

塔拉拉姆唱塔拉，

塔拉实乃歌之调。

献歌仓巴冬西神，

祈祷压制四方敌，

祈祷玉拉查赞神，

保佑王臣运势高，

祈祷索嘉热巴神，

保佑勇士众部将。

如若不识此地方，

犹如圆鼓之平滩，

阿赛中部开阔地，
大王草场之上部。

如若不识我是谁，
山谷形成三大山，
三座雪山似宝塔，
达巴谢茹大草山，
普度众生之善法，
空行母之大宫殿，
谷口形成三湖泊，
犹如绣绘万字符，
杂茹玉措碧玉湖，
清洗世间之污浊，
十万空行加持水，
南方杜青米达地，
一心虔诚礼佛者，
尼玛却热便是我。
年方花甲六十整，
人生就为善法生。

成就天母之侍从，

格萨尔王之高徒,
辛赤王宫之脊梁,
门隅七杰之魁首,
大王珍贵之近臣,
邓琼达拉赤嘎将。
今天听我来唱歌,
藏族古人有谚语:
善法不传会衰落,
法度不严会乱政。

高原蕃人有说法,
今天吉祥之时日,
三句嘱咐必须言,
犹如古人谚语讲:
高僧大德之加持,
终身伴侣之肺腑,
善良父母之祝福,
注定命运三大因。
因缘良好之爱子,
达瓦泽丹之慈母,
自从怀孕之日起,

杂茹奶湖之湖畔，
获得右旋之法螺，
之后经历九个月，
戌亥两月接替时，
萨嘎达瓦之初一，
顺利诞生慈母怀，
梵天大王赐玉带，
成就天女做洗礼，
三谷沟口汇聚处，
红色猛虎在咆哮，
达拉赤嘎取为名，
腰挂三械之年岁，
能与强敌征战时，
雅拉年布为护神。

今天吉祥之日子，
祈祷万事皆顺利，
凯旋归来家团圆，
骏马福运一起来，
获得全胜得凯旋。
南部军团虎豹师，

犹如苍穹之雷霆，

祈祷刀剑皆不入，

查赞山神请保佑，

祈祷不落恶鬼道，

达巴神山指明路。

藏历木牛之年岁，

达拉首领和将士，

不衰不败皆回来，

吉祥祝福满天际，

祈祷之愿满大地。

唱毕，父子亲属们相互祝福敬礼，碰头致意。首领邓琼达拉赤嘎给父母各自献上一条洁白的哈达后难舍难分地上路了。

再述使者阿盖仓巴俄洛日夜兼程六天六夜之后，来到姜域擦热大滩，殿门侍卫上前热情地接马欢迎，将使者邀请到大殿嘘寒问暖，热情招待。使者将召集兵马的信件献给了姜域大王，玉拉大王立即命人召集姜域七大部落首领和上中下各部的英雄集会。

面如皎月的玉拉妥居坐在高高的碧玉宝座上，向各路首领和英雄们宣布雄狮大王格萨尔召集兵马的消息，并将部署兵马的事宜一起唱道：

唵嘛呢呗咪吽！

塔拉拉姆唱塔拉。

上界空旷之苍穹，

白色天泰神之子，

神子子嗣不计数，

开心微笑欢无比，

幸福笑声满天际。

昨夜梦中之奇景，

北方野牛之军团，

被那红色雷霆击，

高原藏人得福祉，

圆满国王之愿望，

北方纳焰枣骝驹，

被那力士已擒拿，

获得不少之物资。

今天请听有话说：

西方大食和岭国，

举个例子是如此：

中间高耸之大山，

何以能把围绕之？

南边玛旁雍措湖，

小舟能否达彼岸？

大食财宝之国王，

幅员辽阔权势强，

马桑幻化之国王，

降伏四魔是天意。

英勇好似霹雳闪，

兵马犹如火山喷，

军团宛如海浪翻，

众将无需担心哉！

出征部署是如此，

上部犹如虎踞处，

筹备精锐一万人，

率领军团之首领，

黑色铸铁城堡中，

大臣古杰阿丹将，

左右两翼辅助军，

冬杜擦噶拉尔将，

万户达拉威巴将。

红色主力十万军，

率领军团之将领，

木雅曲杰旺秀将，

猛虎一般之副将。

兰麦拓美二兄弟,

无敌阿噶塔巴和,

无敌阿纳东布俩,

带领各自之部众。

下部地域之部落,

绿色军团十万兵,

率领军团之将领,

大臣酷秀玉查将,

辅佐主力之副手,

查巴南嘉托贵将,

庆布阿俄托贝将,

人马兵器皆备齐。

阿丹央丹和杰丹,

黑白花色之军团,

三大军团之首领,

嘉朵达茂克杰将,

雅赤奔巴嘎琼将,

日奔玉珠占堆仨,

带领自己之部众。

右翼军团之首领,

姜域贡杰阿丹将;

左翼军团之首领，

大将酷秀玉查将；

先锋军团之首领，

邓琼达拉赤嘎将；

殿后军团之首领，

木雅曲杰旺秀将。

三大板块之军团，

左右尾翼衔接牢，

整体军团由我率，

从今以后之时日，

各部不能自顾自，

骏马骡子要分开。

后天二十九日时，

太阳照到山尖时，

吹响军螺之时刻，

首先右翼先出发，

之后前锋和左翼，

准备一千名骑兵，

开到尼姆大滩时，

举例说明是如此：

布谷鸟从门隅来，

停落柳枝之时候，

六变之调不鸣叫；

掌握时节之灵鸟，

南天漂浮之云朵，

如果不降及时雨，

不是润物之云彩。

姜域今天出征时，

英雄不夺胜利券，

全副武装无意义，

玉拉要是犯军纪，

耻辱黄河也难洗，

此聚将士铭记心。

　　唱毕，大家纷纷应诺，遂向姜域上下各部传送大王之部署。第二天，姜城玉拉妥居王打开兵器库给各部将领和勇士们分发了刀剑、长矛和弓箭等武器。

　　翌日，太阳初升，姜域三军前不见首、后不见尾，雄赳赳、气昂昂地向着北地奔去。连续行军十个昼夜后，门隅和姜域两大军团相会在玉默纳塘滩，两部首领邓琼达拉赤嘎和玉拉妥居两人下马相互致礼，问寒嘘暖，驻军歇息。两部行军又过了七天七夜来到岭国白玛拉塘时，岭国上部的赛巴八部、中部的文布六部、下部的穆江四部、噶、珠、绒等三部和擦香十八大部以及黑白果觉两部，均齐刷刷地聚集在玛域达塘草原上。岭国善法上师、人中太阳格萨尔王召集长辈叔父、首领、将帅及女眷们到神帐中，在各自的位置上坐定。拯救三界的上师岭王格萨尔诺布占堆，坐在圣光四射的宝座上，向王子扎拉泽杰和岭国将士们赐予了成就天母的护命结、战神之护身符和山神格佐的圣帛等护身用品后，微笑着用金刚道歌之调唱了这首吉祥的祝福歌：

  唵嘛呢呗咪吽！
  阿拉拉姆唱阿拉，
  塔拉拉姆唱塔拉。

  上部善法永恒宫，
  法身更登桑布鉴，
  祈祷拯救六道众。
  东方布达拉圣地，
  报身观世音明鉴，
  造福世间之人类。
  铜色福地之圣山，
  虔诚祈祷文殊尊，
  解除障碍和恶因，
  十善之光照大地。

  如若不识此地方，
  玛域吉祥之坛城，
  瞻部洲之中心地。

如若不识我是谁，

洁白雪山吉祥门，

阻挡风雪之主人，

雪山狮子身体壮，

天意授命而为之，

红色山崖之城堡，

搏击狂风之能手，

雄鹰虽然不欲飞，

飞技出众之天意，

波涛汹涌之大海，

翻起白浪之能手，

金鱼本不翻波涛，

是它天生之命数。

上部纯净之天堂，

降魔除害之首领，

我虽不想来承担，

抽签抓阄归天命，

当年年方十五岁，

今年四十又八岁，

降伏恶敌心所向，

以后继续为此业。

今年出征之兵马，

举例说明是如此：

宽阔无垠之天际，

绵绵细雨从天降，

甘露欲润万物生，

温暖阳光来沐浴，

是为五谷皆丰收。

东方玛域白岭国，

英雄兵马先出征，

征服强悍之敌军，

我在之后就跟随，

变幻之术开宝库，

造福高原之蕃人。

欲界天神之宫殿，

殊胜宫殿无比坚，

梵天大王心欢喜。

无热龙宫之宝库，

珍宝成山富无比，

顶宝龙王心安逸。

人间岭国之地方，

泽杰英勇似雷霆，

雄狮叔父我放心。

今天吉祥之时日，
岭国王臣众将士，
出征军团之助力，
梵天大王来相助。
夺回财宝之铁钩，
念青唐拉放在心。
军团打开宝库时，
顶宝龙王请佑助。
掘挖恶敌心脏时，
红色年达鼓勇气。
遇到困难为难时，
南曼杰姆请预言。
军团上阵杀敌时，
玛杰奔热来相助。
祈祷王臣皆平安，
祈祷凯旋得团圆，
我的祈祷会圆满，
慈悲上师之祈愿，
兄弟子孙皆如意，

我所祈祷之善愿，

王臣将士皆平安。

各位将帅铭记心，

不听不再做解释。

唱毕，雄狮大王格萨尔向出征的首领和将士们做了禳解魔障的加持和诵经洗礼。坐在洁白海螺座位上的扎拉泽杰，起身向格萨尔王献上一条祝福吉祥的哈达，然后用雪狮狂吼调唱起了这首祈福的歌：

唵嘛呢呗咪吽！

阿拉拉姆唱阿拉，

塔拉拉姆唱塔拉，

塔拉实乃歌之调。

苍穹彩虹之宫殿，

空行圣女聚集处，

三时化身莲花生，

神子虔诚做祈祷。

无边无际之穹庐，

厚雾密云之当中，

白色狮面法术尊，

祈祷保佑胜强敌。

九层铜色贝巴城，

血海汹涌之空界，

年神达拉之命主,
割除强敌之心脏,
保佑泽杰唱此歌。

如若不识此地方,
富饶玛域白岭国,
平整四方之大地,
布谷鸣叫之福地,
百灵吟唱之乐园,
狮虎龙戏大宫殿,
梵天大王之宫殿。

如若不识我是谁,
桑珠达孜之圣殿,
扎拉泽杰便是我,
无敌英雄传四方。

莲花雪狮宝座上,
七色彩虹之光晕,
拯救南方瞻部洲,
雄狮叔父您聆听,

如实说来是如此：

上部蔚蓝天空中，

敢与繁星比光辉，

实乃皎洁之月亮，

月光照耀黑暗除，

除黑月亮非显摆，

若是太阳不相随，

众生希望寄与谁？

是否此理记心间。

空旷无际之天空，

黑云翻滚雨欲来，

南天青龙来鸣叫，

田野五谷遂生长，

不然雷鸣失意义。

若是大王不出征，

心中恶魔谁来除？

富饶宝库难揭开，

是否在理国王思。

请您聆听还有话：

我攀悬崖之时候，

刺杀野牛不胆怯，

就怕险途难征服；

我涉沼泽之时候，

抓捕野驴不胆怯，

就怕陷入泥潭地；

出征大食之时候，

根本不怕打不赢，

就怕难以服民心。

因此国王请思量，

叔父亲侄扎拉我，

身为七尺男儿身，

胜负兵家之常事，

天气冬夏交替时，

忽冷忽热属常事，

格萨尔王请明鉴。

听完将士们心情舒畅了许多，如释重负，开心地上马准备启程。岭国各部留守的父辈叔父们和慈母嘉萨拉嘎为首的女眷们给将士们敬酒壮行，恋恋不舍。其中格萨尔大王的妃子珠姆身着盛装，迈着空行母般轻盈的步子来到王子扎拉泽杰的面前，用九狮六遍调唱了这首敬酒歌：

唵嘛呢呗咪吽！

阿拉拉姆唱阿拉，

塔拉拉姆唱塔拉,

塔拉实乃歌之调。

东方碧玉之世界,

纯洁海螺之宝座,

度母实乃生命神,

女儿虔诚来祈祷,

心想事成皆顺利,

祈祷将士平安归。

如若不识此地方,

玛域岭国之大地。

如若不识我是谁,

黎明山谷之地域,

玛曲彼岸之河畔,

棕色茶城之内部,

朵康王后珠姆女,

面色红润似神描,

腮骨圆润如宝瓶,

皮肤白皙似锦帛,

柔滑宛如丝帛飘,

青丝飘扬如湖波,

好似湖面飞青鸽,

身材玉立似文竹,

洁齿犹如海螺阵,

胴体丰满双乳挺,

乳房好似水晶瓶,

声音带磁吸引人,

犹如布谷六变调,

珍贵首饰来装扮,

就像龙王之公主。

今日吉祥之时日,

坐在虎皮之坐垫,

皮肤白皙似海螺,

头戴洁白之头盔,

好似东方明月升;

之上飘动之盔缨,

犹如南天云彩飘,

身着洁白之铠甲,

宛如雪狮在起舞;

之上披挂之三械,

好似雪狮扬鬃毛，

今天吉祥之日子，

珠姆喜悦由衷生。

扎拉泽杰请聆听，

几句肺腑要叮嘱：

东方升起之太阳，

绕转四洲照万物，

若是脱离其轨迹，

遇到天狗会食日；

岭国王子扎拉你，

身怀绝技降四魔，

白尾军团之当中，

王臣相聚之时候，

有勇无谋不得当，

献出生命之根源，

此话你等铭记心。

还有一句要嘱咐：

玛域上中下三部，

色措玉措和东措，

不同湖泊有三个；

岭国长系和中系，

幼系部众寄魂湖，

寒冬腊月不结冰。

今年东措冰封湖，

此乃吉祥之征兆，

今天军团去出征，

祈祷降敌凯旋归，

打开宝库造福祉，

吉祥之兆满天空，

祈祷之声彻大地。

扎拉聆听铭记心，

此歌不会有歧义。

岭国将士得此祝福与祈祷后，个个开心无比，上马向着大食的方向而去。

在孟夏初十的那天，岭国各部的兵马和扎拉泽杰的部众，会师在玉默姜塘大草原。扎拉泽杰坐在洁白的海螺宝座上用纯洁六变调唱道：

唵嘛呢呗咪吽！

阿拉拉姆唱阿拉，

塔拉拉姆唱塔拉，

塔拉实乃歌之调。

圣地印度之地方，
祈祷译师玛尔巴，
赐予密法请加持，
礼敬白色梵天王，
礼敬红色年达神，
保佑扎拉出师顺。

如若不识此地方，
北方玉默大草原，
穆布姜和黄霍尔，
古乃门隅黑魔国，
加上岭国五大部，
讨伐大军之驻地。

如若不识我是谁，
欧曲赤宗险要地，
无敌英雄协噶将，
独子扎拉泽杰将，
之前英雄之功勋，
穆布姜和黄霍尔，
古乃门隅皆降伏。

今年年关之以后，

遵从大王之命令，

带兵出征大食国。

大食财宝之国王，

有那恶魔之凶气；

内臣英雄大力士，

犹如阎罗一般狠。

各位将帅请聆听：

东方岭国之军团，

有兵一十五万整，

前去征讨之根源，

西方大食之国王，

栽赃岭国偷青驹，

二话不说来侵犯。

达戎牛羊财和人，

犹如恶魔般偷袭，

达戎首领被活捉，

虐待之苦说不尽。

于是雄狮大王他，

得获天母之授记，

鼠牛二年交替时，
召集勇猛之军团，
讨伐大食财宝宗，
上界天神授此意。

各位将帅请听好，
岭国诸众将士听，
尤其四位命臣听：
到达大食境内时，
勇者相逢强者胜，
如似狐狸摇尾巴，
小命丢在大食国，
勇士若想取胜券，
属地土地和牛羊，
金银财宝来封赏，
还有万户之头衔，
若有违反军纪者，
东方太阳升起时，
作为军中之箭靶，
是否合适众将听。

再说战略之部署：

尼姆玉塘之上部，

驻扎岭国本部营，

能坐万人白神帐，

扎在大滩正中央；

上岭赛部之军团，

驻扎神帐之右侧；

中岭文布之军团，

驻扎神帐之左侧；

下岭穆江之军团，

驻扎神帐之前方。

噶部珠巴和绒布，

三大部落之军团，

还有丹玛十八部，

驻军营帐紧相连。

古乃小部之军团，

加上门隅姜域部，

合成五十万大军，

预防敌人来冲击。

玉拉妥居和达拉，

如何迎战细部署，

青色莲花大滩上，

搭起火焰指挥帐，

霍尔辛巴之军团，

左右中央搭军帐。

我部达戎之军团，

犹如丢弃之孤儿，

好似今日遇父母，

坠入地狱之烈士，

今天就由上师度。

经受苦难之兄弟，

今天终于得快活。

听毕，众将领都觉得扎拉泽杰言之有理，纷纷表示赞同，对扎拉的部署心服口服。

孟夏十三日，大军行军至大食边界的尼姆玉塘滩，达戎部落哨兵们发现了援军的到来，并向达戎首领四母超同王作了汇报。超同王好似春芽等到了春雷般，喜出望外，盘腿坐在高高的金座上说道："今天终于等到幸福的太阳照大地，各位请看看，看看，多么喜人的场景啊！我部将士和首领，好似被弃的孤儿，今天终于等到母子相逢的时刻了。不幸坠入地狱的烈士们，今天就由上师来超度。经受无比苦难的兄弟们，今天终于盼到快活的日子了。"说着便用猛虎狂吼调唱道：

唵嘛呢呗咪吽！

阿拉拉姆唱阿拉，

塔拉拉姆唱塔拉，

塔拉实乃歌之调。

上部彩虹之宫殿,

化身次旺仁增鉴,

善法上师僧伽众,

虔诚祈祷来加持。

血海翻滚之宫殿,

红色马头明王鉴,

中界达拉梅巴鉴,

保佑万事皆顺利,

如若不识此歌曲,

凶猛花虎狂吼调,

千军万马似海涛。

达戎将帅士兵众,

眼下就要成大事,

无比开心无比喜,

人生绵长见识多。

高原蕃人谚语讲:

三春若是布谷叫,

及时甘露至前兆;

金鱼不被鱼钩钓，

就能自由游池塘；

老汉只要有口气，

最终胜利属于我。

请看上方多喜人，

尼姆玉塘大地上，

军帐好似雪山耸，

那是万人大神帐。

大部军团之统帅，

雄狮一般之勇士，

亲侄扎拉便无疑，

左右勇士似猛虎，

不是英武岭将吗？

再看下方多开心，

野牛般的磐石处，

青色帐篷似海涛，

姜域青色八大部，

好似青龙出海势，

那是玉拉妥居将，

不是南方之兵团？

雄狮盘踞雪山势，

不是达拉赤嘎吗？

心惊胆战大食王，

大军何止就这些。

大家继续往前看：

好似乌龟之坡地，

红色河流之边上，

红色军帐似火焰，

血海火焰指挥帐，

威猛无比之壮汉，

不是辛巴梅乳孜？

左侧军帐似波涛，

魔女一般之女王，

不是阿达拉姆吗？

大食国王能好受？

铺天盖地之军团，

格萨尔王之部众。

总军指挥之军师，

萨霍丹玛强查将，

力大无穷能拔山，

便是嘎德贝纳将,

还有玉拉邓琼将,

辛擦鲁姆热扎等,

好似阎罗刽子手,

只会杀敌不低头,

如此铁军真喜人,

最终取胜真英雄。

今天喜庆之日子,

庆典办得似天界,

时至今日之以前,

心情慌乱如中风,

睡觉恐惧难入眠,

从今不用再担心。

达岭两国会战时,

若是勇士获全胜,

山神一般来敬献。

达戎部落首领我,

王子拉贵两兄弟,

带领一千骑人马,

不要耽误迎扎拉。

各位大臣和将士,

难知敌军何时来，

今天必须防守牢，

此后如何看情况，

各位将帅记心间。

唱毕，达戎部落超同王头戴两边挂着豹子尾巴的晴天霹雳盔，身着飘满彩带的阿隆奔宗铠甲，在擦巴岗荣弓套里插上红色雷霆弓，萨巴拉宗箭套中装满红色饮血箭，腰间挂着蒙古弯刀，带着两位王子来到岭国大营。岭营士兵接过马缰绳，迎超同父子进了大帐，超同父子和扎拉泽杰互相敬献哈达，坐定后相互问寒嘘暖，并商议之后的战略战术等事宜。

再说大食的王臣们聚集在青色大帐中，坐在右侧座首的赞拉多杰向大食大王汇报了岭国大军已经开到大食边境的情况，大食大王显出焦虑的样子，说道："敌人来了就要用长矛利剑迎接，首先务必要派出英勇无比的将士取得首战胜利，这样一能压制敌人的嚣张气焰，二能鼓舞我军士气。"说着便唱道：

唵嘛呢呗咪吽！

珠拉达拉梅巴鉴，

宗拉嘎琼山神鉴，

祈祷获取大胜利。

如若不识此地方，

碧玉尼姆大本营，

青色千人大军帐。

如若不识我是谁，

大食财富之国王，
勇猛好似虎豹般，
财富堪比大财神，
上部拉达克以下，
东方汉地之以上，
征服三界之首领，
与我争霸无谁人。

果萨之子格萨尔，
不知廉耻还称王。
在此之前时日里，
白帐王和鲁赞王，
萨丹王和辛赤王，
虽降几个弱小国，
不足为奇小意思，
觉如气焰比天高，
魔爪伸向大食国。
在此之前时日里，
北方青色大地上，
勇士之众似野牛，
三步之内皆降伏，

烈马好似野驴奔,

三步之内打趔趄,

小小岭国算什么?

然而最大之遗憾,

达戎超同墙头草,

狗头未取真遗憾,

懦夫之辈似狐狸,

没能斩除真遗憾。

听着在座英雄众,

不能坐等要反击!

勇士赞拉巴沃将,

率领自己之部众,

加上力士二十五,

尼姆塘边做守护。

古杰美达擦鲁将,

率领部下所有人,

再领力士二十五,

守在红色当曲边。

勇士协噶丹巴将,

带领廿五大力士,

直捣达戎大本营，
不留一点遗憾事。
赞拉南卡托贵将，
带领精兵四千丁，
守住玉霄之山口。
侄子查古达瓦将，
再加英勇六大将，
带领九百敢死队，
随时准备去迎战，
善心慈悲不能有，
不管最终是如何，
胜负常事无遗憾。

藏族古人谚语讲：
青龙雪山踞悬崖，
是为迎接青云至，
不得不上青云天；
雷霆霹雳击峭壁，
青色布谷门隅鸟，
温暖春风来迎接，
不得不来报春晓；

优美叫声满山谷，

夏末百花被霜打，

花虽鲜艳不长久，

布谷从不留遗憾。

我在本国持国政，

达戎部落来挑衅，

不得不前去迎战，

杀得山野尸体遍，

为守家园去抗击，

就算胜券他人夺，

大食国王不遗憾。

听着大食勇士们，

岭国八十大英雄，

勇敢迎战来抵抗，

果萨之子格萨尔，

到底如何来瞧瞧，

听说幻术很高强，

今天看看是如何？

不用畏惧勇士们，

大食国王和岭崽，

若是不分雌与雄，

大食国王如死尸。

听毕，各位大将应诺领命。首领赞拉多杰全副武装，跨上能跃火山神驹向尼姆玉塘奔去，觉杰米纳朵丹和古杰美达擦鲁也带着将士们去镇守红色当曲。

过了两天两夜后，那天日子非常合适出征伐敌，于是，赞拉多杰跨上能跃火山神驹，冲到岭营附近连射六箭，将岭营幼系的三十多名白衣士兵送了西天。岭军元帅丹玛强查非常生气，毫无犹豫地前去迎战，拦在赞拉多杰的面前唱道：

唵嘛呢呗咪吽！

阿拉拉姆唱阿拉，

塔拉拉姆唱塔拉，

塔拉实乃歌之调。

善法佛陀居住地，

萨热哈[1]巴请明鉴，

虔诚祈祷请加持。

战神居住之地方，

敬献威杰嘉布神，

保佑我来杀强敌。

红色鹏飞大宫殿，

---

1 萨热哈：古印度著名的密宗八十大成就师之一，为印度佛教中观学说鼻祖龙树的老师。

敬献年达大战神，
佑助丹玛唱此歌。

如若不识此地方，
尼姆玉塘之下方。
如若不识我是谁，
富饶玛域大岭国，
东部谷地六大部，
丹玛强查托古将，
玛域岭国之地域，
我乃大海之珍宝，
繁星当中之皓月，
岭国大王之命臣，
出征前锋是丹玛，
杀敌犹如割麦穗。
凯旋殿后是丹玛，
守护大军无意外，
迎战强手是丹玛，
宛如霹雳打峭壁，
如此之事皆为实。

听好身着红衣将,

藏族古人有说法:

男儿要分上中下,

两位上士相逢时,

似曾相识相惜之,

出言相敬善言待,

和平相处两国安,

你欢我喜得双赢;

两位中士相逢时,

相互听取对方言,

推杯换盏相互敬,

坦诚相待定协议,

两城之间无战事;

两位下士相见时,

相互抬杠揭短处,

三句不和便拔刀,

语言相伤要出手,

最好不要是如此。

之前达岭两国间,

伤人失财无争议,

请你思量红衣人,

对手扎拉能胜否？

岭国英雄能惹否？

能赢无数大军否？

丹玛根本不惧尔，

是为众多无辜命，

是否如此请斟酌，

若是听懂悦耳言，

若是不懂不重复。

听毕，赞拉心想：达岭两国已经到了这种地步，现在丹玛想要诱降我，这是绝对不可能的。如此想着便拔箭搭弓，说道："听着岭将青衣人，不要如此自以为是了，我赞拉不吃那一套。"便唱道：

唵嘛呢呗咪吽！

阿拉拉姆唱阿拉，

塔拉拉姆唱塔拉，

塔拉实乃歌之调。

珠拉达拉枚巴神，

宗拉珠拉嘎琼鉴，

国王权势比天高，

保佑英雄获胜券。

如若不识此地方，

尼姆玉塘之下方，

百花齐放之地方。

如若不识我是谁，

西方五部之首领，

赞拉多杰贝巴将，

守护西门之英雄，

十万大军之精锐，

大食国王之命臣，

以一敌百之虎将，

野牛不是我对手，

徒手能擒野狗熊，

徒步比那野驴快。

头上白色之头盔，

贝巴泽古铜头盔；

身上所披铜铠甲，

桑查梅巴达宗甲；

右侧所挂之利箭，

饮血使者之铜箭；

腰间所挂之宝剑，

玛默热卡亚岱剑；

胯下所骑之宝马，

能跃火山之神驹，
我之情况是如此。

听着岭国青衣人，
说是岭国丹玛将，
洗耳恭听我之歌，
藏族古人之谚语：
寄托来生之供养，
各种善举诸样为，
出口伤人之劣行，
心中从无有此意，
爱好和平之首领，
为了和平已努力，
适得其反来挑衅，
时至今日心意寒。
达戎首领超同王，
各种和议都定过，
使奸耍滑无诚意，
和平意向化泡影。

北方玉默之谷地，

事情原委是如此：

首次言和自此始，

中间开始言和时，

出兵挑衅血成河，

二次和议是如此；

就在和议之以后，

顿驰南拉嘎琼将，

东方五部之首领，

惨死岭军之刀下；

再次和议由此来，

死人失财世间事，

共商和平皆向往，

然而岭军不守信，

自食其果自遭罪。

就在今天之对决，

若是丹玛你取胜，

胜利旌旗举上天；

若是赞拉我获胜，

三械全部我来夺。

向上弯曲之弯弓，

犹如春雷般响亮；

向下弯曲之弯弓，

好似敲打法鼓声；

呼呼飞动之利箭，

宛如滚烫之铁水；

之上散发剧毒气，

好似毒蛇之毒液。

我要就此射一箭，

射得四洲皆和平。

稍安毋躁青衣人，

听懂歌词请铭记，

若是不懂不解释，

岭崽心间牢牢记。

赞拉唱完后，射出一箭，不偏不倚正中丹玛的胸部，丹玛由于身戴战神的护身符没有伤及身体。丹玛毫不示弱，回射一箭，因敌将阳寿未尽，也是没能伤到对方。两人便抽刀相搏，几个回合，不见雌雄。右侧，赞杰卡西冲到岭军当中，左砍右杀，顷刻间将三十几位岭兵送上西天，岭将达杰桑达见状，飞也似的跃上马背前去阻拦，到一箭之遥的地方，赞杰卡西看到达杰桑达后，挺了挺身体，毫无畏惧地唱道：

唵嘛呢呗咪吽！

阿拉拉姆唱阿拉，

塔拉拉姆唱塔拉，

塔拉实乃歌之调。

珠拉达拉梅巴鉴,

宗拉嘎琼山神鉴。

如若不识此地方,

尼姆玉塘沼泽地。

如若不识我是谁,

沃墨山谷之谷口,

白玛达塘之地域,

猛虎一般之猛将,

赞杰卡西大力士。

白衣岭崽请听好,

欲与争锋之岭将,

不是前来送死吗?

藏族古人谚语讲:

千锤百炼之足金,

黄铜何以做比较?

上乘首饰绿松石,

黑色玛瑙怎能比?

赞杰卡西大勇士,

无勇之徒非对手。

给我听着白衣厮：

高原蕃人之地方，

恶贯满盈之岭军，

青鹏会飞之神驹，

无耻岭军来窃取，

不知廉耻来和议，

带兵侵袭大食国，

英雄顿驰被血刃。

东方岭国不义众，

煨了桑烟不知足，

还想连树一起拔。

奔腾江河之流水，

取得饮水还不够，

还想河上架桥梁。

西方大食之地域，

杀了将帅还不休，

还想颠覆我大食。

听着贪靡白衣人，

今天你我谁英雄，

就在五尺之长矛，

来去不到三回合，

身首异处坠战马，

三械皆由我来收，

不止杀你就罢手，

杀得岭营尸成山，

是否如此等着瞧。

今天勇气似猛虎，

你我谁勇自会明，

战马快慢赛场分。

听懂便是悦耳言，

不懂不会再重复。

赞杰卡西唱毕，挥舞着长矛冲了过去，向着对方连刺三下，其中一下刺中岭将左肩，将铠甲链锁挑断。达杰桑达遂勒马躲避，从胯下取出锋利的阔刃大刀，喊道："呀！你若真有本事，咱俩必分高低，你别急先听完我的歌。"说着毫无畏惧地用青龙自鸣调唱道：

唵嘛呢呗咪吽！

阿拉拉姆唱阿拉，

塔拉拉姆唱塔拉，

塔拉实乃歌之调。

红色战神之城堡，

年达杰姆请明鉴，

保佑我来取敌命。

如若不识此地方，

之前虽未来此地，

耳熟能详之地方，

大食尼姆塘大滩。

如若不识我是谁，

达域雪山围绕处，

花色赞布南宗城，

无敌铸铁之磐石，

达杰桑达阿东将，

岭国八十英雄中，

白色军团之首领，

无敌大王之命臣，

王子扎拉之近臣，

岭国本部赛巴部，

英雄无敌嗜血将，

桑达之上无他人。

给我听好红衣人：

岭国没有出征时，

栽赃达戎是窃贼，

之后带兵来侵犯，

黄河流域之上游，

为非作歹掠财物，

杀害无数岭将士。

此般恶业之报应，

岭国八十万大军，

开到大食尼姆塘。

门隅孔雀之尾羽，

鸽子脖颈之羽毛，

不用分说人人知；

白腹黄牛之叫声，

青色布谷之吟唱，

谁更悦耳不用辩；

岭国猛虎之师团，

大食狐狸之部众，

谁家正义自会明。

今天你和你坐骑，

母亲怀中襁褓般，

在我桑达将面前，

实为寻死找捷路。

阔刀大刀之面前，

就算磐石亦粉碎；

东茹神驹飞奔时，

就算疾风亦低头。

今天以我之想法，

首次征战之胜券，

秒杀赞杰大力士，

三械首级皆归我。

听懂请你记心间，

不懂不会做解释。

唱毕，达杰桑达顺手一刀，端端地砍在赞杰脖颈上，赞杰瞬时身首异处。达杰桑达将敌将的三械和首级挂在马屁股上继续砍杀，顷刻间，二十多名大食将士又死在了他的阔刀下。

南边，姜子玉拉妥居和邓琼达拉赤嘎二将冲到米纳朵丹的将士中间，将其搅得一团乱麻，犹如冰雹袭击过的庄稼地一般东倒西歪。米纳朵丹骑着黑风神驹，转而冲到玉拉妥居的部众当中砍杀了不少士兵。玉拉妥居看到后，毫不犹豫地冲到米纳朵丹面前挡住杀路，用青龙怒吼调唱道：

唵嘛呢呗咪吽！

阿拉拉姆唱阿拉，

塔拉拉姆唱塔拉，

塔拉实乃歌之调。

姜神穆布擦泽鉴，

前来助佑玉拉我。

如若不识此地方，

好似野牛般磐石，

黑白海子之上方，

北方古茹之湖畔。

如若不识我是谁，

姜域卡夏穆如山，

好似猛虎般英雄，

玉拉妥居便是我。

青龙般的玉拉我，

喜欢甘露从天降；

碧玉般的玉拉我，

喜欢珊瑚之首饰；

雄狮般的玉拉我，

狂风肆虐我喜欢；

猛虎般的玉拉我，

遇上强敌我喜欢；

风暴般的玉拉我，

冰雹戏谑我喜欢。

给我听着黑面人，

藏族古人谚语讲：

北方野鸭落湖里，

不会飞翔真可惜；

男儿镇守险要城，

不会把守真丢人。

今天有话是如此：

想要横击长空者，

只有雄鹰来尝试，

空旷苍穹无边际；

想要跑遍大地者，

只有骏马去尝试，

辽阔大地无边际；

想要显摆逞能者，

大食黑人大力士，

岭国将士无畏惧。

今天你和我俩人，

就要长矛来比试，

就看谁人技法高。

两只猛兽相逢时，

就看哪方爪牙利。

今天逃跑是狐狸，

狐狸尾巴难掩饰，

黑人请你记心间。

　　玉拉妥居唱完后，策马冲了上去，米纳朵丹还没有来得及说出话来，就先用长矛连戳两下玉拉。玉拉及时躲闪，顺势回剑，将敌将米纳朵丹的长矛砍成两截后，又赶紧补了一剑，但也没能伤到米纳朵丹。

　　另一边，邓琼达拉赤嘎正冲杀着，瞬间结束了两名敌将性命。格图嘎巴嘉仁见势，便跳上能跃雪山驹，毫不迟疑地射箭还击，一箭射中邓琼达拉赤嘎坐骑右肩，一箭射断邓琼的几条铠甲链条，心想着今天要是不跟他分个雌雄绝不罢休。便抽出野牛九断剑唱道：

唵嘛呢呗咪吽！

塔拉拉姆唱塔拉，

塔拉实乃歌之调。

珠拉达拉梅巴鉴。

如若不识此地方，

北方古茹之湖畔。

如若不识我是谁,
西方大食将帅中,
权势好似与天齐,
格图嘎巴嘉仁将,
英雄当中之勇士,
征战从未失过手。

听着白衣姜域崾,
细细听来是如此:
猛虎扬威之时候,
狐狸前来显威风,
那是丧命之前兆;
西方尼姆玉塘滩,
岭国军营之当中,
姜崾逞能气如虹,
最终性命落我手;
野狼随性搅羊群,
只是未遇野牛群,
杀人好似割草木,
在我这里不奏效。
今天你和我俩人,

多人当中所挑选，

命运安排来相遇。

我持这把金柄剑，

名叫仲热古觉剑，

玛旁雍措之左畔，

九鹏兄弟食陨石，

未能消化反刍之。

魔域铁匠独眼龙，

施展法术制三剑，

其中首把之宝剑，

形似河水绕神山，

索巴热觉是其名。

千户雷庆之宝剑，

现在贝图之手中，

上弦初五所制剑，

犹如湖面闪金光，

聂索古默是其名。

克才热巴之宝剑，

现落达戎超同手。

下弦廿九制一剑，

锐利能断漆黑夜，

仲热古觉是其名。

斯灵大王之宝剑，

现在落入我之手。

宝剑向天挥舞时，

犹如日月当空照；

插入刀鞘里边时，

好似日月皆无光；

对准敌人挥舞时，

宛如霹雳击峭崖。

今天指你短命鬼，

姜崽请你记心间。

格图唱完后等待着对方的答复，邓琼达拉赤嘎抽出利剑挥舞着说道："你已牛皮吹破天，现在听我来唱歌。"便用南歌悠扬调唱道：

唵嘛呢呗咪吽！

阿拉拉姆唱阿拉，

塔拉拉姆唱塔拉，

塔拉实乃歌之调。

天界白色梵天鉴，

中界查赞山神鉴，

前来保佑我征战,

保佑我来杀敌将。

如若不识此地方,

大食古茹之湖畔。

如若不识我是谁,

遥远门隅之地方,

密林猛虎之故乡,

邓琼达拉赤嘎将,

无敌大王之大臣,

玉拉首领之副手。

藏族古人谚语讲:

未嫁少女之伙伴,

南方青色之布谷,

优美动听六变调,

传遍山谷少女悦,

强悍岭军之友军,

门姜二部来助战,

英雄将帅已就位,

挥舞利剑杀敌军。

请你仔细来聆听：

明年今天你祭日，

雪山顶上狮子猛，

智慧兔子丧其命，

大海之中水獭勇，

最终小螺穿其皮。

今天你和我俩人，

大滩之上比六艺，

试看谁人真英雄。

你若不死看清楚，

此次征战之胜券，

犹如暴风之战争，

好似豺狼追山羊，

羊毛遍地血成河，

不是如此算我败，

白衣崽子记心间。

唱毕，两人厮打起来，几个回合不分雌雄。邓琼达拉赤嘎步步逼近，大食大将有点招架不住，便调马就跑。邓琼紧追不舍，由于邓琼坐骑东恰快似大鹏，随即赶到，一刀砍下，大食大将坠马而亡。邓琼取其首级，缴了三械，随之又将不少大食士兵一并送上了西天。

沙场一边，大食索波奔图举着大刀冲将过来，门姜二营的木雅曲杰旺秀、阿赛托杰和古杰阿丹三人，迎面阻拦，木雅曲杰旺秀冲在最前，拦住索波奔图后唱道：

唵嘛呢呗咪吽！
阿拉拉姆唱阿拉，
塔拉拉姆唱塔拉，
塔拉实乃歌之调。

黑白花色三泰神，
达拉恰赤梅巴鉴，
今天助战英雄我。

如若不识此地方，
北方青色之大地，
古茹湖泊之岸边。
如若不识我是谁，
姜域卡夏玉茹地，
擦茹慕塘之福地，
姜域内中外三地，
十二大部之首领，
木雅曲杰旺秀将，
八十姜将之顶尖，
门姜两部之将帅。

大食将领听我唱，

藏族古人谚语讲：

茂密森林之猛虎，

不会畏惧野狼群；

辽阔无际之苍穹，

大鹏飞翔乃易事。

看你六人之势头，

我的勇气更强劲，

木雅曲杰旺秀我，

三朝元老之强将，

杀敌勇气无人敌，

逃跑不知是何事？

今日太阳西落前，

你等六人全拿下，

三械全由我来缴，

你等六人听清楚。

歌毕，大食姜域兵将冲到一起，展开激烈的白刃战。姜域古杰阿丹挡住赞杰奔仁，赞杰重重一剑将古杰阿丹砍下马背。木雅曲杰旺秀上前和赞杰奔仁展开肉搏，不一会儿，木雅曲杰旺秀将利剑插进赞杰奔仁胸膛，赞杰奔仁坠马而亡。其他大食大力士看到赞杰奔仁阵亡，便调马往回跑，木雅曲杰旺秀及时收手，命令撤兵。

在北边战场，霍尔和魔国阵营的辛巴梅乳孜、阿达拉姆、巴杜唐嘎泽古和贡巴康巴玉丹等人也出营迎战。大食大将古杰美达擦鲁向霍魔大营射入一箭，霍魔大营的十几名士兵瞬间丧命。辛巴很是愤怒，举着长矛唱道：

唵嘛呢呗咪吽！

阿拉拉姆唱阿拉，

塔拉拉姆唱塔拉，

塔拉实乃歌之调。

达拉赤赖索嘎鉴，

保佑辛巴取胜券。

如若不识此地方，

乌龟地形之上部。

如若不识我是谁，

北方色隆之下方，

霍尔吉祥莲花滩，

亚斯城堡戳天梁，

泰茂霍尔之后裔，

我即辛巴梅乳孜，

守护北门之虎将。

北方燃起战火时，

浴血奋战之强将。

在此之前时日里，

杀敌好似恒河沙,
夺得胜券不计数。

看你心中生怜悯,
骑着红马之红人,
霍尔英雄是谁人?
英雄男儿有多少?
如实相告你吓倒。
藏族古人谚语讲:
驰骋疆场之良驹,
节奏快慢皆自如;
明君座前之将臣,
文臣武将诸齐全;
勇士云集之军团,
能和能战皆自如。

今天藏历十五日,
我乃守城之猛将,
希望你能握分寸,
找到回路请自便,
若是执迷且固执,

辛巴梅乳来奉陪，

饮血利箭来相迎，

战马步伐不会乱，

如何是好请思量，

睁大眼睛看清楚，

就在夕阳西下时，

要想血染你双眼，

超度灵魂是自然。

今天我要射一箭，

和那霹雳无两样，

你之阳寿就此尽。

若是听懂悦耳言，

若是不懂不赘述，

红衣小子记心间。

  未等辛巴歌音落下，古杰美达擦鲁不由分说，双脚猛蹬马腹直冲上来，辛巴梅乳孜沉稳取出长矛对着敌将美达擦鲁腹部刺了过去，矛头穿透敌将身体，美达擦鲁坠马而亡。辛巴的将士们看到敌将落马，吆喝着蜂拥而上，取头缴械。

  战场右侧，大食勇士觉穆杜颇俄纳和巴杜琼纳托杰直捣霍尔军营杀死砍伤不少将士，转头欲冲向左侧战场。贡巴康巴玉丹见状，立马朝敌将射出一箭，一箭射中敌将觉穆杜颇俄纳心窝，令其当即落马。杜颇俄纳的战友桑古昂纳大力士看到后，带领十名大力士发疯似的直冲霍尔军营，顷刻间，霍尔将士死伤一片。阿达拉姆见状策马拦截，阿达拉姆左手拿起撼动大山铁弓，右手搭上花羽利箭，张弓一箭，利箭不偏不倚地射进了桑古昂纳的胸膛，令其坠马而亡。大食大力士们举箭回击，由于阿达拉姆铠甲结实、护法可靠，没人能伤及他。阿达拉姆很是气愤，与九名大食大力士靠近展开白刃战，大战几十个回合，一顿茶的工夫后仍不分雌雄。最后，霍尔军团及时收手，将士们便收缴战利品，撤军回营。

六

　　此次出战,大食军团损兵折将,损失惨重,大家落魄地撤回军营。首次正面交锋,辛巴梅乳孜大军大获全胜,大家都纷纷议论。

　　次日,岭国各部将领和将帅聚集在岭国大本营的神帐里,兴高采烈地庆祝达岭首战获胜。岭军统帅扎拉泽杰给参战的将士们一一封赏,表示赞扬,尤其对霍魔首领辛巴梅乳孜赞赏有加,祝贺其率领岭军首战告捷,鼓舞士气,赏赐了金锭、南红顶饰和孔雀尾羽头饰。

　　与此同时,大食各部首领和将帅聚集在大食国王的大帐中总结昨日失败原因。坐在右座座首的首领赞拉多杰贝巴说道:"尊敬的无敌大王,千万不要焦虑,请您听我说,昨日失足已是过眼烟云,当务之急是要考虑当下形势。"说着便唱道:

　　　　唵嘛呢呗咪吽!

　　　　阿拉拉姆唱阿拉,

　　　　塔拉拉姆唱塔拉,

　　　　塔拉实乃歌之调。

　　　　达拉赤赖索嘎鉴,

　　　　宗拉嘎琼神山鉴,

　　　　助佑大食获全胜。

　　　　如若不识此地方,

十万大军汇聚处，

玉霄尼姆大神帐。

如若不识我是谁，

黑白山崖之谷地，

西方五部之首领，

赞拉多杰贝巴将，

强势敌军之对头。

白色海螺宝座上，

大食国王请聆听：

就在昨日之时刻，

岭国四部之军团，

犹如霹雳来袭击，

场面激烈非一般。

起初双方持平手，

不料霍尔辛巴他，

带领一百亡命徒，

搅得北门成血海，

杀害玛琼之以外，

古杰大将已殉国，

七名力士亦非命，

杀害士兵不计数。

霍尔热杂猛士他,

武器难以伤及他,

出手狠准百分百,

优势全被敌将占。

解除未来之黑暗,

祈祷黎明太阳升,

为了草原青苗生,

祈祷天降甘露雨,

事情已到关键时。

举例说明是如此:

蔚蓝苍穹永不变,

乌云密布遮蓝天,

繁星灿烂难出头;

无垠大海永不变,

浪涛汹涌击海岸,

金鱼哪有出头日?

大食恒固永不变,

岭国虎狼已包围,

我方胜券如何取?

北部守军之首领，

古杰大将之顶替，

首领阿琼达尔和，

南拉达雅力士俩。

不管谁人为我王，

英勇杀敌夺胜券，

虔诚祈祷佑助我。

我军大食之勇士，

血气方刚勇杀敌，

为了捣毁岭国贼，

没有必要去胆怯。

若是唱错请谅解，

调子错了请海涵。

大食大王面色晦暗、阴云密布，焦虑地唱道：

唵嘛呢呗咪吽！

阿拉拉姆唱阿拉，

塔拉拉姆唱塔拉，

塔拉实乃歌之调。

珠拉达拉梅巴鉴。

如若不识此地方，

乃桑玉霄纳塘地。

如若不识我是谁,

弘扬善法之主人,

印度近法释迦师,

法度严厉之主人,

东方汉地之皇帝,

财富富足之主人,

西方大食国王我,

我乃雄狮之后裔,

六艺俱全似霹雳,

取得胜券无迟疑。

各位将帅请聆听,

举例说明是如此:

辽阔无际之苍穹,

黎明星辰自消失,

日月不会因此悔,

日月昼夜交替转,

星辰光芒有定数;

纳塘草原之中间,

古杰美达霍尔杀,

各位王臣请节哀，
重组英勇之铁师，
必须报仇和雪恨，
毒杰辛巴梅乳孜，
难逃其责斩除根。
大食尼姆玉塘滩，
力士好似猛虎聚，
年神犹如狂风飚，
兵器锋利似流星。
挑战霍尔辛巴者，
大食北方五部中，
自告奋勇有谁人？
十块金锭是奖赏，
若是无人来自荐，
阿琼达尔和南拉，
两人抓阄来确定。

明天天明之以后，
各部首领之部众，
调集人马要灵活，
一旦与敌交手时，

　　　　再勇也要知进退，

　　　　有勇无谋死拼杀，

　　　　锋利兵器亦会老。

　　　　不知智取去肉搏，

　　　　鲜活生命会丢弃，

　　　　若是狐狸般逃跑，

　　　　胜利就会落敌手。

　　　　从今以后之时日，

　　　　上至王子之以下，

　　　　下到马夫之以上，

　　　　一起奋力夺胜券，

　　　　祈祷取得大圆满。

　　听毕，无人自告奋勇。最终只能按国王的命令抽签抓阄确定守护北门的人选，抽签结果是南拉达雅驻守北门。南拉达雅无奈地身披三械，全副武装，带领一千将士前去镇守北门。大食王子查古达瓦与其私交不浅，放心不下，也跟随南拉达雅前去助阵。

　　大食军团到霍尔军营时，霍尔守兵顿时变得紧张起来。南拉达雅毫无迟疑，带人直接冲进霍魔大营杀成一片，顷刻间就葬送了一百来名霍尔士兵之性命，继而转向辛巴梅乳孜的大帐。大帐守将巴杜仲纳大力士连忙拔箭阻击，一箭射中查古达瓦的前胸心脏部位，由于有铠甲和护心镜的保护，除了射断几根铠甲链条外，没有伤及肌肤。查古达瓦射箭反击，一箭不偏不倚地射在了巴杜仲纳大力士的眉心中间，令其瞬时坠马而亡。看到巴杜仲纳落马身亡，贝桑无比愤怒，上前对着查古达瓦连刺三矛，挑断了几根铠甲链条，没能伤及查古达瓦的性命。查古达瓦顺势用锋利的长矛戳向贝桑，矛头戳进左腋窝，贝桑坠落马下，一命呜呼。

岭军守将各个豁出老命奋力抗击，都没有奏效，岭军输得一败涂地，便灰头土脸地退回岭营。

岭国将士们将贝桑的遗体搬回到王子扎拉大帐，扎拉眉头紧锁，满面阴云密布，捶胸顿足，悲愤交加，泪流满面，一怒之下身挂三械，全副武装，准备复仇。此时丹玛心想：今日扎拉悲伤过度，失去理智，出战想必难以取胜。为了抚平扎拉的创伤，丹玛决定出战，便向扎拉献了一条哈达后唱道：

唵嘛呢呗咪吽！

阿拉拉姆唱阿拉，

塔拉拉姆唱塔拉，

塔拉实乃歌之调。

上师本尊和空行，

虔诚祈祷请加持，

祈祷岭国运气旺，

神子权势日益盛，

丹玛愿望皆顺利。

如若不识此地方，

尼姆玉塘大草原。

如若不识我是谁，

岭国幼系丹玛将,
穆巴首领和丹玛,
犹如日月互相辉。

尊贵统帅扎拉王,
实乃岭国之珍宝,
心生怒火实无奈,
然而必须要冷静。
藏族古人谚语讲:
军团主人之统帅,
征战之事将帅为;
军团核心是统帅,
胜券就由英雄取。
扎拉岭国总统帅,
此次出战由我去,
八十英雄之勇士,
若有勇气请举手,
若是没有跟随者,
丹玛我就去单挑,
扎拉不能去出战。

今天日子不吉利，

昨晚一夜有凶梦，

之前心中特焦虑，

后夜梦中有此景：

右侧军营之门口，

一只铁身之鹞鹰，

扑闪三次翅膀后，

一嘴叼走一小鸟，

左侧赛巴营门口，

梦到野牛磨犄角，

不祥梦境是如此。

心中不要太悲伤，

生命没有磐石坚，

人之生死皆由命，

前后不过两昼夜。

明天天明之以后，

就由丹玛我出战，

敌将查古达瓦他，

就是上天我去追，

要是钻地我亦撵，

不信不能报仇恨，

取胜取下敌首级，

要败亦要猛虎般，

除此而外无他果，

无颜再见赞拉面。

岭国战神和护法，

明日丹玛之胜券，

查古达瓦狗崽子，

鲜红心脏放手中，

滚烫热血要痛饮，

保佑心想皆成就，

王臣将士铭记心。

听毕，将士们纷纷表示丹玛所唱言之有理。总管戎擦查根说道："丹玛所言极是，王子扎拉不宜出战，再说今天乃不祥之日，是天神射杀魔鬼也难以降魔的凶险煞日，各位节哀顺变！为了岭国的前途和将来，牺牲在所难免，之前霍岭大战时嘉擦协噶不也是献出了宝贵的生命吗？姜岭之战时戎擦不也是殉国了吗？眼下当务之急，你们要好好厚葬贝桑的遗体。明天出战时，勇士达杰桑达、珠嘎德、门子达瓦查赞和汉将班代玛鲁等四将前去给丹玛大将助阵。"

次日，以丹玛为首的五位虎将身挂三械，全副武装，朝着赞拉的营部飞奔而去，五虎将如天兵天降般突然出现在赞拉军营门口。赞拉飞似的跃上战马，拦住丹玛等人。丹玛勒马挺身，搭箭张弓，对准赞拉说道："呀！红衣短命鬼给我听好了，今日胜券在我手。"说罢，便唱道：

唵嘛呢呗咪吽！

阿拉拉姆唱阿拉，

塔拉拉姆唱塔拉，

塔拉实乃歌之调。

印度佛陀之圣地，

萨热哈巴智者鉴，

世界大王格萨尔，

亿万伴随之神众，

今日佑助丹玛我，

佑助丹玛取敌命。

如若不识此地方，

北方斯默滩上部，

两位男儿独斗处，

两匹骏马赛跑处。

如若不识我是谁，

玛域岭国之大地，

上部六谷之福地，

九大部落之首领，

命臣丹玛强查我，

岭国英雄之精英，

犹如杀敌之宝剑，

好似交友之哈达。

听着懦夫狐狸崽，

各种兵器挂满身，

如此装饰之行头，

不像查古狗崽子。

若是查古听我言：

我等岭国五虎将，

就在岭营发毒誓，

为了失物来追账，

为了冤魂来讨债。

文布阿奴贝桑他，

红色军团之首领，

黄金贵族之后裔，

统帅扎拉之弟弟，

成为罪恶刀下魂，

无数将士亦非命，

仇恨加倍来偿还。

昨日胜券被你夺,

举例说明是如此:

水草丰美之山岗,

洁白绵羊在食草,

饿狼跑路来追赶,

翻过山梁欲食之,

羊倌抛石狼丢命,

那是抛石器之功;

茂密森林之谷地,

绵羊围着水草转,

饿狼四蹄已逼近,

欲在秘处下毒手,

被那利箭夺其命,

那是弯弓之功劳。

尼姆玉塘之荒滩,

岭军安守驻军营,

无耻偷袭杀贝桑,

还想拔掉岭军营,

我来给你颜色看!

无比利箭已上弦,

旋涡当中之水怪，

鱼虾全是其美食；

黑刺当中之夏雀，

花色鹞鹰腹中食；

查古达瓦狗崽子，

已经难逃我掌心；

红色会飞之神箭，

已经搭在弯弓上；

天地之间拉弓弦，

就是磐石亦粉碎，

狗仔心中牢牢记。

　　唱完后，丹玛仔细打量着对面谁是查古达瓦，对面的大食大将赞拉多杰贝巴想顶着查古王子的称号前去迎战，然而，岭国护法神众诱引查古达瓦上前迎战丹玛等人。查古举起食肉九断刀喊道："呀！老马想死奔赛场，老人想死赴战场，可笑你等来复仇，还妄想夺胜券。"说完英气十足地唱道：

唵嘛呢呗咪吽！

阿拉拉姆唱阿拉，

塔拉拉姆唱塔拉，

塔拉实乃歌之调。

珠拉查赖索嘎鉴。

如若不识此地方，

北方斯玛之上部。
如若不识我是谁,
玉霄纳隆之地方,
千人大帐顶梁柱,
自在天神胜利幢,
嘎拉旺秀之宝瓶,
大食国王之王子,
十万大军之精英,
年方二十五岁整,
今年虚岁二十六,
胜仗不下五十次,
强敌盗贼皆打败,
强强交手无数次,
血统高贵与天齐,
跑起路来比鸟快,
身手敏捷似鹞鹰,
查古达瓦由此来。

听着岭国丹玛将:
就在昨天之时候,
霹雳雷霆从天降,

击落空中之雄鹰，
连那峭壁也伤心，
你死我活之疆场，
贝桑被我砍下马，
岭营上下皆悲恸。
我是如此之英雄，
不知深浅之岭将，
前来逞能装英雄，
是想献出小狗命。
还有岭国王臣众，
一一送上西天路，
断草除根皆铲除，
最终带兵去岭地，
拔起根基端老窝。

就在今天之日子，
你我就是人两个，
犹如期许来相逢，
好似杂草被风吹，
实力如何我清楚，
人马一起十条命，

悉数变成刀下魂，

是否如此等着瞧。

若是听懂丹玛听，

不懂不会做解释。

唱毕，查古达瓦冲了上来。丹玛将火焰喷射箭搭在护法神弓中，满弓放箭，由于丹玛受到天神、年神和龙神等护法神的保佑助力，利箭不偏不倚地射中了查古达瓦的胸膛，使其坠马而亡。大食大将看到王子查古达瓦被丹玛射杀，满腔怒火，奋不顾身冲上来和丹玛死拼，刀去剑来，不知几个回合，丹玛毫发未损。

左侧，珠嘎德跟阿贝查赞大力士和达孜岗仁杀在一起，不一会儿便将二人砍下马去。

门子达瓦查赞和大食大力士赞杰相互射杀，几个回合不见高低，达瓦查赞便策马拼杀，不过片刻，大力士赞杰有点力不从心，便调马回逃，达瓦查赞紧跟上去，用长矛将其挑下马去。

那日，岭军大获全胜，岭营中敲锣打鼓、吹响海螺庆祝胜利。将士们兴高采烈地将夺回胜利的丹玛等人迎进大帐庆祝，并将大食王子查古达瓦、大将阿贝查赞将达孜岗仁和赞杰大力士的首级，挂在岭营大帐门口以鼓舞士气。岭军统领扎拉泽杰为报仇雪恨、勇夺胜利的丹玛等人重重赏赐一番。

与此同时，大食军营派去向大食国王报信的东纳亚美，来到国王的青色千人神帐之内，王后鲁赤噶庆焦灼地询问王子查古达瓦的情况，东纳亚美低头嘀咕道："神女鲁赤噶庆啦！我实在难以启齿，然而不得不说，全是前世之业障造的孽，王子光荣殉国了。"说着便唱道：

唵嘛呢呗咪吽！

阿拉拉姆唱阿拉，

塔拉拉姆唱塔拉，
塔拉实乃歌之调。

珠拉达拉梅巴鉴，
此地国王千人帐，
国王大臣聚会处。
如若不识我是谁，
无上国王之大臣。

珍宝宝座之上面，
彩虹圣光在照射，
至高无上无敌王，
心胸宽阔似草原，
度量犹如玛旁湖，
不知如何来开口，
不说因为吃败仗，
绕转苍穹之日月，
光芒万丈无人比，
日蚀月食灾星遮，
此事实乃天数定。
王子查古达瓦将，

大食国王心头肉,

不料被丹玛射死,

此乃前世已注定。

昨日战场之情况,

王子查古和赞拉,

捣毁岭国之军营,

王子查古获大胜。

中岭文布六大部,

首领阿奴贝桑将,

亡命王子之刀下,

赞拉取得之战果,

赛部万户古杰将,

小命好似被风吹。

然而出乎之意料,

今天清晨日出时,

岭国五将冲我营,

王子查古和赞拉,

还有其他之将领,

全副武装持兵器,

奋勇抗击阻敌将,

刀剑难以伤敌将,

王子中间落下马。

还有我方将士众,

身手还在健壮时,

血洗岭国魔将众,

最好把那丹玛厮,

掏出心脏来复仇,

不报仇恨不甘心。

尊贵国王请您听:

索萨鲁赤噶庆后,

悲愤难耐情理中,

天命注定难躲避,

逝者为安请节哀,

只要国王万寿疆,

将士定会越勇猛,

报仇雪恨无质疑。

歌词错了请原谅,

曲调不对请海涵,

在此王臣铭记心。

王后索萨鲁赤噶庆的心中好似扎了毒刺一般痛苦难耐,国王悲愤交加,血丝好像闪电般布满双眼，憋得通红，咬牙切齿地咆哮道："捷报不敲门，噩耗似冰雹，一切报应都落在了我头上。"便悲恸地唱起此歌：

唵嘛呢呗咪吽！

塔拉拉姆唱塔拉，

塔拉实乃歌之调。

珠拉达拉梅巴鉴，

今日前来佑助我，

白色金刚九峰山，

宗拉查拉嘎琼鉴，

能知我之痛苦否？

九代先王之亡灵，

今天不来去何处？

此地乃乌玉塘滩，

我乃大食之国王，

财富丰足路人知，

各位大臣请聆听：

今年战争之起因，

归根结底怪超同，

臭名远扬之超同，

遇见英雄如狐狸，

碰见懦夫似老虎。

然而岭国五勇士，

我方力士已败阵，

话虽如此由谁敌？

爱子赞拉去带头，

勇敢力士之军团，

捣碎敌营难还手，

后悔派遣爱子去，

酿成悲切之憾事。

我要亲自赴战场，

若是不报失子仇，

等于国王我已死。

唱完后，大食国王愤怒地拍着桌子，各位大臣不知所措，面面相觑，不敢作声。

次日一早，各位大臣将帅前去奉劝国王不能亲临前线，国王丝毫听不进大臣们的谏言，跨上紫色野牛驹朝着岭营飞奔而去。大食大将赞拉、觉杰米纳朵丹、南拉达雅和协噶丹巴等人不敢怠慢，也立马骑上自己的坐骑一溜烟地跟着国王而去。

大食国王一行来到岭营附近时，岭营哨兵发现后马上去大营通报，大食王臣径直朝着右侧的丹玛营地而去。大食国王来到离丹玛大营一箭之遥处，挥舞着大刀，毫无畏惧地唱道：

唵嘛呢呗咪吽!
阿拉拉姆唱阿拉,
塔拉拉姆唱塔拉,
塔拉实乃歌之调。

珠拉南拉大王鉴,
赤赖索嘎山神鉴,
前来佑助我唱歌。

如若不识此地方,
白色玉霄玉塘地。
如若不识我是谁,
西方大食之国王。

听着岭国懦夫众:
所在帐内之扎拉,
若有胆量滚出来!
丹玛强查刽子手,
箭法如何看一看!
今天我来取胜券,
藏族古人谚语讲:

雪山之巅之雄狮，

鬃毛掉了似野狗，

不得不去混泥潭；

密林之中之猛虎，

皮毛花斑被风刮，

不得不去谷地混；

西方大食国王我，

失去爱子似掏心，

没有办法不愤怒。

野牦牛和牦乳牛，

血肉模糊比角力，

都是为了护犊子。

西方大食和岭国，

双方搅得血成河，

战争起因是超同，

挑起战争之祸根，

东方岭国屠夫众，

爱子查古达瓦将，

已经被你送上天。

大河流经之河床，

一捧细沙难阻挡；

无敌英雄征战时，

乌合之众难阻拦。

今天我来夺胜券，

岭营营帐皆摧毁，

各色兵马踏成灰，

取下首领之头颅，

若是不按倍偿还，

大食国王算死尸，

岭营将士听好了。

唱毕，大食将帅像礌石一般冲到岭军的红白军营，岭军死伤一大片。在岭军营帐被强攻时，岭将姜域玉赤贡俄、达杰桑达和珠部南卡托杰等三人顽强阻拦，三人齐力奋战还是难以战胜。大食大将赞拉和珠部南卡托杰交手多时，打了不知多少回合，俩人战得难分难解，不见雌雄，继而俩人靠近展开了白刃战。珠部南卡托杰不敌赞拉，受了重伤，险些丧命，丹玛强查托古和嘎德二人奋力解救，才算捡回珠部南卡托杰一命。

大食大王等几个大力士冲进达戎营部，杀得将士东倒西歪，达戎王子拉贵俩兄弟奋力拦阻，将三名大食大力士砍下战马。那天，岭军受到重大创伤，将士们悲痛万分，大家都聚在珠部营帐中守着重伤之南卡托杰。南卡托杰苦笑着看了看王子扎拉玉杰后唱起了安慰大家的歌：

唵嘛呢呗咪吽！

阿拉拉姆唱阿拉，

塔拉拉姆唱塔拉，

塔拉实乃歌之调。

善法无边似苍穹，
塔拉要唱解脱路，
六道众生得解脱。
佛陀善法和僧伽，
心底虔诚来祈祷，
我和六道之众生，
成就善法之正果。

如若不识此地方，
大食上部之聂塘。
如若不识我是谁，
珠部色宗之上方，
一父生得两兄弟，
我是其中老大也，
南卡托杰是吾名。
在此之前无败绩，
从无受过丁点伤，
今天被矛刺重伤，
不是无勇之标志，

而是天命之定数。

王子将帅请聆听:
世间生老和病死,
人人都要去经历,
一是南天之云彩,
二是空中之彩虹,
三是大地之雾霾,
终将皆数都散尽。

王子扎拉为首的,
白岭臣将和部众,
大家请听我唱歌:
上部广阔之草原,
羊羔花儿被霜打,
虽然草原无点缀,
四季更替之规律,
草原无须为此悲;
悬崖峭壁之顶上,
美丽雏鹰被风刮,
虽然没能绕四洲,

雄鹰为此不伤悲；
十万将士之军营，
珠部南卡托杰我，
就算性命献疆场，
王臣无须为此悲，
前生命中之定数。

为此我有话要讲：
珠部精英扎拉你，
身为岭军之统帅，
似虎猛将围身边；
珠热噶顿巴旺布，
超度之事托付他；
达岭之战未完前，
珠萨奔姆曲宗她，
此事一定要保密，
除此没有遗憾事。
上师雄狮大王他，
无缘谒见是憾事；
和那赞拉旺布将，
单挑失利是憾事，

除此真是无遗憾。

王子扎拉请聆听：
珠色最后之遗言，
雪山三峰之白盔，
拉杰奔宗之白甲，
达杜毒刃之宝剑，
仁青巴扎之金鞍，
热巴恩杰我坐骑，
卫藏这些释迦佛，
悉数敬献做供养。
珍宝右旋之海螺，
尼玛仁夏之金镯，
青色戳云之长矛，
献给雄狮大王他，
超度不要坠地狱。
十两大小之金锭，
拴上洁白之哈达，
献给上师做供养，
中阴路上做指引。
东方普陀布达拉，

一心向往之圣地，

灵魂归宿之净土，

今天死去无痛苦。

各位兄弟在身边，

获得上师之加持，

不是死亡是新生，

灵魂乘坐彩虹去。

你等为此勿悲伤，

各位王臣记心间。

　　南卡托杰如此嘱咐后，环顾了大家一遍。珠嘎德紧紧地握着南卡托杰的双手，发誓要为他报仇雪恨。最终，南卡托杰在上师的超度中平静地闭上了双眼，灵魂也按照他生前的愿望瞬间去了观音圣地南海普陀山。

　　此时，大食军营中王臣们聚集在一起，享用着鲜肉美酒，推杯换盏，觥筹交错，庆祝当日取得的重大胜利。酒兴至极大家还扬言说一夜间就可以将岭国军营荡平。

　　翌日黎明时刻，岭营的姜子玉拉妥居和邓琼达拉赤嘎二人身披三械，全副武装，在战神威玛尔的护佑下直冲大食米纳朵丹的大营。大力士米纳朵丹出营后用青龙怒吼调讥骂道：

嗡嘛呢呗咪吽！

塔拉拉姆唱塔拉，

塔拉实乃歌之调。

南拉噶布请明鉴，

珠拉嘎琼请明鉴,
查赖索嘎请明鉴,
大食战神山神鉴,
前来保佑唱此歌,
保佑唱歌之米纳。
敬献先祖之亡灵,
空中飞翔之鹏鸟,
熟悉自己之轨迹,
青龙飞翔在天际,
风雨冷暖皆自知。
米纳朵丹力士我,
杀遍岭国之军营,
岭国懦夫狐狸崽,
谁人如何一本账。

玉拉小厮给我听:
失去家园之萨丹,
落入格萨尔之手,
不知羞耻逞英雄,
低头臣服仇敌岭。
丢弃家园之奴仆,

无耻荡妇不害臊，

无力毛驴自清高，

无勇男儿自吹嘘，

举例说明是如此。

米纳朵丹大力士，

岭国乞丐玉拉俩，

都是为了国王事，

今天看看谁更勇。

听着狗仔玉拉将：

若是不掌握分寸，

小命就是我箭靶。

今天你和我俩人，

就看谁能夺胜券，

瞧瞧谁的战马快。

前来叫阵俩乞丐，

老夫来取二狗头，

鲜活血肉之身躯，

就当施舍喂秃鹫，

蓝衣岭将记心间。

米纳朵丹唱完后，即射一箭，箭虽然射中玉拉，但丝毫没有伤及身体。

玉拉迅速将格萨尔王赐予自己的黑青会飞箭搭在弓弦上说道:"给我听着黑面崽,你的箭力好似豌豆一般大。"说着便唱道:

唵嘛呢呗咪吽!

阿吉木吉和达吉,

姜域之地不变调。

上界白色天泰鉴,

中界花色中泰鉴,

下界黑色地泰鉴,

今天前来助玉拉。

如若不识此地方,

灰色杂蓝玉龙谷,

英雄男儿取胜处,

夺取敌命之地方。

如若不识我是谁,

姜域险要之地方,

斯赤城堡之内部,

玉拉妥居无敌将,

南雅神驹玉拉我,

古斯大刀会飞箭，
在此四因之面前，
就算阎罗也难逃。

今天你和我二人，
孰轻孰重来掂量，
多少用斗量一量，
英雄勇猛似猛虎，
疆场比试分输赢。
达东斯威查雅弓，
会飞利箭已搭好，
这支黑铁会飞箭，
黑铁箭头锐无比。
护法圣主之天铁，
专门射杀黑恶魔，
小巧玲珑弓套中，
神弓如雷般作响，
霹雳一般之神弓，
黑色泰神之铸铁，
姜域大王之爱物，
是我玉拉之兵器，

天神护佑之利箭,

上天入地不用说,

撒谎不是玉拉将。

听着大食兵将众,

若是未死还睁眼,

现在看看此世界,

分秒之后下地狱。

听懂便是悦耳言,

不懂不会再重复。

玉拉妥居唱完后,将搭好的箭射了出去,箭头上冒着火焰,箭尾呜呜作响,不偏不倚射进了米纳朵丹的肩膀,箭头瞬间穿透了后背。由于那天米纳朵丹的命根在心脏部位,没能一箭毙命。米纳朵丹策马冲向二人,邓琼达拉赤嘎连忙砍了两剑,第二剑戳进了敌将米纳朵丹大力士的心窝,追梦而亡。

看到此景,大食士兵为了保命,各自纷纷逃命去了。

出征的岭将取胜回到姜部军营,留守的将士们举着旌旗,吹着海螺迎接凯旋之人。霍尔、魔国、姜域和门隅等各部的将士聚集在王子扎拉的大帐中,各就各位,享用着各种美食美酒,欢庆胜利。

这时,坐在前排座首熊皮坐垫上的叔父戎擦查根心想:以昨晚自己梦境分析,大食国运已经为时不长,眼下应该到迎请雄狮大王格萨尔来前线之时了。他讲道:"各位将士们!你等近期是否有降伏大食的托梦和神授等,若是谁有,就给大家说说,一起分析分析,可作降伏敌人的依据。"王子扎拉玉杰已经得到天神的授记,但此时没有声张。丹玛回道:"我没有得到什么神的授记和托梦。"超同心想：我虽没有得到任何预言，此次战争已经将我边缘化，如果此时不抓住机会，那就被甩得更远了。便说道："大家没有得到神之预言，我也没有特别的，但是昨晚做了一个奇怪的梦。"说完便唱道：

嗡嘛呢呗咪吽！

阿拉拉姆唱阿拉，

塔拉拉姆唱塔拉，

塔拉实乃歌之调。

红色马头明王鉴，

雍仲苯教祖师鉴，

化身次旺仁增鉴，

虔诚祈祷请加持，

指引明路给众生。

如若不识此地方，

玉龙沼泽之上部，

万人大帐之总部，

白色神帐大本营。

如若不识我是谁，

永固不变瓶颈地，

普若宁宗坚固城，

达戎部落超同王，

生吃敌人之鲜肉，

痛饮仇敌之鲜血，

十万大军之首领。

在此我有话要讲：

白色海螺宝座上，

面如皓月之才俊，

我之孙子扎拉将，

爷爷唱歌请聆听；

左右两边座位上，

各位首领和将帅，

大家请听我来唱！

藏族古人谚语讲：

上界天神之甘露，

除了有缘之士外，

无缘之人难得到；

无上上师之加持，

除了虔诚之人外，

无信之人难得到；

上界天神之预言，

除了达戎首领外，

其他英雄难得到。

由此昨夜梦境中，

白色水晶大鹏鸟，

扇动三次翅膀时，

摧毁不少岭将士，

黄灰狂风在袭虐，

叔父达戎超同王，

连忙前去追大鹏，

用那无比之法术，

变幻黑红之火焰，

对着大鹏念咒语，

击败鹏鸟掉大地，

玛域岭国之大军，

解除灾祸得拯救。

俄默隆仁半山腰，

黑色狂风在肆虐，

玉霄尼姆大军营，

无比锋利霹雳剑，

将那磐石劈两半，

达戎军营之门口，

挂起七色之彩虹。

各位大臣作何想？

我是如此来理解：

白色水晶之鹏鸟，

大食俄默红山崖，

大食黑鹏之灵鸟，

扇动三次翅膀时，

是那天界之神意；

青红色之大神鸟，

天降病灾之征兆；

疯狂肆虐之暴风，

赛巴部落之军魂，

受到重创之征兆；

黑色劲爆之风暴，

米苯上师之魂魄，

将那磐石劈两瓣，

象征一半运势尽；

达戎门口挂彩虹，

象征最后之胜利。

我的想法是如此：

明天上午之时刻，

岭国军团做休整，

叔父我是信天意，

天界白色之鹏鸟，

我用法力来降伏。

达戎三十万大军，

作为岭部右翼军，

叔父达戎超同我，

精通咒术和幻术，

想给扎拉做辅佐。

岭国其他各英雄，

暂时休整来蓄锐，

各位王臣记心间。

听毕，除了一两个迟钝的将帅外，几乎所有人都对超同所说的话语产生了怀疑，大家默不作声。叔父戎擦查根说道："呀！叔父超同王是红色马头明王的化身转世，是幻术和法术的高手，是雄狮大王格萨尔的叔父，是上天派遣下凡的一个人，降伏敌人和征服妖魔鬼怪除了他还有谁呢？看刚刚超同所说的托梦之事，也不能说没有道理。然而，格萨尔大王过去得到天神的预言，说在水牛年才降伏大食，才能开掘大食财宝仓库，所以我有如此建议。"并用细水长流调唱道：

　　唵嘛呢呗咪吽！

　　阿拉拉姆唱阿拉，

　　塔拉拉姆唱塔拉，

　　塔拉实乃歌之调。

　　明鉴前来做护佑，

　　慈悲心底之大树，

　　法身根基要牢固，

　　报身枝叶要繁茂，

　　化身果实要丰收。

　　如若不识此地方，

　　玉龙纳塘之地方。

　　如若不识我是谁，

　　永固不变是雪山，

　　是那雄狮乐家园，

　　心思笃定总管王。

　　岭国英雄之长辈，

　　在此之前时日里，

　　操心岭国各种事，

现在八十又五岁,

好坏诸事做谋划。

当下年事已很高,

微风都使步履摇,

自以为是未衰老,

今年出征之时候,

应诺随军做军师。

各位将帅请听好:

达戎首领超同王,

梦境好似锯齿般,

不是睡梦是先知。

法术摧毁神大鹏,

胜券无果之征兆;

黑旗被那狂风吹,

噩耗满地之征兆;

无比锋利之宝剑,

能劈坚硬之磐石,

砍断懦夫尾之兆;

四面八方挂彩虹,

超同预言不实兆。

叔父我是如此想，

董氏根本预言讲，

大食俄默红崖山，

所谓铸铁之犄角，

降伏敌人之利器，

九尺铁质之犄角，

征服马宗时必要。

根本预言如此讲。

除此昨夜之梦里，

白色祥云之中间，

头戴碧玉之头饰，

镶嵌各种奇珍宝，

左侧铜镜右神箭，

猛兽之王猛雄狮，

化身坐在其之上，

梦境预言是如此。

岭国王臣兄弟众，

不要担心敌未杀，

就算猛虎也会老，

天空已显黎明光，

万丈阳光随之来，

日月星辰不相聚，

光芒难以互辉映。

明天早上天明时，

谁是谁非自然明，

达戎超同和我俩，

智慧想法皆不一，

然而都是岭前辈，

无须争辩谁人对。

若是达戎超同对，

黑鹏就用法术降，

否则超同造谣言。

我在心中如此想：

大食国运已不长，

岂能如此拖延之？

是该一举击毁时。

岭国英雄男儿众，

该是时候发总攻。

富饶玛域之岭国，

邀请无敌大王他，

岭国三系都要去，

大食宝库该开门，

此乃神示无质疑，

各位王臣铭记心。

听毕，岭国王臣都觉得总管王戎擦查根言之有理，大家纷纷点头默许。超同嘁着嘴说道："不能相信戎擦查根老狐狸的话，虽然起初出征时有言在先，然而我们在征战中伤亡损失如此惨重，一切均拜你所赐。"王子扎拉泽杰有点不安地说道："二位前辈！降伏敌人，如此争辩无济于事，托梦之事谁也可以讲，昨晚我也有一梦，各位将帅请聆听！"说完便唱道：

唵嘛呢呗咪吽！

阿拉拉姆唱阿拉，

塔拉拉姆唱塔拉，

塔拉实乃歌之调。

上师佛法和僧伽，

无比虔诚地祈祷，

消除障碍指明路，

东方玛杰奔热鉴，

要给岭军来助威。

如若不识此地方，

大食尼姆玉塘滩。

如若不识我是谁，

玛域桑多赤宗城，

奔巴扎拉泽杰将，

玛域各部之首领，

岭国军团之统帅。

岭国英雄请聆听：

达戎首领超同王，

得到明确之神谕，

达戎首领不出征，

难以征服大食国，

征服大食之要害，

说是叔父用法术。

在座各位英雄众，

若是言行不一致，

失利就会犯王法，

无须自己讨苦吃。

还有扎拉我自己，

出现如此之梦境：

犹如宝塔般雪山，

白人好似海螺般，

坐骑白马似疾风，

如此神人至面前，

叫我毋睡请起床，

征战不能如此般。

说是已至举剑时，

大食王位已不稳，

叔父雄狮大王他，

该到邀请出面时。

说是别睡快行动，

此神好似梵天光，

与那总管梦相似。

回忆当天上午时，

狗仔查古达瓦他，

杀死阿奴贝桑将，

回击大食我军勇，

姜将玉赤贡俄将，

中岭文布之六部，

率领打胜仗军团。

听着岭国将士们：

明日黎明之时分，

岭国四部大军团，

各自率领精锐军，

捣毁大食之军营，

取得胜券之勇士，

以资鼓励有重赏。

青色山丘之以下，

红色山崖之以上，

到处搭起岭军帐。

玛域富饶之岭国，

无敌大王格萨尔，

前去迎请之人选，

岭国长系派五人，

中系各部出五人，

幼系各部选五人，

快马快骑十五人，

明天一早就上路，

祈祷途中无障碍，

上部天神来保佑，

各位将帅铭记心。

听毕，各位首领、将帅觉得王子扎拉泽杰和总管王戎擦查根二人的梦境相吻合,且言之有理,大家异口同声地应诺道:"就按王子扎拉的安排行事。"

接着,姜将玉拉妥居和达拉二人将大食将领觉杰米纳朵丹的首级和所获武器送到王子扎拉泽杰面前,王子扎拉开心不已,便向二位凯旋的将领分别献了一条吉祥的哈达,把缴获兵器分赐给二将,并赏赐了不少金银珠宝表示赞扬。

第二天黎明时分,霍魔二部大军包围了大食北营,将士向内冲锋时,大食大将南拉达雅全副武装,出营迎战。霍尔大将巴杜唐嘎泽古横栏在前面唱道:

唵嘛呢呗咪吽!

阿拉拉姆唱阿拉,

塔拉拉姆唱塔拉,

塔拉实乃歌之调。

天泰中泰和地泰,

保佑泽古来唱歌。

如若不识此地方,

大食国王之中帐。

如若不识我是谁,

霍尔万户巴杜将,

唐嘎泽古是吾名。

阿青奔巴查宗城,

无敌勇士有九百,
还有两万巴特尔,
勇气好似铸铁般,
泽古英名传四海。
在此之前时日里,
出征南方穆布姜,
玉拉大将够勇猛,
最终已被我降伏。
之后出征门隅国,
辛赤大王法力高,
速度如飞难生擒,
东茹南宗之地方,
被我扔进烈火中。
古拉朵庆为首领,
阿扎六十无敌将,
悉数已被我降伏,
一是岭国军团强,
二是巴杜我英勇。
今年来到羌塘西,
古杰美达擦鲁他,
狗命送到我矛尖。

无数英雄大力士,

无头尸体满大路,

我是如此之勇士。

青色男儿不起眼,

你之坐骑似黄鸭,

我虽未亲眼目睹,

然而之前有耳闻,

南拉勇气很一般。

你来听我唱此歌:

三春鸣叫之布谷,

三秋山尖被雪盖,

错过报春之时节,

三冬封山又封湖,

下游不是结冰时,

西方大食之王臣,

大营已被岭军围,

现在不是犟嘴时。

若是投降我霍尔,

上等哈达来迎你,

若抗不能剑相迎,

如何是好请思量。

若是听懂悦耳言,

若是不懂心中刺。

巴杜唱毕,手持着兵器,在马上等待对方回应。大食大将南拉心想:低头缴械投降,虽然能捡一条命,然而一世英名就会毁于一时,还是应该拼死相搏。便提了提马缰绳,抽出宝剑唱道:

唵嘛呢呗咪吽!

阿拉拉姆唱阿拉,

塔拉拉姆唱塔拉,

塔拉实乃歌之调。

大食三神和查赖,

今天大力来助威。

如若不识此地方,

北方乌龟滩上方,

二位勇士相逢处。

如若不识我是谁,

贝宗九山之中部,

觉杰南拉达雅将,

精通六艺之勇士。

细细听着红衣人:

自问霍尔之大将，

唐嘎泽古巴特尔，

好似猛虎大张口，

看看能否战胜我！

霍尔大军三十万，

坏事做绝皆有你，

首领美达擦鲁他，

死在你手之长矛，

英雄力士已非命，

杀害士兵不计数，

王子性命已早尽。

然而拯救于水火，

国王权势与天齐，

食肉饮血之勇士，

达拉奔仁似霹雳，

能够手持雷霆者，

谢玛冬杜似闪电。

英雄无畏之勇士，

南拉达雅如猛虎。

前来征战之将士，

争前恐后在争夺。

今天你和我俩人，

多人当中之死敌。

手中这把红宝剑，

一剑下去命归西，

犹如阎王索命套，

请你记住红衣人。

唱完后，南拉达雅毫不犹豫地冲上前来连砍三剑，把霍尔大将的铠甲砍得粉碎，因戴护命符，没能伤及性命。巴杜唐嘎泽古狠狠地砍了南拉达雅两刀，头一刀击中命脉，第二刀砍在右肩上，南拉达雅的剑和手臂一起落在地上，其落马而亡。

以觉杰阿甲贵登为首的七位大力士，奋力抵抗霍尔将士的进攻，使不少霍尔士兵死在大食刀下。岭将琼恩在升噶杂庆白色神驹上挺了挺身体，摇晃着手中的捉风魔套唱道：

唵嘛呢呗咪吽！

阿拉拉姆唱阿拉，

塔拉拉姆唱塔拉，

塔拉实乃歌之调。

上师本尊请明鉴，

身语意来做祈祷，

赐予无上之运气，

今天助我来唱歌，

助我夺取此胜券。

如若不识此地方，
此乃玉塘贝巴滩。

如若不识我是谁，
绒卡色玛达宗城，
绒雏阿奴琼恩将，
绒地八部之首领，
九峰铁城魔城中，
语言不一九百将，
凭借六艺获胜者，
便是阿奴琼恩我，
今天战场之胜券。

锋利刀剑和长矛，
会飞利箭三兵器，
不要吝啬全使用。
手中捉风之魔套，
鲁赞大王心爱物，
魔套抛向峭壁时，

勇猛野牛也难逃。

抛向敌人之时候，

人马皆绑无人脱，

魔力无比无需疑。

今天就来把你套，

四大魔王来助威，

就算风也不放过，

是否如此等着瞧。

唱毕，琼恩抛出魔套，魔套像长了眼睛似的套在了阿贵的脖子上，阿贵拼命挣扎，用利剑连砍三下，也无济于事。琼恩迅速拉紧套索，将敌将死死捆在了马背上动弹不得。霍尔大将南嘉珠扎、聂巴色擦奔仁和魔国大将乳扎巴沃三人毫不犹豫冲到敌营，瞬间结果了五位大食大力士。霍魔大军乘胜追击，捣毁大食军营，收缴了不少武器和战马。

在另一侧，达戎部落的大军包围了协噶丹巴营帐。大食大将协噶丹巴翻上雄鹰会飞驹的马背，向着超同冲了过去，顺势连放六箭，将超同左右的十几名护卫将士射下马去，继而抽出宝刀追了上去。超同惊慌失措，想调转马头逃跑，脑子里又突然闪过昨日戎擦查根所说预言，说是今天要取得重大胜利，还是不能放过大好机会，便张弓搭箭后唱道：

唵嘛呢呗咪吽！

阿拉拉姆唱阿拉，

塔拉拉姆唱塔拉，

塔拉实乃歌之调。

三百六十苯神鉴，

前来助佑我达戎,

保佑我来唱此歌!

如若不识此地方,

雅玛山谷沼泽地。

如若不识我是谁,

富饶玛域之岭国,

地势险要瓶颈地,

普若宁宗之宫殿,

达戎首领超同王,

此歌猛虎怒吼曲,

降伏恶魔之歌曲。

白人白马协噶将,

细细听来是如此:

猛虎占据茂密林,

烈火燃烧变灰烬;

英雄猛将守军营,

强军围攻头落地。

话是如此也在理,

今天尔等虽勇敢,

定是吃亏之前兆。
之前所有之战役，
达戎部落取胜券，
大食逃跑似狐狸，
上至国王之爱子，
下至勇士大力士，
接二连三献首级，
今天枪打出头鸟，
你是背腹皆受敌。

今天你和我俩人，
首先展开射箭战，
看看箭术谁高超。
其次长矛来对垒，
长矛快似流星般，
看看枪法谁过硬。
最后再用剑来拼，
剑法之快似闪电，
看看谁人剑法高。
雍仲苯教之神众，
前来为我做助佑，

今天白人之敌手，

分秒之中砍下马，

叔父夺得胜券归。

　　唱毕，超同射出搭好的箭，此箭射在了协噶丹巴的马鞍上，并射掉了一片皮。协噶丹巴二话不说拔剑冲向超同，超同急忙调转马头，头也不回地逃去。达戎王子玛尼热噶连忙策马阻拦，连射两箭，一箭射在胸前，射破铠甲，另一箭射中坐骑前肩后，协噶连马带人都倒在地上，在大食护法神的佑助下倒地而起。协噶定了定神后搭箭说道："听着白衣男儿，你等若如此英勇，先听听我的歌。"便唱道：

唵嘛呢呗咪吽！

阿拉拉姆唱阿拉，

塔拉拉姆唱塔拉，

塔拉实乃歌之调。

天神明鉴来助威。

此地实乃亚隆畔。

协噶丹巴便是我。

雄踞雪山之雪狮，

英武鬃毛扬四方，

我乃大食之将帅，

英雄六艺皆在身。

今天相遇达戎将，

狐假虎威之超同，

挑拨离间二皮脸，

胡须貌似山羊须，

战死疆场人称赞，

夹尾逃跑臭名传，

达戎虚言似雷鸣，

今天看你套何处？

就在今天之时日，

若是不把你剁碎，

协噶之名算白取。

藏族古人谚语讲：

横击长空之能手，

自以为是之鹏鸟，

不想日月在其上。

疆场之上逞强者，

达戎自诩最英勇，

不想还有大食将。

之前经历之战役，

英武王子之以下，

普通士兵之以上，

英雄倾巢皆出动，

为了取胜计已穷。

狐狸之子超同尔，

身披三械来凑数，

从未将你放眼里。

黄色霍尔穆布姜，

都能踩到脚底下，

是否如此等着瞧。

今天你和我俩人，

无意之间来相遇，

你死我活是天命。

我之胜券在箭头，

利箭犹如霹雳般，

就算磐石也粉碎，

瘦弱身体又何战？

  协噶唱完连射两箭，一箭射中王子玛尼热噶的前胸，铠甲结实，而没能伤及性命，另一箭射中坐骑雪山碧玉驹的前肩，热噶连人带马一起摔在地上。王子拉贵急忙解围，拔剑和协噶对战良久，不见高低。其他兵马也混战在一起，双方死伤相当，两千多名士兵在混战中失去了生命。

  西侧的战场上，岭国文布军团死死围住大食赞拉军营，杀得大食将士血流成河。大食大将春泽奔古大力士冲出军营砍杀了不少文布士兵，姜将玉赤贡俄骑在青色布谷驹冲上前去，拔剑拦在春泽奔古面前喊道："呀！今天相遇之红衣人，自己不知道收手，便是亡命之前兆。"说完后唱道：

　　唵嘛呢呗咪吽！

　　阿拉拉姆唱阿拉，

　　塔拉拉姆唱塔拉，

　　塔拉实乃歌之调。

　　三界神族请明鉴，

　　今天为我来助威，

　　佑助姜将唱此歌。

　　如若不识此地方，

　　沼泽之地猛虎滩。

　　如若不识我是谁，

　　姜域紫色擦茹山，

　　玉珠宁宗之内部，

　　瑞庆大王之后裔，

　　姜将玉赤贡俄将，

　　谙熟六艺之首领，

　　中岭文布部统帅，

　　红色军团之将军，

扎拉王子之辅佐。
富饶玛域之岭国，
岭国中系似雪狮，
姜域小将未显手，
英雄辈出达戎部，
姜将好似猛虎般，
英雄犹如铸铁般，
姜将还未夺胜券。
听着红衣狐狸将：
欲进不敢之懦夫，
还想用手摘繁星；
将错就犯胆小鬼，
还想拔起大山来；
不是对手却挑衅，
还想踩碎石岩崖。
此时想法是如何？
繁华十字路街口，
黄牛自傲示威时，
要是遇到野牦牛，
锋利犄角会要命；
无边狂野沼泽地，

老马还想驰骋时，
要把野驴当对手。
犹如旗子插泥潭，
尼姆玉塘之旷野，
大食王臣气焰盛，
要把岭国树为敌，
终究人财皆为空。

岭国强悍之军团，
射箭好似下冰雹，
大刀犹如刮狂风，
长矛就像流星雨，
冤魂解释大食人，
岭国夺得胜券归，
是否满意红衣人？
单人匹马来逞能，
犹如烈火与干草，
难以取胜已注定，
今天你和我二人，
相遇前世已注定。
太阳升起天自明，

日头落山自然黑，

阎罗抛出索命套，

此理无人不知晓。

为此逞能之敌将，

会飞利箭和长矛，

锋利无比之宝剑，

三械便是你对头。

听懂便是悦耳言，

不听实乃心中刺。

玉赤贡俄唱完后等待对方的回复，觉杰春泽奔古调转马头后说道："呀！你若是汉子，就等我用利箭结束你的狗命吧！"说完唱道：

唵嘛呢呗咪吽！

阿拉拉姆唱阿拉，

塔拉拉姆唱塔拉，

塔拉实乃歌之调。

珠拉达拉梅巴鉴，

前来助威杀强敌，

包围故地大食国，

此地玉塘之水畔，

觉杰春泽奔古我，

八大力士之英雄，

红色军团之首领，

西方大食之国王。

座前出谋划策者，

赞拉多杰之大臣，

心腹之臣和辅佐。

之前创下之战绩，

一个昼夜说不尽。

听着我有话要讲：

恶母觉如之兵团，

恶贯满盈之部众，

查古王子之以下，

大食力士之以上，

王臣八十二人余，

无端被杀命归西，

大军一半已失去，

不止这些有其他，

大食军营被捣毁。

藏族古人谚语讲：

当空炎热大艳阳,

除了晒焦花草外,

欲想晒掉大海水;

善跑神驹千里马,

跑遍无垠大草原,

还想横穿戈壁滩;

淹没天地之洪水,

冲毁田间小谷堆,

还想冲走大桥梁。

无恶不作之岭军,

杀害大臣不收手,

还想吞噬我国土。

听着青马青衣人:

姜域之地丧家犬,

说是玉赤贡俄将,

其实与实不相符,

萨丹国王执政时,

丧失政权臣服岭,

今天逞强真可怜。

自以为是之小子,

> 短腿矮马欲奔跑，
>
> 那是野驴之对手。
>
> 自以为是老黄牛，
>
> 岂是野牛之对手？
>
> 恃强凌弱之鼠辈，
>
> 力士面前无路走，
>
> 是否如此看今天。
>
> 首先比试射箭术，
>
> 拉得大弓成弯镰，
>
> 利箭好似霹雳飞，
>
> 犹如雷霆劈岩崖。
>
> 如此不能取胜者，
>
> 与那死尸无两样，
>
> 短命崽子记清楚。

春泽奔古唱完后射出一箭，射中姜将玉拉贡俄右肩之上，由于铠甲的保护，玉拉贡俄没有受伤，便策马靠近，狠狠砍下一刀，将大食大力士从肩膀处一分为二，落马而亡。中岭文布军营的将士看到敌将落马，欢呼着一拥而上，将敌将兵械和首级全部收缴回去。

右侧战场上，王子扎拉泽杰像老鹰捉小鸡似的杀得大食兵将左窜右逃，突然大食大力士觉杰萨达多嘎向王子扎拉连射两箭，一箭将头盔顶上的顶饰射了下来，另一箭射在王子右肩，由于王子穿着金刚铠甲，没有大碍。扎拉很是愤怒，将闪电雷鸣铁箭搭在白色汉弓上，拉满神弓，对准萨达多嘎射出，瞬间敌将落马。

这日，岭军大获全胜，将大食大营变成了地狱。

第二天，岭国各路首领、将帅纷纷都聚集在王子扎拉泽杰的神帐中设宴庆功，大家享用着山珍海味，好比身在天宫。坐在中间座首的王子扎拉泽杰站起来后说道："呀！岭国将士们，请大家洗耳恭听，今天天降祥瑞，地呈吉祥，天时地利样样汇聚至此。"说着便用纯洁悠扬调唱道：

唵嘛呢呗咪吽！

阿拉拉姆唱阿拉，

塔拉拉姆唱塔拉，

塔拉实乃歌之调。

根本怙主三宝鉴，

祈祷神众请明鉴，

上部梵天请明鉴，

中部年庆古拉鉴，

下界龙王请明鉴，

祈祷降伏大食国，

祈祷开启财宝库，

祈祷岭国万事顺，

叔辈英雄诸兄弟，

同沐幸福之阳光。

如若不识此地方，

尼姆玉塘四方地，

白色神帐之里边。

如若不识我是谁，

东方玛域之上岭，

银色险要之城堡，

嘉擦协噶之子嗣，

扎拉泽杰是吾名，

雄狮大王之亲侄，

黑色恶魔之对头，

降伏强敌之能手，

扶植弱者之主人，

如此之事皆属实。

今年达岭之战役，

出征大食已降伏，

大多力士头已断，

已至收复民众时，

战争已近尾声时，

一是开启财宝库，

二是清除其余孽，

三是降伏其神鬼，

除了雄狮格萨尔，

没有人能做此事。

岭国本部各大部，

赛巴派出五使者，

文布派出五使者，

幼系派出五使者，

使者总共十五人，

派遣前去岭大地，

邀请雄狮格萨尔。

我等岭国将士众：

前后征战四年整，

杀得敌人血成河，

尸骨已经堆成山，

杀人越多罪越重，

解脱指路之本领，

除了尊王无他人，

当下需要去邀请。

听着岭国将士众：

邓琼达拉赤嘎将，

酷秀尼玛扎巴将，

木雅贡嘎旺秀将，

英雄男儿有奖赏，

赏赐马匹和兵器，

各种绸缎共九卷，

还有十块大金锭；

姜将玉拉妥居将，

一马一牛一铠甲，

各种绸缎共九卷，

还有十块大金锭。

你等四员大英雄，

为了击败大食国，

英勇善战必奖赏。

就从明天开始起，

也要奖赏各将士，

有福同享大家乐。

天神预言如此明，

战争收尾是如此。

听懂大将铭记心，

不听不会再解释。

扎拉泽杰唱完后，上岭赛巴八大部、中岭文布六部和下岭穆江四部以及岭属门隅、姜域、霍尔和魔国等大部的首领、将帅们，都非常赞成扎拉泽杰的决定，大家一致同意派十五名使者前去岭国本部邀请雄狮大王格萨尔。

在此次战役后，岭国占领了大食国牧古德琼以下、查玛桑亚以上的大片地域，占领的各个地域已经被分派的岭军把守得严严实实。

另一边，大食王臣焦急万分，大家相聚在一起商量对策。大食大将赞拉非常悲愤，难以咽下这口恶气，准备带兵去夺回失去的领地，然而，大食国王阻止其前去冒险。大食国王心想：大食主力部队已经被岭军击溃，大食国之命也，在九十位英雄好汉中除了协噶丹巴以外，再也没有能够主持内外政务之大将了。事已至此，我也没有更好的挽救局面的良策了。便悲痛地唱道：

唵嘛呢呗咪吽！

塔拉拉姆唱塔拉，

塔拉实乃歌之调。

珠拉查赖索嘎鉴，

此地玉霄大王宫。

如若不识我是谁，

大食国王便是我，

国王大臣请聆听，

藏族古人谚语讲：

白水不能待亲家，

对付恶敌用灶灰，

如此说法真有理。

还有领兵之首领，

勇士赞拉巴沃将，

二十五位大力士，

坚固铠甲似铁壁，

与其狐狸般逃跑，

不如猛虎般发威，

人身转世来一遭，

背负恶名真不值。

殉国王子之以下，

牺牲士兵之以上，

死得其所皆勇猛，

与其臭名扬四方，

不如一天死九回。

协噶丹巴请听好：

名声在外之内臣，

就在今天之以前，

大食军团四大部，

人数相当权亦同，

内心深处信任你。

乳汁养育之海螺，

是为对付毒水鳖；

卫藏取回之良药，

是为解毒和去暑；

国王信任之大臣，

是为大事来出力。

然而如今已至此，

之前所犯之过错，

讲上一天也不完。

要说事情之原委：

起初玛域之岭国，

前去寻找失马时，

纠纷就在达戎部，

引狼入室之大食，

说是协议来解决，

从此之后之时日，

北方玉茹慕塘地，

就有岭军在出没，

前来王宫汇报时，

守边哨兵之首领，

为了解围派协噶，

没能解围似狐狸，

闭着双眼去办事，

双耳好像被塞严，

糊涂无知似傻瓜，

使得敌人占优势。

玉默纳塘之谷地，

英雄将领五百二，

十名力士皆断头，

好似梦境般逝去。

其后压境之岭军，

无法以少胜多之，

我方大军受重创。

达戎狐狸之对手，

派遣协噶去阻止，

不说夺得胜利归，

反而失地又折兵，

身挂三械有何用？

惨败景象是如此，

协噶老贼罪难逃,

无须在此费口舌,

协噶懦夫丧家犬,

不留分秒去处死,

各位将帅记心间。

听毕,大家都在心里嘀咕,事已至此,阵前斩杀将帅是大忌,国王有如此想法,将帅们都感到非常心寒、失望。大将赞拉站起来,将五百块金银元宝和三匹锦缎献与国王,为协噶丹巴求情,唱道:

唵嘛呢呗咪吽!

阿拉拉姆唱阿拉,

塔拉拉姆唱塔拉,

塔拉实乃歌之调。

珠拉达拉梅巴神,

宗拉嘎琼请明鉴。

如若不识此地方,

故乡玉霄达宗城。

如若不识我是谁,

四大军团之内部,

没能战死侥幸者,

赞拉多杰苦命将。

五色宝座之上面，

虎狼英雄之列中，

无敌大王请聆听：

今年两国之魔军，

捣毁大食富饶地，

国王负担比山重，

有此顾虑能理解。

若是空中不打雷，

闪电怎会乱闪耀？

白云不会尽散去。

若与超同不纠缠，

岭军怎会侵大食？

家乡就会保太平。

自从纠纷产生后，

国王不是未授意，

鞠躬尽瘁大臣为，

没有二心和顾虑，

此事实乃天数定，

当下王臣之内讧，

好似鬼神在作怪。

然而尊贵之大王,

在此各位臣将众,

摆在国王面前事,

小臣协噶丹巴将,

有过但无杀头罪。

老臣达拉威巴将,

实乃协噶之生父,

前朝卓越之功臣,

一看亡臣之英灵,

二看老臣我求情,

三要顾忌岭口舌,

收回成命国王思。

自今开始之以后,

小臣协噶丹巴将,

为了将功赎罪责,

派遣驻守玉霄城,

预防岭国来进军,

以此来谢我国王。

协噶丹巴和我俩,

幸福之时同骑马,

落魄之时同担当，

不求同生要同死，

誓言有天来见证。

从今开始之以后，

王臣一起抱成团，

死也坚守大食土，

就是死去留全尸，

要看最后之胜利。

二十五位大力士，

三十四万大食军，

活着就夺胜利券，

死后藏域留英名。

不能如此废良机，

大龙头顶之珍珠，

不能提前去亮相，

就得最后去夺取。

格萨尔王之军团，

起初虽然有失败，

最终胜利属我方，

是否如此王臣众？

勇士不管去何处，

赞拉我来做统帅，

大王亲自来坐镇。

听了如此请求后，国王说道："协噶丹巴罪孽深重，与那该死的超同没有两样，但是，你等如此为他求情，暂时留他一条狗命。"各位将帅都很开心，纷纷叩拜，感谢国王不杀协噶之恩。协噶心想：在此之前，我对国王鞍前马后，出生入死，到头来落得如此下场，看来迟早会被国王斩杀。不由得心中产生了投靠岭军的念头。赞拉也心想：在这种关键时刻，王臣不能长时间地存在芥蒂，现在国王焦虑万分，作为大臣应该为国王着想。而协噶丹巴秉性耿直、性情刚烈，他是否有投靠岭军的想法呢？想到这里，对协噶说道："尊敬的协噶丹巴啦！藏族古人谚语讲得好，学生要聆听上师之教诲，将帅要服从国王之命令，子女要尊重父母的言教，在这种时候更要报效国王。"说完便唱道：

唵嘛呢呗咪吽！

阿拉拉姆唱阿拉，

塔拉拉姆唱塔拉，

塔拉实乃歌之调。

珠拉查赖索嘎鉴，

要为大臣来助威。

此地玉霄富饶地，

赞拉首领便是我。

幸福好似太阳照，

痛苦犹如黑暗罩，
王臣分歧之时日，
由于外敌之原由，
无须产生内讧来。
清澈湖底鱼虾游，
鱼虾便是湖之景，
若是江水不结冰，
鱼虾不会去搁浅。
无际苍穹青龙鸣，
青龙实乃天之骄，
若是山上不下雪，
青龙不会由此静。
恶敌前来侵犯时，
大臣忠心王无忧，
难料最终结果时，
分道扬镳绝不能。
无敌疆域之国王，
万寿无疆似须弥，
无比坚固不动摇，
今年柳树似风吹。
协噶丹巴请聆听。

听毕，协噶丹巴心想：我与赞拉虽不是亲生兄弟，但是从小一起长大，两人的感情胜过亲兄弟，现在不听他的话不太合适。回道："呀！兄长赞拉多杰贝巴啦！咱国王正在气头上，难以分辨黑与白，虽然难以在其手下尽忠，但是我还听您一句劝。"为了安慰协噶丹巴，将帅们纷纷给他献上金银元宝，献上哈达，大家共同起誓，要为大食国同生死、共患难，向大食国战神赤赖索嘎做了保证。

过了两夜，协噶丹巴想来思去，觉得投靠岭军的事情必须谨慎为妙，最好不要直接向王子扎拉泽杰投靠，舅舅达拉威巴曾经在北地安茂葛塘狩猎时和辛巴梅乳孜有很好的交情，还是先去投靠霍尔部辛巴梅乳孜为好。是夜，协噶找来两名牧民，给了十块金锭，要他们将写好的信件秘密送往霍尔大营。辛巴获信后迅速复信表示欢迎，协噶得到辛巴的回信后，立即带着自己的部下，在夜幕掩护下去了霍尔部辛巴处，向辛巴献上无数金银和布帛，并将自己的苦衷一一告诉了辛巴大王。

次日，天放了亮，大食士兵才发现协噶已经叛逃，便向大食国王汇报了情况。大食国王急忙召集将帅，将王宫的眷属全送到山沟中躲避，命令赞拉组织部众进行反攻。

就在大食组织反攻的第二天，岭国各部从四面八方聚集到玉霄滩。大食守将拉古达玛冲进岭营，顷刻间杀死十几名岭兵，嘎德上去阻拦，俩人拼杀不到几个回合，拉古就被嘎德挑下马背。

战场另一侧，姜门联军和达戎部的军队将赞拉军营团团包围，水泄不通，赞拉多杰跨上红色坐骑，冲到达戎军队当中一阵砍杀，将达戎部一百多名士兵送上了西天。达戎王子拉贵二兄弟和达拉赤嘎、玉拉等四人一起射箭阻止，但无济于事，五人便靠近肉搏，混战了一顿茶的工夫也不见高低。大食大力士顿洛前来为赞拉多杰贝巴解围，一箭射出，瞬间就结果了一名岭兵性命。玉拉看到后前去阻拦，搭箭拉弓，离弦之箭正中顿洛心口，使其坠马而亡。

就在此刻，赞拉多杰贝巴杀开血路，冲到了霍尔兵营杀死了一百多名霍尔士兵。辛巴看见此景大怒，像飞鸟般跃上红色坐骑，搭箭拉弓，对准赞拉多杰贝巴后喊道："呀！听着讨吃赞拉多杰贝巴崽，我有三句话要说。"说完唱道：

  唵嘛呢呗咪吽！
  阿燕杰布战神鉴，
  梅燕噶贝先祖鉴，
  辛巴战神灿泽鉴，
  保佑我来唱此歌。

  此地尼姆玉塘滩，
  猛虎出没之地方。
  如若不识我是谁，
  阿青霍尔之地方，
  北方戈壁大荒滩，
  青色贝巴城堡中，
  热庆大王之子嗣，
  名叫辛巴梅乳孜。
  霍尔大地之日月，
  征服敌人之魔锤，
  福寿双拥之珍宝，

六艺俱全似闪电,
能说会道舌如簧,
此乃梅乳孜五优。

给我听好是如此:
青山被那雪覆盖,
青龙再猛难吼声;
树叶被那狂风刮,
布谷不会来鸣叫。
大食故土被岭占,
英雄无用武之地。
山岗大鹿犄角美,
若是行走无方寸,
最终也会中利箭,
流血而亡真遗憾。
大食大将赞拉你,
若是难以握尺度,
最终遇上辛巴我,
人头落地真遗憾。

无敌辛巴梅乳孜,

没有慈悲和爱心，

所以取名为辛巴，

四羽神弓远处射，

敌人四蹄便朝天。

今天所射之此箭，

弓声好似打雷般，

箭头犹如霹雳箭，

箭尾宛如流星般，

如此锋利之神箭，

就来取你小狗命。

听懂赞拉记心间，

不懂小命就归西。

歌音未落毕，铁箭在嗖嗖声中飞向赞拉，不偏不倚地射中赞拉的盔缨，赞拉心想：今天不能就此罢手，要用箭对付辛巴梅乳孜，就算射箭失手，必须用刀剑相拼，夺得胜利。如此想着便唱道：

唵嘛呢呗咪吽！

阿拉拉姆唱阿拉，

塔拉拉姆唱塔拉，

塔拉实乃歌之调。

珠拉达拉梅巴鉴，

宗拉嘎琼请明鉴。

如若不识此地方，

尼姆玉塘之下方。

如若不识我是谁，

雪山耸立之地方，

便是其地之主人，

赞拉多杰是吾名。

听着霍尔之辛巴：

今天你所相遇之，

四方恶敌皆战遍，

从未留下我败绩。

然而今年和去年，

恶魔岭国之军团，

步步紧逼要我命。

三冬之雪压大山，

青龙就得伏海中，

要是返回之时日，

岩崖不被霹雳击，

不是青龙之作风；

秋末庄稼被霜打，

布谷要回门隅地，

来年返回之时候，
若是叫声不满地，
不是布谷之习性。
岭军今天侵大食，
大食王臣被蒙羞，
若是东山再起时，
若是不报此仇恨，
就算赞拉我已死。

霍尔辛巴梅乳孜，
别人没有之五优，
怀疑是否如此之。
不敬父母之逆子，
没有骨气如空壳，
逃跑最快似老鼠，
没有勇气如狐狸，
没有胆量似黄牛，
好似具备此五样，
犹如无力之女人，
你所射出之铁箭，
好似无力之木棍。

我所射出之利箭，

就像天界霹雳般，

就是岩崖也成灰。

今天让你变灰烬，

箭头会有火焰闪，

射中何处皆丧命，

辛巴请你记在心。

赞拉唱完的同时，将搭好之箭射向辛巴梅乳孜，利剑虽射中辛巴，由于护法神的保护没能伤害到辛巴。辛巴靠近赞拉后和他刀剑搏斗，可是不见输赢。阿达姆、巴特尔唐噶泽古、乳巴聂赤古穆等三人上来助战，大食大将赞拉一刀将乳巴聂赤古穆砍下马去，辛巴在其护佑神天泰的帮助下砍了赞拉几刀，赞拉不敌便朝南逃去。

在战场东南角，奔贵鲁杜大力士骑在黑色追风马上，射杀了不少岭兵，岭将邓琼达拉赤嘎一箭将奔贵鲁杜大力士射下马，一命呜呼。于是，岭军士气大涨，英勇冲杀，前后将十万大食兵将送往西天，剩余的大食士兵纷纷缴械投降。

突围的赞拉多杰贝巴和五位大食大力士冲进达戎军营，瞬间砍杀了十三名达戎骑兵。达戎部落超同王吓得屁滚尿流，慌慌张张骑马逃命，不料马失前蹄，踩在老鼠洞里，一个趔趄，超同从马上重重地摔在地上。达戎王子拉贵等几个精兵强将上前营救，挡住赞拉多杰，在几个回合后，由于力量悬殊，赞拉不敌，调转马头逃回地上红崖王宫去了。岭国主部和霍尔、门隅、姜域以及魔国的联军把大食军营的粮草物资和兵器统统缴回岭国大营。

次日清晨，门隅大将达瓦查赞、姜将木雅曲杰旺秀、百户阿瑟托杰、霍尔巴杜唐嘎泽古以及魔国乳扎巴沃等将，带领岭国士兵们把大食王宫桑宗查玛包围得水泄不通。大食国王和大臣们召集法国阿苯和米苯等三百多位苯教法师，做法诅咒岭军，用黑刺、人骨、蛇骨等九种赃物制成的咒术之物撒遍王城周围，每天早中晚各撒一遍，城外用火防卫，火焰冲天，不要说人马，就连神鬼也难以出入。

七

　　此时，岭军派出的使者来到岭国格萨尔大王的王城，信使们恭敬地向格萨尔大王叩首敬礼后将信件交予大王，详细地汇报了前线的战情。雄狮格萨尔大王知道已经到了彻底降伏大食和打开大食宝库的时刻了，便祈祷天神、年神和龙神以及山神等保佑。雄狮大王格萨尔身披三械，全副武装，跨上枣骝神驹，在王妃珠姆等三十多位眷属的祝福和送别中向大食国进发。

　　再说岭国军营中，大家对大食的施咒无计可施，休整了几天后，一日清晨，神子扎拉泽杰说昨夜梦中天神预言雄狮大王格萨尔已经快到大营，便通知岭国重臣和大将前去迎接。扎拉泽杰、丹玛、达杰、嘎德、姜将玉拉、辛巴和邓琼达拉赤嘎等七人去岗拉玉桑地方迎接，大家将雄狮大王格萨尔迎至军营大帐。大王为大家一一做了摸顶，享受着盛大的欢迎宴会。王臣们说笑着享用美食美酒时，总管王戎擦查根向格萨尔大王献上一条五色哈达，用细水长流调唱道：

　　　　唵嘛呢呗咪吽！

　　　　阿拉拉姆唱阿拉，

　　　　塔拉拉姆唱塔拉，

　　　　塔拉实乃歌之调。

　　　　上师佛法和僧伽，

　　　　一心一意做祈祷，

只为还得十地果。

如若不识此地方,
大食尼姆玉塘滩,
绿地好似坛城般。
如若不识我是谁,
无疑大王熟识我,
世间第一之雪山,
西方圣地冈底斯,
四河流域之源头,
便是玛旁雍措湖,
开创岭国之老者,
叔父戎擦查根我。

大家请听我来讲,
珍宝堆积之宝座,
五色绸缎坐垫上,
古铜颜面洁玉齿,
眼中血丝如珊瑚,
上额好似玛瑙般,
战神之光金灿灿,
请您轻松听我言。

玛域岭国之故乡，

一切如常安好否？

岭国三十大上师，

诸位贵体安康否？

业力是否更精进？

父辈好似须弥山，

女眷犹如珍珠串，

晚辈就像草原花，

安然无恙皆安好？

美丽如画之田园，

庄稼五谷丰登否？

无边无际之草原，

六畜遍野兴旺否？

我等出征之兵团，

一是大食权势高，

二是将士六艺全，

三是幅员太辽阔，

大食占全三优势，

岭国将士还算好。

之前过去之事情，

其中几起遗憾事，

银色军团十万兵，

白色雪山鬃毛乱；

红色士兵之军团，

好似鹞鹰损利爪；

黄色士兵之军团，

好似鲜花被霜打。

再说取得之战果：

大食宽阔大地上，

王子首级丹玛取；

黑色九层大帐中，

辛巴好似摘鲜花；

黑色岩山之地方，

玉拉获得大胜利，

四部大军皆降伏，

此后拿下玉霄城；

协噶臣服辛巴将，

做了引路和参谋，

击溃敌军十三万。

大食九十大力士，

赞拉胜出已逃脱，

当下桑宗查玛地，

王臣一起守主营，

阿苯法师施咒术，

九种恶毒之咒物，

两地之间垒火墙，

四方大地被火围，

难以进军该如何？

查玛桑宗如何破？

大食宝库何时开？

希望大王做明示，

如何解脱六道众，

敬请大王铭记心，

若是不对请谅解。

听毕，雄狮大王、人中太阳格萨尔将一条九尺长的哈达搭在叔父脖子上后说道："叔父您等英雄辛苦啦！之前的战争已经取得决定性的胜利了，所剩之事用法术对付之。"说完后唱道：

唵嘛呢呗咪吽！

阿拉拉姆唱阿拉，

塔拉拉姆唱塔拉，

塔拉实乃歌之调，

塔拉要引解脱路。

祈祷众生得解脱，
助佑岭国取胜券。
日月辉映之苍穹，
法身无量光明鉴。
东方布达拉圣地，
报身观世音明鉴。
西方莲花光福田，
化身莲花生明鉴。
祈祷佛法永昌盛，
祈祷十善遍大地，
祈祷众生得解脱，
大王事业得圆满。

如若不识此地方，
西方尼姆玉塘滩，
万人大帐之中间。
如若不识我是谁，
富饶玛域之岭国，
穆布茶城永固地，
佛教黄帽派支柱，

降伏恶魔之阎罗，

拯救藏人之主人，

雄狮大王格萨尔。

看到所有勇士众，

如此开心皆欢喜。

已经逝去三勇士，

前世注定之命数。

超脱也为众生事，

祈请三宝来加持，

祈愿转世纯洁地，

不用过度去悲伤。

藏族古人谚语讲：

不返之事有三样，

太阳西行不可阻，

头发变白不可阻，

人生生死不可阻，

此等三种不可阻。

富饶岭国之后方，

父辈女眷和子女，

犹如金山未褪色，

好似大海未浑浊，

宛如鲜花绽放般。

请听叔父勇士众，

俄默隆谷查玛地，

若不除琼热达顿，

大食国王难屈服；

若不除森布肉宗，

难以战胜非人族。

所以明天之时日，

要破查玛桑宗城，

射箭好手英雄众，

刀枪精湛之武士，

六艺热火之勇士，

当下就是施展时。

路途遥远骏马行，

要屠赞拉大力士，

阿苯咒师当箭靶，

清除苯教之根基，

打开日月之密门，

财富引回岭国去。

在座众将铭记心，

心想事成皆顺利。

大王格萨尔唱完后，面带微笑地坐在宝座上。次日一早，雄狮大王格萨尔在众将领的陪同下来到俄默山谷谷口，格萨尔王说道："今日机缘巧合，各位英雄可以对准峭壁射箭，天神会守住琼热达顿不让逃脱。"众英雄纷纷拉弓搭箭时，叔父超同将会飞魔箭射了出去，箭头直插峭壁之中，叔父超同开心无比，自诩道："叔父神通无人比，今天此箭是证明，你等勇士试试看。"格萨尔大王看了看丹玛，丹玛顿时心领神会，抽出一支白色神箭，唱起了降伏苯教咒师的歌：

唵嘛呢呗咪吽！

塔拉拉姆唱塔拉，

六变塔拉丹玛唱。

唱歌就在旷野唱，

声调响彻三界天。

三宝天神请明鉴，

清爽之地坟茔处，

哈巴成就师明鉴，

多杰丹之大宫殿，

法身释迦摩尼鉴，

助佑英雄唱此歌。

如若不识此地方,

大食查玛山谷口,

险要查玛之谷口,

赞玛鲜血染尽处,

火焰焚烧之大地。

如若不识我是谁,

虽然不能飞太空,

绕转地球无质疑,

我乃雪山之雄狮,

身体强壮鬃毛扬,

上部天空之云层,

雷声鸣叫之青龙,

想要霹雳击大地。

在此之前时日里,

利箭能劈山崖者,

一心向善具智慧,

降伏恶敌之能手,

命臣丹玛便是我,

岭地无人不知晓,

岭国丹玛就是我,

地位之高与天齐。

为了弘扬善佛法，

从岭来到大食地，

降伏敌人之使命，

请您观看有好戏。

我射此箭是霹雳，

好似霹雳击岩崖，

若是岩崖不落地，

丹玛之名白得之。

天神保佑利箭首，

年神护佑箭之腰，

空行佑护箭之尾，

弯弓就在空中拉，

绕过日月和星辰，

恶敌命根瞬间飞。

　　唱毕，丹玛一箭射在峭壁上，射下一块门扇大小的磐石。红色山洞里守护阿苯咒师的赞魔浑身黑雾萦绕、黑发黑须冲天，身上穿着黑衣，戴黑帽，披黑甲，他将天铁黑橛扔向丹玛，丹玛被黑橛毒雾熏得神志不清。此后，桑达、玉拉和董氏康巴玉丹等人齐箭并发，射得岩崖飞石四溅。琼热达顿难以抵御，便扑闪着铜翅，正欲逃走，雄狮大王格萨尔见状迅速拔出梵天大王的神箭，一箭将其毙命，犹如风中的油灯一般被熄灭。格萨尔心想：

琼热达顿的铁嘴在将来降伏森布肉宗时还能派上用场。便将其魂收入囊中。

收服琼热达顿后，几人来到一个平地上，卸下马鞍，烧茶休息时，发现前方小溪边有三位皮肤白里透红、戴着各种珍贵首饰、身材窈窕一般高的少女在采摘鲜花。大王神通广大，一眼就看出这几位少女非同一般，绝非人族，便说道："各位看那边那几位少女非等闲之辈，若能追到手，今后就会想要什么就能得到什么，还可以做终生的伴侣，想要就赶紧追。"超同仔细看了看，想着若真是像大王所说的，那必须得努力一把。便说道："尊贵的大王！依我昨晚梦境，此等美女就是我的囊中之物，非别人可以觊觎。"丹玛和辛巴则表示年事已高，便不去争抢了，只叮嘱其他英雄都不要放过此良机。米琼心想：之前门岭之战时门隅门萨姑娘本该属于自己，可是达戎部财大气粗，姑娘活生生被抢走了，今天天赐良机决不能放过。便说道："你等跟随大王的将士们都各个有家室了，之前，我米琼家的媳妇也被你达戎超同家硬撬了，今天的机会该属于我了！"超同听后很是生气，二话不说，备上马鞍，米琼也备鞍套缰。辛巴说道："今天你俩或是赛马或是抓阄的方式决定胜负。"丹玛和玉拉支持抓阄，最后大王格萨尔让他俩骑马抢海螺决定胜负。结果超同获胜，超同喜出望外，带着很多金银珠宝到三位少女身边，在一块绵羊大的石板上摆满了珍宝，手持一块金元宝，手舞足蹈，眼冒绿光地说道："未曾谋面的三少女，请听我达戎超同王的歌，话语好似金子般。"说完便唱道：

  唵嘛呢呗咪吽！

  阿拉拉姆唱阿拉，

  塔拉拉姆唱塔拉，

  塔拉实乃歌之调，

化身次旺仁增鉴,
敬请祈祷来加持,
祈祷心想万事成。

如若不识此地方,
大食江隆三岔口。
如若不识我是谁,
富饶玛域之岭国,
上岭赛巴八大部,
几十万军之首领,
达戎叔父超同王,
人间国王之叔父,
神界明王之化身,
法术多如恒河沙,
各种咒语皆谙熟。

似花少女请聆听,
此山如何来称呼?
此水又叫什么名?
尔等天神或如人?
白里透红之面容,

犹如莲花方盛开，

珍宝首饰无比美。

勾人魂魄三美女，

不管天神还是人，

希望能与你和好，

是否想嫁达戎家。

富饶之地达戎部，

达戎龙王之宝库，

不用海底去打捞，

有那大片白海螺；

不用剥下野兽皮，

就有成片的虎皮；

不是野驴之种裔，

有那高头大神驹；

黄色金谷之金库，

摆满成品金元宝；

白色银谷之银库，

放满大块之银锭；

六畜兴旺牛羊多，

若去姑娘且做主。

世间老人谚语讲：

若想人生得幸福，

嫁于老人做妻妾；

要想权势握在手，

就找首领做伴侣，

此话有理实如此。

三位美女请聆听，

藏人说法有三疯：

布谷鸣叫乌鸦疯，

大雨倾盆南云疯，

身材走样少女疯，

莫要等到如此时。

石板上面之珠宝，

若是答应全给你，

若是满足我老汉，

达戎财富不计数，

尽数皆奉美女前。

　　超同唱完后等着三位少女的回复，三位少女对他不理不睬，收拾好行囊便离开了。超同来不及收拾摆在石板上的金银珠宝，连忙上马追赶。三位少女走到半山腰时消失在一片红色岩崖后面，超同只能下马，将马拴在山崖下，徒步追赶。他翻过山崖来到一个山洞门口，慢慢走了进去，仔细端详下，发现里边鲜肉堆成山，鲜血汪成湖，尸骨满地，超同方知自己误闯了四面森布热恰的领地，便赶紧退了回来。却发现森布小兵们有些举着刀剑，有些披着人皮，有些手捧心肝，狼吞虎咽般追了过来，超同吓得浑身汗毛都竖了起来，屁滚尿流，连滚带爬到一块岩石下躲了起来。森布小兵们四处打探，没有寻见超同，便生吞活咽了超同坐骑金眼野鸭驹，过了片刻，超同觉得躲过一劫，想着骑马逃回格萨尔大王身边，猫着身子到山崖下一看，只见拴坐骑金眼野鸭驹的地方只有一滩鲜血和白骨。回到自己的领地，众森布怀疑黑头藏人已经侵入他们的领地，森布虎眼魔女拿着人皮缝制的大皮囊说道："此皮囊只要用三次，能够收了上至天界、下至龙宫，包括汉地、印度和卫藏四茹一切来犯恶敌。"说完使劲一甩。超同吓得心惊胆战，不小心一摔，失去知觉，同时被轻松地收进了皮囊。众森布打算生食超同时，梵天显灵，改变了森布虎眼魔女的主意，决定把超同在皮囊中困上七天七夜。

此时，岭国王臣们聚在一起，玩耍各种游戏，等待超同回来。丹玛总是有些不放心，便到格萨尔面前说："超同为何还不见回来？"格萨尔大王定了定神，镇坐在那里冥想，梵天大王幻化成一只金翅蜜蜂，在格萨尔大王头顶绕了三圈后警示道："雄狮大王格萨尔，你还哪有如此悠闲际？达戎超同已经被四面森布热恰生擒，囚禁在人皮皮囊中。眼下赶紧要降伏森布肉宗，这不死命根一旦落入大食国王之手，就不能彻底打败大食国，更不能打开财宝库。"格萨尔大王知情后一骨碌翻起身通知大家："叔父超同王被森布生擒，今天需要马上降伏森布恶魔。"

于是，王臣将帅们按照格萨尔的吩咐，来到红色岩崖，刚好看到超同坐骑被吃的痕迹。大家来到森布岩洞门口时，格萨尔将所有山神、战神威玛尔都召集到身边，观想着空性定力，用板斧重重劈了三下岩洞后，岩洞门口的磐石全被击碎。四面森布热恰非常愤怒，应声跳了出来，雄狮大王一斧头将其劈为两半。森布虎眼魔女被辛巴用毒剑杀死，森布虎目大将被达杰桑达阿东用大刀砍成两截,其他虾兵蟹将一一被岭国将帅消灭干净。大家钻进岩洞中救出了装在人皮皮囊中狼狈不堪的超同,之后取出了森布的心想事成聚宝盒、擒拿三界之套索和森布不死命根等物。大王超度众森布死去的灵魂超度到莲花光之福田,其他未死的全部收为善法之护法。

两日后的清晨,雄狮大王格萨尔身披万丈光芒,骑着枣骝神驹,在草原上像彩虹般消失得无影无踪,人马一并来到尼姆玉塘滩,熊熊的火光在燃烧。白唇枣骝驹高兴地向自己的主人格萨尔大王唱道:

唵嘛呢呗咪吽!

阿拉拉姆唱阿拉,

塔拉拉姆唱塔拉,

塔拉实乃歌之调。

莲花佛域上部地,

祈祷无边观世音,

引导六道皈善法。

如若不识此地方,

查玛桑宗之谷地,

黑红火焰喷发地。

如若不识我是谁,

外部体形是骏马,

内心则是善佛法,

观音菩萨之化身,
大王终身之坐骑,
四蹄好似风火轮,
善法空性自然成。
无敌神子格萨尔,
有形无形两样全,
你我人马之二人,
所有机缘皆自成,
心中不用生畏惧。

事情原委是如此:
苍穹飞翔之大鹏,
不会掉入深渊地,
身体健壮飞技强;
大浪之中白肚鱼,
波浪汹涌无畏惧,
若是淹死非大鱼,
游技再好也无用。
战神之子格萨尔,
喷射火焰不畏惧,
若是胆怯非神子,

修证空性便无用。

枣骝本领是如此，
遇到巍峨雪山时，
好似雪狮般飞驰；
遇到高山悬崖时，
就像野牛般飞奔；
遇到无边大海时，
宛如金鱼般遨游；
遇到火山之时候，
凉爽清水可沐浴，
根本不用去畏惧。

梵天预言铭记心，
眼前喷射之火焰，
阿苯法师在施咒，
就在四方金瓶中，
必须夺回其咒物，
之后打开红密库，
无须兴师和动众。
无比英勇之将士，

门隅邓琼达拉将，
必须要有其神箭，
大王便能夺胜券，
无敌大王之宝剑，
就要派上其用场。

通灵枣骝骏马我，
脚力如何看眼下，
此刻心情无比好。
红色火焰之魔敌，
清澈水是其对头。
黑色咒物之秽物，
柏树熏香就能除。
大王是否很开心？
红色火焰之大山，
是那神族之宫殿，
今天为了开宝库，
还有几件大喜事。
人马双方皆欢喜，
祈祷善法永久昌，
祈祷人类得和平，

祈祷宝藏归蕃域，

所有祈愿就成真。

听完后，雄狮大王格萨尔无比开心，回道："神驹所言极是，有你如此优秀之友，胜利怎么能落入敌人之手？你有如此脚力真乃我之幸事！"于是，一行人马像水鸭游水般顺利穿过了火海，来到了山顶。格萨尔幻化成一只土拨鼠，观察了一番地形之后继续西行，大王变成的老鼠钻进了阿苯法师的修行洞中，将阿苯法师装咒物的珍宝箱子偷了出来，又变成一只飞鸟，在天空中绕了一圈，神奇地熄灭了熊熊烈火。与此同时，枣骝神驹变幻成一只神鸟飞到岭营总管王戎擦查根的帐篷里报信，通知岭国将士们赶紧出战。

大食将士们得知阿苯咒物宝盒被盗后，将此事告知大食国王，阿苯法师想到绝对是觉如所为，便继续制作咒物。

原大食大将协噶丹巴带领着大军浩浩荡荡地向着查玛桑宗方向前去，格萨尔大王也神变出一百骑士兵到红岩山口西北交界处迎战。大将赞拉多杰贝巴看见岭军后，毫不犹豫地跃上坐骑冲上前来。岭将达杰桑达阿东骑在东茹达噶神驹上，手中挥舞着阔口大刀，用狮子怒吼调唱道：

唵嘛呢呗咪吽！

阿拉拉姆唱阿拉，

塔拉拉姆唱塔拉，

塔拉实乃歌之调。

火山喷发之坛城，

血海翻滚之中央，

善法法王请明鉴,
祈请助我唱此歌。

如若不识此地方,
查玛红谷之上部。
如若不识我是谁,
地方达域大草原,
达域十三万户多,
我乃各部之首领,
达杰桑达是吾名。
在我头顶之白盔,
贝拉顿查奔宗盔;
右侧所挂之套索,
饮血达顿之套索;
腰间所挎之宝刀,
食肉阔口之大刀;
胯下所骑之神驹,
东茹达噶之骏马。
天上青龙留名处,
贝拉一样留青史。

说来原委是如此:

脚力优良之骏马，
能够横穿大草原，
速度似飞比风疾；
四部合并之军团，
利器斩除大食敌，
所积财富献与我；
两部军团之英雄，
英勇无比杀敌将，
神奇之力熄火海。

今日达杰之对手，
若有勇士请过来。
大食将帅似女人，
好似狐狸大食将，
就在今天之战场，
猛兽嘴边之鸡狗，
眼下死路就一条。
神驹飞驰之路上，
飞鸟也会让开路；
阔口大刀挥舞处，
犹如霹雳击岩崖；

雄狮发威之时刻，

死神也会绕开道。

是否如此看眼下！

听懂便是悦耳言，

不懂便是刺耳语。

唱完后，达杰桑达策马冲锋，不等大食阿奔顿玛报上姓名，手中挥舞的阔口大刀瞬间使阿奔顿玛身首异处，落马而死。赞拉多杰贝巴策马冲来迎战，双方刀去剑来，几个回合也不见雌雄。赞拉便调马向着雄狮大王格萨尔的方向冲了过去，大食降将协噶丹巴看到后心想：我和赞拉多杰贝巴在此兵戎相见虽然不太合适，但是，我还是想和他说几句话儿。便上马挡在赞拉面前，挺了挺身体，用雄狮九变调唱道：

唵嘛呢呗咪吽！

阿拉拉姆唱阿拉，

塔拉拉姆唱塔拉，

塔拉实乃歌之调。

南拉珠拉托杰鉴，

赞神达拉荣莫鉴，

助我唱响该支歌。

如若不识此地方，

查玛红谷中心地，

绿草地上百花盛。

如若不识我是谁,

达拉贝巴之后裔,

协噶丹巴便是我。

藏地协噶有三人:

卫藏释迦协噶佛,

奔巴嘉擦协噶臣,

大食协噶丹巴三。

我之本性似须弥,

又如深海之珍宝,

勇敢好似猛兽般,

之前一心为大食,

力士军团之首领,

此生幸福托我王,

无勇却在英雄列,

无谋犹在首领中。

世间老人如是说:

汉地白玉奶乳色,

虽非珍贵之饰品,

然是珊瑚之陪衬;

驰骋旷野千里驹,

虽未百驹之行列,

然是赛场陪跑马;

协噶丹巴大食将,

没在百位命臣列,

岭国英雄之辅佐;

阔刃白云亚斯刀,

虽非著名之兵器,

然是协噶之利器。

在那高高宝座上,

西方大食高利王,

若是双耳还未聋,

就听协噶之良言;

双眼还能看清楚,

就看协噶之苦心。

之前已经进谏言,

今天是否已应验?

无敌英雄格萨尔,

所向披靡之岭将,

六变之调布谷鸟,

随之时令来鸣叫,

是否有理高利王？

自从那日之以前，
一心皆为老百姓，
忠心不二为我王，
眼珠一般爱大食。
摇摆不定大食王，
差点要了吾之命。
话不多说是天意，
众人笑我我无悔，
从未出征抗敌军，
搬弄是非王臣背，
此话实乃双刃剑，
希望换来金良言。

若在帐中请出来，
你若勇气不如我，
我之勇气比你盛，
搅得故乡面貌非。
惩罚无罪之功臣，
所作所为难启齿。

今天你和我俩人，

不要人肉堆成山，

不要人骨满野地，

不要热血撒满地。

大食国王请出来，

若是不来真丢人，

不来就如死人般。

听毕，赞拉多杰心想：国王之前所做的确有失公允，可是今天我和协噶丹巴在此对垒实在是难堪，就算我去和他独斗，估计他也不会迎战，要是窝里斗，那就成为天大的笑话，最好还是避开协噶，杀到门姜联军大营为好。

于是，赞拉转向协噶右侧的门姜联军军营，连射两箭，一箭射中姜将玉拉妥居马鞍前桥，另一箭射中门隅将领阿噶塔巴的前胸，使阿噶塔巴坠马而亡。姜将玉拉妥居、丹玛和邓琼三人一起策马围杀大食大将赞拉，玉拉一剑令赞拉受了重伤，赞拉便调转马头向西逃命去了。

见阿苯和米苯二人手持法鼓和唢呐向着天边飞去，达戎首领超同王将震慑三界神套抛向空中，遂唱道：

唵嘛呢呗咪吽！

阿拉拉姆唱阿拉，

塔拉拉姆唱塔拉，

塔拉实乃歌之调。

化身次旺仁增鉴，

苯教上师徒弟众，

虔诚祈祷请加持。

如若不识此地方，

无比宽广之苍穹，

白云朵朵似神帐。

如若不识我是谁，

东方玛域之岭国，

查玛东泽之城堡，

雄鹰飞过羽翼颤，

达戎超同首领我，

就算恶魔也胆怯。

威慑三界之套索，

就算疾风也难逃。

咕咕会飞时坐骑，

双翼能飞九重天。

聂索古穆我兵器，

犹如霹雳击峭壁。

红色会飞之神套，

就算赞神也降伏，

无极太空能丈量，

除格萨尔无人敌，
除枣骝驹无马比。
达戎王似格萨尔，
唯有与其不同处，
我乃格萨尔叔父。

洗耳恭听吾之言，
乌云密布天宇处，
阿苯法师请聆听，
雷霆震彻满天际，
除了青龙有其他，
霹雳威力在其上，
能够腾云驾雾者，
自以为是阿苯徒，
超同法术无人比。
达戎神威之部落，
好似猛虎方出山，
叔父达戎超同王，
还有各种咒语念，
法力能使沙砍碎，
上天下地易如掌，

超同老者无人及。

大食高利大王他,
欲与格萨尔为敌,
法术高超之阿苯,
自不量力比超同,
今天就在天际间。
施展威震三界索,
展现法术和威力,
四面热恰之恶魔,
死在聂索弯刀下,
虎目热恰之魔女,
命归红色铜箭尖,
打开珍宝仓库门,
我乃如此之人物。
快如疾风之套索,
今天抛向短命鬼,
阿苯米苯和魔苯,
就像山羊被绳捆,
乌云密布之天空,
祈祷命主红面虎,

助佑超同套索中。

唱毕，达戎超同王用套索将阿苯和米苯俩人套于其中，超同施展一番法术后，两人从空中掉到了地上。岭国将士米达达雅、姜木雅曲杰旺秀、铁匠南嘉珠扎和夏噶丹伦琼恩等八位勇士，将阿苯和米苯绑成两个肉团拴在了铁橛上。

见已失势，大食赞杰多杰、大臣赞拉多杰贝巴、聂穆南嘉古茹、千户红脸赤擦和觉杰顿赞五人便穿过峡谷向着东方逃去。雄狮大王格萨尔、扎拉泽杰、尼奔达雅、丹玛强查、辛巴梅乳孜和邓琼达拉赤嘎、玉拉妥居、嘎德曲江贝纳、姜域库秀奔波、董氏康巴玉丹、达戎王子拉贵等十二人随之追赶，在彤曲河畔追到了大食国王一行五人。玉拉妥居用火焰霹雳套索铁钩勾住了大食大力士南嘉古茹的肩膀，将其拖下了马背。大食国王骑着坐骑黑色会飞野牛像流星般逃走，雄狮大王格萨尔、尼奔达雅、丹玛强查、辛巴梅乳孜、邓琼达拉赤嘎等人紧追不舍，上至印度，下至汉地，追遍东西南北中。最后在查玛桑亚之下部阿秀草原的中部，邓琼达拉赤嘎拦截住大食国王一行，邓琼达拉赤嘎挡在大食国王前面无所畏惧地唱道：

唵嘛呢呗咪吽！

阿拉拉姆唱阿拉，

塔拉拉姆唱塔拉，

塔拉实乃歌之调。

四面兴庆仓巴鉴，

祈请为我来助威，

敌人心脏攥手中，

做我达拉之战神。

如若不识此地方,
阿秀大滩之中央,
狐狸钻洞之地方,
黄牛陷潭之地方。

如若不识我是谁,
遥远门隅之九部,
南方高地大草原,
白色海螺城堡中,
扬名四海之男儿,
邓琼达拉赤嘎将,
勇士对头是邓琼,
征服雪狮是邓琼,
降伏猛虎是邓琼。

请你听着是如此:
横击长空之雄鹰,
羽翼丰满自高傲,
若是不把握分寸,

最终死在利箭下；

幅员辽阔大食王，

拥有无数大力士，

若是不能施善政，

最终落得无家归，

今天逃命真可怜。

藏族古人有谚语：

爱子自小父母养，

好吃好喝全给他，

成人便成异乡客，

父母恩情丢脑后；

臣子皆由国王养，

视如己出来呵护，

国势衰败已逃命，

国王恩情当仇报。

致使国王四处逃，

雄鹰飞翔之苍穹，

哪有野牛之通途？

白色神箭之轨迹，

大食国王命不存。

今日所射之利箭，

不会伤及骑马人，

生命难得比金贵，

此乃岭国之善举。

身下追风之骏马，

若是速度不及风，

就会命丧利箭下。

此般故事留人间，

是否如此等着瞧！

听懂便是悦耳言，

大食国王记心间。

唱毕，邓琼达拉赤嘎心想：若在雄狮大王格萨尔未到之前下手不知能否取胜？在犹豫不决时，大食国王自忖：呀！今天已经无路可逃。只见他挥舞着利刀唱道：

听着白马白衣人，

不知张弛之岭将，

听过我的经历否？

西方大食财富王，

力大无比似大象，

武艺高强似雷霆，

权势比天还要高，

声威好似青龙叫，

大食财宝宗

幅员比海还辽阔,
印度雪山之以下,
汉地五台山以上,
各路英雄皆交手,
无人能够胜于吾。

今年去年之时日,
去过东方岭国地,
达戎部落猛虎滩,
牛羊财富和人员,
皆数洗劫之一空,
达戎勇士杀不少,
是否如此岭人明。
听着白马白衣人,
像有追风之本领,
自诩岭国之大将,
猛虎飞跃之足迹,
狐狸还能效仿不?
野牛踩塌之足迹,
瘦弱黄牛难效步,
像我勇敢之国王,

邓琼小命也难保。

劝你把握好尺度,

利刀还是收鞘中,

还是掉头返回去,

回家守好自家城,

做好白色军团帅,

无知非要来挑战,

可以展开白刃战。

听着岭国王臣众:

青藏高原之藏地,

日月绕转行四洲,

来去循环是规律,

东方升起西方落,

我要逃亡其他洲,

去到他乡结魔力,

报仇雪恨不用疑,

时过一至两年后,

集结魔众来反击,

茶城若是不翻底,

大食国王算死尸。

大食国王唱毕即策马冲了上来，邓琼达拉赤嘎射出发光冒火之箭，箭不偏不倚射中了大食国王的坐骑黑野牛的前肩，连人带牛倒在地上。此时，枣骝神驹像风一般飞驰到大食国王身边，大食国王急忙连射三箭，可是，强弩之末，无济于事。格萨尔大王左手一把攥住赞杰多杰王的后领，右手高举着无敌宝剑用，金刚不变调唱道：

唵嘛呢呗咪吽！

阿拉拉姆唱阿拉，

塔拉拉姆唱塔拉，

塔拉实乃歌之调。

我要唱首阿拉曲，

实乃空性之本性。

我要唱支塔拉调，

解脱众生之福田。

宗主莲花宝座上，

根本上师请明鉴。

中心善法之宫殿，

本尊观音请明鉴。

摘取胜券之坛城，

百位成就师明鉴。

二千二十一战神，

九十九万威玛尔，

明鉴并且来佑助。

如若不识此地方，

北方阿秀大草原，

活擒高利之地方。

如若不识我是谁，

东方玛域岭国地，

青色穆布之茶城，

宫殿好似梵天宫，

格萨尔王是吾名，

善法佛教之脊梁，

白顶枣骝是坐骑，

举世瞩目之神驹，

达巴兰美之宝剑，

专砍魔头之利剑，

名扬四海之男儿。

大王国王你听好：

雪山顶上之雪狮，

伫立巅峰迎狂风，

四季变化无常时，

鬃毛迟早会染泥；

悬崖顶上之雄鹰，

吞食鲜肉攀巅峰，

飞行若是不平稳，

羽翼就会被风折；

西方大食高利王，

显摆六艺树强敌，

若是没有方与寸，

最终宝座被人夺。

青鹏虽被达戎掠，

撕毁合约不顶事，

天地之间立协议，

天降甘露为证据；

生死之间立协议，

天神善法为证据。

纠纷虽小终酿祸，

达戎上部被血洗，

达戎财富被掠夺。

文布阿奴贝桑将，

犹如莲花之花蕊，

是我格萨尔亲侄，

红色军团之首领，

好似明月落大地，

珠部爱子米诺将，

独居城堡是爱将，

黑色军团之首领，

也被送往极乐地。

贡巴阿奴查晓将，

花斑猛虎之后裔，

元勋斯潘之爱子，

红色军团之统帅，

也被敌将夺其命。

四部首领之以下，

释迦坚赞之以上，

四部军团之内部，

失去五十九勇士，

霍尔勇士之仇恨，

所有侄子之仇恨，

一切皆因尔等起。

一切仇恨我来报，

今天举起之宝剑,

若是不识此宝刀,

东方玛哈大国王,

九种珍贵之金属,

加上九种烈性毒,

再加九种良性药,

三六十八种成分,

悬崖峭壁之金鸟,

赐予马桑之鸟蛋,

长年累月夺胜券。

向上翘起之铁柄,

泰神铁匠九兄弟,

反复敲打来淬铁。

贝巴玉巧之宝剑,

梵天大王在使用。

向下弯曲之刀刃,

琼纳普巴来锻造。

黑色野兽之魔刀,

在那北魔明巴处,

腹内所藏之铸铁,

剑头锋利之宁布,

犹如火焰直冲天；
刀柄修长而结实，
犹如猛虎般凶猛；
刀刃坚硬闪油光，
形似莲花绽放般；
白色剑身直而长，
好似高山被雪盖；
刀刃泛黑而锋利，
好似海底般阴暗。
与那神族交手时，
举手之间见分晓，
达巴兰美由此来。

刀身洁白战神守，
刀刃黝黑威玛护，
犹如上弦之皎月，
引渡众生之上师，
好似下弦之弯月，
不惧因果之屠夫，
击中坚硬峭壁时，
峭壁分裂立草原，

临死勇士被砍头。

下方水中挥舞时，

水浪好似摞经书，

砍向强敌之时候，

砍头好似割麦穗，

头颅犹如海浪翻。

现在请你清醒点，

无常轮回沼泽中，

贪靡之心似芝麻，

为了阻隔恶魔缠，

轮回道上显百态。

物质好似彩虹般，

一切皆为空性成，

善举还是神族为，

恩情如父之天神，

恶业多少天神知。

祈祷三宝来保佑，

自身犹如空房间，

中枢神经中灵魂，

若从根本不虔诚，

在此往东之地方，

就有布达拉福田。

五谷丰登之地方，

彩虹萦绕光万丈，

开满莲花之树木，

犹如幻化来投生，

肉体虽被利剑砍，

加入空行之行列。

除此以外之众生，

世间永存之规律，

三宝佛陀加持下，

各自所好去转世。

若能听懂请祈祷，

若是不懂请安静，

大食国王记心间。

大食国王听了雄狮大王格萨尔的教诲后，觉得非常在理，从心底产生了无比的崇敬之情，虔诚地双膝跪地，双手合十后唱道：

至高无上格萨尔！

普度众生之上师，

证获十地之佛陀，

谅解之前之无知，

理解眼下之处境。

就在今天之以前，
绝不吟诵六字咒，
不要打入地狱苦，
红色山岩之下方，
白马般的宫殿下，
稀世珍宝皆在此，
海螺殊胜之宫殿，
碧玉天成之马鞍，
心想事成之奇宝，
蓝色宝石之念珠，
棕色玛瑙之海龟，
无价天珠之花匣，
白色海螺之羔羊，
水晶质地之宝马，
青色玉石之犏牛，
铁质能行公犏牛，
各种五谷积满仓，
尽数供献上师您。
超度我去佛法地，

来生转世佛法地，

祈祷王臣皆平安，

索萨王妃等眷属，

属下所有老百姓，

希望得到天神佑。

我之超度就靠您，

衷心感谢来度我。

大食国王唱完后站了起来，虔诚地双手合十忏悔。由于大食国王罪孽深重，格萨尔大王施展魂移大法，将其灵魂超度到东方普陀布达拉观世音圣地，其他在大食和岭国战争中死去的冤魂，分别按照各自的造化业力超度到东方佛教圣地、西方极乐世界，还有北方曾度化过的净土和三十三天神界。岭将王子扎拉、董氏康巴玉丹、噶珠米琼色波、唐嘎泽古、穆江仁青达鲁、达杰桑达阿东和姜域首领库秀等人，为了追剿大食猛将赞拉，翻过雪山，走过草原，趟过大河，王子扎拉骑着青色神飞驹在北方达庆雪山下赶上了赞拉。赞拉气急败坏，调转马头后拔箭张弓，唱道：

唵嘛呢呗咪吽！

阿拉拉姆唱阿拉，

塔拉拉姆唱塔拉，

塔拉实乃歌之调。

年神珠拉和达拉，

魔王赤赖和宗拉，

赐予无比之威力，

杀害仇敌饮热血。

如若不识此地方，

达庆雪山之脚下，

黑水滩之上方地。

如若不识我是谁，

名满雪域之雄狮，

心中绝无投降意，

摆动鬃毛显威风，

心中绝无胆怯意。

首领赞拉多杰我，

胜券无数常胜将，

性命不会落敌手。

给我听着岭崽子：

红色追风之神驹，

疾风难以来追赶，

今天青色大鹏驹，

大食岭国之争议，

便是青鹏神飞驹。

藏族古人谚语讲：

经历苦难得幸福，

好吃懒做难取胜，

金银财宝要争取，

如此说来也在理。

今天所得之财富，

便是之前辛苦果，

话说太多乱心绪，

没有必要说太多。

今天射出之此箭，

能将岩崖劈粉碎，

赞拉不是吹大话，

岭国崽子记心间。

唱毕，赞拉连射两箭，一箭射中扎拉前胸，铠甲被射得粉碎，由于内戴度母护身符和护身衣，未能伤及身体。但是，另一箭射中青鹏会神飞驹的护脸甲上，王子扎拉怒火中烧，双眼冒火，咬牙切齿地骂道：

唵嘛呢呗咪吽！

阿拉拉姆唱阿拉，

塔拉拉姆唱塔拉，

塔拉实乃歌之调。

上部天神请明鉴，

年神古拉来助威。

下部龙神请明鉴，

龙王顶宝来助威，

红色赞神请明鉴，

红色年达来助威，

保佑我来杀强敌，

前来协助扎拉我。

如若不识此地方，

谷若峭壁之旁边，

潺潺小溪之岸边。

如若不识我是谁，

固若金汤之岭国，

欧曲超宗之城堡，

嘉擦协噶之后裔，

扎拉泽杰便是我。

如若不知此歌名，

猛虎勇士之赞歌，

无畏大熊之赞歌。

狐狸懦夫之子嗣，

赞拉好似妇女辈，

不要触犯我王法，

如若就犯需偿还。

不能操持黑恶业，

若是沾染会后悔。

若是不做善事者，

难以洗清罪恶业。

世间奇怪之事情，

巍峨雪山阳光化，

雄狮最终无家归，

西方大食降岭国，

大将无立足之处，

查玛玉龙险要地，

大食力士皆丧命，

财富尽数归岭国，

是否伤心赞拉将？

你欲逃命已无路，

岭国大王似雷霆，

霹雳威力难抵挡，

兰美宝刀似阎罗，

死神不知何时来，

枣骝神驹似疾风，

狂风不知何时至，

青鹏神驹似雄鹰，

随时都能击长空。

青鹏生在大食国，

然而最终为我用。

锋利无比亚斯刀，

一旦出手难逃离，

饮血利箭在手中。

箭头是用剧毒浸，

只要击中命归西，

今天就要射向你。

听懂便是悦耳言，

不懂不会再重复。

唱毕，扎拉泽杰瞄准赞拉射出一箭，赞拉阳寿已尽，没能躲过扎拉的利箭，中箭后应声栽下马背。扎拉将其首级和三械一一缴获。

八

  此日，雄狮大王格萨尔和岭将一行来到查玛玉龙脚下，格萨尔大王向总管王戎擦查根告知了白马般的磐石底下是大食宝藏之事。叔父戎擦查根心想：今天已到打开大食宝库的时候了，超同贪得无厌，必须得想点法子戏弄他一番。便说道："时至今日，降伏了所有敌人，降伏大食国已经心想事成，姑母南曼杰姆在岭国根本授记过，大食宝库在阿苯法师贝隆之地的马形磐石底下，现在各位英雄赛马取胜，胜出者要用宝剑劈开磐石，打开宝库之门。"听后，各位大将喜出望外，蠢蠢欲动之际，跃跃欲试。超同说道："眼下各路强敌已经降伏，应该祭祀生命之神，不应该用刀剑劈砍，就算各位英雄赛马取胜，打开宝库大门的事情还应由我来完成。"由于超同精通法术咒术，众将无人顶撞。辛巴非常了解超同的小人之心，便说道："我的宝剑也可以打开宝库之门。"超同应允和辛巴一比高低，但是他施展法术，对其他人的坐骑都念了咒语，众将策马一并奔向马形磐石，快到附近时，由于超同的咒语，所有将领的坐骑不听使唤，纷纷跑偏，超同乘机一溜烟地直奔目标而去。他挥舞着利剑想劈开宝库大门时，谁知此处岩崖磁力十足，将超同吸在磐石之上，像镶嵌在岩崖一般。众英雄下马跑步而来，看见超同的糗像后笑得人仰马翻。尼奔达雅戏称："超同你有如此厉害的法术咒术，起初没有必要兴师动众来讨伐大食国，你一人足够。"米琼卡德也想：今天终于有机会笑话笑话超同，报报心中私仇。便用戏谑的口吻唱道：

唵嘛呢呗咪吽！

阿拉拉姆唱阿拉，

塔拉拉姆唱塔拉，

塔拉实乃歌之调。

上师佛法和僧伽，

不分彼此皆崇敬，

祈祷六道得平安。

此地玉拉之草原。

如若不识我是谁，

玛麦谷地三岔口，

汇聚三优之米琼，

热罗顿巴之侄子，

坚固金刚山崖处，

力大无人能比拟。

达戎超同请细听，

岭国八十大英雄，

虽然讲话皆悦耳，

心智坚定不算多，

说来事实是如此。

心术不正需善法，

一心不为六道事，

犹如山尖之饿狼；

大部首领要正直，

抛弃真理假慈悲，

好似阎罗索命鬼；

修行之士需法术，

不敢对外挑内讧，

犹如刺鼻之辣椒。

说来尽是玩笑话，

白岭穆布之后裔，

脸色红润似饮血，

尽是见风使舵者，

叔父不仅贪心重，

男儿好似女流辈。

不知羞耻之超同，

为了满足其私利，

粘在黑色岩崖上。

不知廉耻之超同，

想要返回岭大地，

血肉之躯有命数，

现在献与岩石崖，

为何如此请道明。

今天米琼英雄我，

就用手中之小刀，

刀体虽小刃锋利，

此块白色铁磁石，

易如反掌来粉碎，

是否胆怯超同王？

人身贵重比黄金，

好似小孩在襁褓，

是否舒服超同王？

就在今天之时日，

英雄还有何招数？

超同心中切记牢。

听毕，超同十分不悦，觉得岭国王臣真是可笑之极，此等时候还开起无知的玩笑。此时，雄狮大王格萨尔刚好赶到，将超同从岩崖上解救下来，带上大食的珍宝来到查玛玉龙后，将两位大食阿苯法师降伏并令其皈依善法。

之后一直到马月十三日，岭国各部整军休整，十四日收集大食国所有老百姓的马、牛、羊、骡子和骆驼等牲畜。十五日，雄狮大王格萨尔全副武装，带着岭国各部首领、将士，骑着枣骝神驹来到大食国王城所在地俄默隆。格萨尔大王拿金钥匙打开了大食国的宝库后，唱起下面这首祝福吉祥、庆祝胜利的歌：

　　　　唵嘛呢呗咪吽！
　　　　阿拉拉姆唱阿拉，
　　　　塔拉拉姆唱塔拉，
　　　　塔拉实乃歌之调。

　　　　太阳圣地之宫殿，
　　　　三时怙主请明鉴，
　　　　全神贯注来护佑，
　　　　天神护法忠无比，
　　　　一心一意护佑我。
　　　　东北穆鲁之碧湖，
　　　　印度阿斯修行洞，
　　　　北方绵长谷地中，
　　　　波浪汹涌之神湖，
　　　　羌塘神湖之主人，
　　　　高原蕃人守护神，
　　　　护持善法之领主，
　　　　姑母南曼杰姆尊，
　　　　伴随所有空行母，

今天前来佑助我,

助佑开启财宝宗。

无量天界神宫中,

殊胜宫殿金座上,

面如桃花之天神,

水晶铠甲象牙驹。

右手长矛左宝盒,

神鹏左右来护驾,

十万神众为随从,

白色梵天请明鉴。

天兵神威四处扬,

今天前来助佑我,

助佑开启财宝宗。

羌塘天湖之左畔,

雪山水晶宫殿中,

无畏英雄之黄人,

头顶五佛之年神,

右手皮鞭做念珠,

身着金甲披三械,

头戴金盔显虎威,

十万年军做护卫,

古拉格佐年神鉴,

今天前来做护佑,

助佑开启财宝宗。

富饶大地之下方,

无热神湖之世界,

海底龙王首顶宝,

碧玉铠甲青色人,

歌舞升平唱欢歌。

右手神套左宝盒,

骑着青黑之坐骑,

四蹄好似莲花开,

脚下生得紫烟飘,

十万龙军做护卫,

口中喷射青云雾,

今天前来做护佑,

助佑开启财宝宗。

红色血海翻滚处,

贝哈世间之命主，

三首三面持弓箭，

铁钩利箭挂右侧，

白色狮子为坐骑，

十万命神做随从，

今天前来做护佑，

助佑开启财宝宗。

耶兹年神大战神，

面带笑容插黑旗，

右手锤子做皮袋，

发髻高悬作声响。

紫色山羊为坐骑，

一千公羊为护卫，

赞神套索飞满天，

魔鬼骰子到处跑，

今天前来做护佑，

助佑开启财宝宗。

红色铸铜之城堡，

红色赞拉之战神，

身着红色珊瑚甲，

血色发辫满头绕，

病毒口气四处喷，

赞神红马为坐骑，

千位赞神为随从，

今天前来做护佑，

助佑开启财宝宗。

北方阿青之草原，

珍宝堆积之圣山，

雪域高原之中心，

东方雪域守护神，

神威玛杰奔热山，

水晶铠甲旌旗飘，

玉俄白驹为坐骑，

英姿飒爽翩翩舞。

三百玛域神伴随，

万马奔腾尘飞扬，

霹雳雷电四处闪，

今天前来做护佑，

助佑开启财宝宗。

今天以前之时日，

岭国格萨尔王我，

四方恶魔皆征服，

今年征服财宝宗，

兵来马往整三年。

我所完成之事业，

弘扬善法与天齐，

造福人类无须说，

如此功德实难为。

藏族古人谚语讲：

恩重如山之父母，

别说报答其恩情，

还会恶言去相伤；

任劳任怨之犏牛，

别说耐心去抚养，

最终宰杀享其肉。

降敌无数格萨尔，

别说感恩和戴德，

最终还被当骗子，

不予理睬当笑料。

若要引上真善道,

心满意足无他求。

今天马月十五日,

日子吉祥时顺利,

红色阿隆之利箭,

插上海螺之钥匙,

开启地门之条件,

都是天神众所赐。

今天时日正当时,

大食红色俄默崖,

实乃佛陀居住处,

大鹏展翅之悬崖,

镇压恶魔之山崖,

果腹享用之物质,

纯洁天神之珍宝,

供养道场之物质,

纳嘎龙神之珍宝,

铁质爪形利兵器,

征服敌方之珍宝,

尾翼阔刃之大刀,

解除百病之良药,

六艺宝剑之剑鞘,

天铁自成之兵器,

所有都在白岭国。

捕捉太阳之套索,

便是弯钩之月牙,

一切岭国皆所需,

开启宝藏时需用。

右侧矗立之雪山,

降伏白色绵羊宗;

左侧棕色之石山,

降伏所有财宝宗;

背后辽阔之草原,

降伏通灵之马宗;

前边黑刺之山谷,

降伏百热山羊宗。

阿盖红色七谷地,

开启地门之钥匙,

珍贵财物宝中宝,

镇库之宝威松宝,

便由格萨尔开启。

造福高原之民众，

岭国英勇之象征，

富饶岭国英雄众，

玉普帕顿听懂否。

唱毕，格萨尔大王射出手中神箭，瞬间，天空挂起彩虹，天降花雨。天神空行打开宝伞，撑起胜利幢，悦耳的天籁之音响彻天际，众人看到此番殊胜的景象，毕恭毕敬。

此箭射中了护神天鹏心脏，惊动了查玛红岩之野牛，洞内赞魔玉普帕顿体态庞大怪异，红发冲天，双耳能挡日月，双目凸起，手中拿着盛满百病的袋子和锋利的武器，骑在黑色无鞍赞神坐骑上咆哮着。岭国的将领和部众一时变得寂静无声，各自默默颤抖。

此时，雄狮大王格萨尔进入空性禅定状态，观想金质金刚杵放在赞魔玉普帕顿头顶，赞魔玉普帕顿顿时浑身发抖，服服帖帖地双手合十举在头顶，向格萨尔大王说道："无敌上师雄狮大王格萨尔，虔诚地向您致敬，有眼不识泰山，没有识得真上师，没有领悟真理教，恳请原谅我的无知和愚钝。查玛琼顿宫殿中有天下稀世之宝，天界、龙域和人间的珍宝都在百宝箱之中，还有解除百病的良药。天铁制作的金刚铠甲，擒拿日月的神套，智慧天神的珍宝犹如繁星一般，应有尽有，各种牲畜不计其数。在佛陀无量光驻世期间，大食俄默隆仁的恶魔血眼哈拉魔为了阻止善法弘扬，为了欺取黎民百姓所攒之财，我要将其财物尽数献给降临人间的肉身佛陀格萨尔大王您。"雄狮大王对此无比喜悦。

天界的一百零八位天神空行搭起五色彩虹桥迎接格萨尔大王，向大王敬献各种米酒、葡萄酒和山珍海味，并将大食财宗的宝库奉献给了雄狮大

大食财宝宗

王格萨尔。之后,各路天神空行母欢送格萨尔到岭军大营。

岭军大营的将帅们手捧哈达迎接雄狮大王格萨尔满载而归,大家激动万分,热泪盈眶。大王甚是满意,一脸祥瑞。大王将日月神套分别赐予达戎首领超同王和嘎德二人,并嘱咐若是云雾遮蔽日月光辉,就不能完全开启大食财宝宗宝库。在让二人发挥其法力,使用神套令日月同辉。那日,天时地利人和,日月星辰同时辉映在天际,嘎德和超同二人施展神通,用神套索住日月,格萨尔大王用辛赤大王的拨云见日神剑向着空中挥舞了两下,顿时云开雾散,天空像蓝宝石一样湛蓝清澈,日月齐出,照耀着世间万物。此时,雄狮大王格萨尔依照萨霍大王的仪轨,头戴空性佛冠,右手握宝库金钥匙,左手持如意珍宝,骑着白顶枣骝神驹,在岭国将领的簇拥下,来到了俄默隆,挥舞着金质宝藏之钥,顿时天动地摇,大食境内的牦牛、绵羊、山羊、马匹等六畜和六畜福运纷纷聚集在大王周围。大王看着福运滚滚的景象开心无比,面如桃花。大家将无数的牲畜赶到玉龙山边,聚集所有岭国将领庆祝胜利,欢庆盛宴犹如天宴一般丰盛、热闹。

次日,格萨尔大王召集大食国所有民众集会,民众纷纷表示愿意皈依善法,拥护格萨尔大王的统领。格萨尔王将六字真言的教诲、无数财宝和牛羊赐给了大食民众,并封嘎德为大食的地方首领,让岭国达瓦查赞、霍尔康巴玉丹、门隅阿赛托杰和魔国乳扎巴沃等四位大将率领各自部众辅佐嘎德治理大食,驻守三年。

又过三日,正值虎月十九日,正逢黄道吉日,人中太阳雄狮大王格萨尔和岭将率领部众,带着大食福运、天珠、珊瑚、碧玉等珍宝,赶着不计其数的马、牛和羊群,三百六十多头大象上驮着金银和绸缎等财宝踏上了返回岭国征途。嘎德王臣等驻守将帅将部众一直护送至东方雪山脚下。

整理者说明

　　此部《大食财宝宗》，由西藏自治区著名《格萨尔》艺人桑珠老人说唱，索南多杰先生笔录，按《〈格萨尔〉艺人桑珠说唱本》丛书编委会的安排，由本人整理。整理过程中本人严格按照编委会的要求进行修改，但因为篇幅较长，谚语繁多，原笔录本分上下两部，其中存在大量的方言，加之笔录时工作人员对《格萨尔》常识不娴熟，对方言不理解，藏文功底薄弱，导致错字别字过多，甚至造成难以理解、上下文难以衔接等问题。整理时，艺人已辞世，无法向其请教一探究竟。此部故事情节、谚语具有自身的特点，但因字数过多，存在措辞偏差、情节错乱、谚语多且使用不到位、事例不贴切，甚至多处出现措辞和谐韵混乱现象，令人无法理解其义。对于这些问题，本人尽量遵循藏族口传文学的特点，将桑珠艺人说唱的《大食财宝宗》视为详细而具有自身特点的版本倍加重视，虽犏牛之驮物，牛犊不能扛之，但极尽所能地修订，保持原味，为了不失《格萨尔》艺术特征而保留了与语义偏差较小的方言。对于诸多原说唱本的错字和语序错乱之处，参照西藏人民出版社和甘肃人民出版社出版的两部《大食财宝宗》，对此部说唱本进行修改梳理。为了保持桑珠艺人的独特风格，除了对重复部分、词不达意的谚语等做了删减外，基本保持艺人说唱的原始风格。在编委会专家的再三校对和梳理下，最终将两部笔录本合为现在的一本。因本人水平有限，整理的版本在语言上、情节上存在不少纰漏，望广大读者给予纠正和指导。

整理者：次巴

译后记

　　《大食财宝宗》是桑珠艺人说唱本中篇幅比较长的部本，由于说唱笔录本故事情节重复、混乱现象比较严重，整理者为了保持故事的完整性和连贯性，在整理过程中筛删和调整的幅度比较大。整理者虽然做了大量的工作，但翻译过程中仍觉得情节的推进存在突兀、不完整等现象。译者为了忠实原著，汉译本在基本情节、故事结构、原文体裁、艺术风格和语言风格等方面尽量保持原貌，是为将来原著和译著的对照研究提供方便。

　　此部《大食财宝宗》是译者在西藏自治区重大文化工程《格萨尔》藏译汉项目《〈格萨尔〉艺人桑珠说唱本》汉译丛书项目中翻译的第三部译本。由于桑珠艺人说唱的版本在语言、艺术风格等方面各个部本比较一致，译者在此套丛书的《天界篇》译后记中讲述了翻译桑珠艺人版本的有关问题和心得，在此不予多加赘述。

　　由于译者对藏汉两种文字的驾驭能力有限，对藏汉文化背景方面知识掌握不足，在翻译过程中难免有很多欠缺和不足，望方家和喜爱《格萨尔》的读者批评指正。

　　在此，衷心感谢金果·次仁平措老师和同事达琼在翻译工作中给予的支持和帮助！

白玛扎西
2018 年 5 月 23 日
于复旦大学